光文社文庫

文庫書下ろし／長編時代小説

五家狩り

佐伯泰英

KOBUNSHA

光 文 社

この作品は光文社文庫のために書下ろされました。

目次

五家《ごけ》狩り

夏目影二郎始末旅

第一話　忠直《ただなお》卿の亡霊

一

夕暮れの闇の中、光がゆらゆらと揺れて続いた。

光は蛍の明かりを何百も束ねたようで、こんもりとして揺れていた。

そんな明かりの束があちらにもこちらにも浮かんで、光の間から団扇太鼓《うちわだいこ》の律動的な音が響いてきた。遠く近くに題目の詠唱も聞えてきた。それは一種の熱を帯びて、続けられた。

夕闇の音と光は寒の空で木霊《こだま》して、亢奮《こうふん》を放っていた。そして、光と音の幻想が人々の気持ちを浮き浮きとさせた。

「なんと美しいのでございましょうな」

感に堪えない声を若菜《わかな》が洩らした。

「久し振りに見たが、この世のものとも思えぬな」

夏目影二郎《なつめえいじろう》が応じた。

ここは雑司ヶ谷《ぞうしがや》村の鬼子母神《きしもじん》の門前だ。

旧暦では十月、十一月、十二月が冬である。

天保《てんぽう》十一年（一八四〇）の十月半ば、例年通りの木枯らしが吹いた。が、雑司ヶ谷の御会式《おえしき》の万灯祭の夜ばかりは、寒さが和らいで風もない。

鬼子母神は永禄四年、護国寺近くの清土の田から発見された、身の丈六寸の女神像を安置して始まった。天正六年に堂宇を建立、寛文六年に浅野家の奥方が本堂を寄進して、骨格ができた。

〈此処は遥かに都下を離るるといへども、鬼子母神の霊験著しく請願あやまたず適給《かなひたま》ふが故に、常に詣人絶えず、依つて門前の左右には貨食店軒端を連ねたり。十日の会式には、殊更群集絡繹《らくえき》して織るが如し。風車、麦藁《むぎわら》細工の獅子、川口屋の飴を此処の名産とす……〉

尾張徳川家の信仰もあって、子授け安産の神様として江戸の女たちが参詣に訪れていた。

だが、鬼子母神への参詣客が隆盛を極めたのは元禄期で、影二郎と若菜が訪ねた天保期には、堀の内の妙法寺の信仰が盛んとなり、往年の賑やかさはなかった。

それが却って落ち着いた祭りの風景にしていた。

夏目影二郎が祖父母の下で働く若菜を江戸の外れまで誘い出したには、日頃、孝を尽くしてくれる若菜への感謝の気持ちからだ。

祖父母の添太郎《そえたろう》といくにそのことを告げると、

「そりゃあ、いい考えだ。若菜は、息つく暇のないくらい精を出してくれる。たまにはじじ様ばば様の下を離れて羽を伸ばさねば、気も滅入ろう」

「ならば、じじ様、高田村の名主様の家に泊まってくるといいな」

「そんなことは若い二人に任せておけ」

と二人がてきぱきと高田村の名主、豊左衛門《とよざえもん》家への手土産などを用意し始めた。豊左衛門家とは先代以来の付き合いだ。

影二郎はまだ母のみつが存命の頃、御会式見物を兼ねて泊りにいった思い出があった。

この昼前、浅草西仲町《あさくさにしなかまち》を出た二人は、のんびりと神田《かんだ》川から江戸川を遡り、雑司ヶ谷村と隣接する高田村の豊左衛門の家に着いた。

十余年振りに顔を見せた影二郎に、

「若様」

と驚き顔の豊左衛門が、

「よう見えられました。離れが空いております。祭りの間と言わずいつまでも泊っていってくだされや」

と歓待した。影二郎が若菜のことを紹介すると、

「添太郎様から手紙を貰っておりますよ。みつ様の代わりができた、若い娘が年寄りに孝行

を尽くしてくれるとねえ」

そう言った豊左衛門は、

「若菜様、うちは嵐山《らんざん》の親戚同様の家にございます。遠慮なさらずに祭り見物をしていって下され」

と若菜に気を遣ってくれた。

二人はしばしの休息の後、団扇太鼓に誘われるように雑司ヶ谷門前に来たところだった。

御会式は日蓮《にちれん》宗徒たちが宗祖日蓮の正忌日に修する法会で、御会式とか、御命講とか呼ばれた。

十月の十二、三日、信徒たちは、昼夜にわたって造花を飾った万灯を押したて、太鼓を叩き、題目を唱えて乱舞するのだ。

参詣道には万灯を捧げた一団がいくつも雲集して、さらに賑やかに参道を進み始めた。

参道の左右は樹齢何百年もの欅《けやき》の並木で、そこに一際聳《ひときわそび》え立つのが子授け銀杏《いちょう》だ。

門前の茶屋に列《つら》なり、名物の飴、薄《すすき》の木菟《みみずく》、藁細工の獅子、紙細工の風車を売る露店が並び、その前を講中の一団が太鼓の音とともに飛び跳ねて進むと、色とりどりの風車が舞って、見物の人々の気持ちを眩惑《げんわく》した。

境内を本殿まで進む石畳の参道は、大門で大きく鉤《かぎ》の手に曲がっていた。この鉤の手のところで万灯の衆と見物がひとつになって、押し合いへし合いした。

「若菜、迷子にならぬよう、おれの手を握っておれ」

「は、はい」

祭りの明かりに照らされた若菜が思わず顔を赤らめて、それでもうれしそうに影二郎の差し出す手を握り返した。

影二郎の実母のみつは常磐豊後守秀信《ときわぶんごのかみひでのぶ》の妾であったが、みつの死後、秀信の屋敷に引き取られて、育てられたことがあった。だが、養母の鈴女《すずじょ》とも兄の紳之助《しんのすけ》とも折り合い悪く、祖父母の下に戻った。
十四、五歳の折りのことだ。
放蕩無頼《ほうとうぶらい》の暮らしに身を落とした影二郎は、吉原《よしわら》の局《つぼね》女郎の萌《もえ》と知り合い、二世を誓った仲になった。萌は父の病の治療のために自ら吉原の女郎に身を落としていた。

この萌、若菜の姉であった。

やくざと御用聞きの二足の草鞋《わらじ》を履く浅草聖天《しょうでん》の仏七《ぶつしち》が萌の美貌に目をつけ、騙《だま》して身請けした。後に真相を知った萌は、自害して果てることになる。

影二郎は賭場帰りの仏七を叩き斬って伝馬町《てんまちょう》の牢に繋《つな》がれ、遠島になる身に落ちた。

その境遇を救ったのが父の常磐秀信だ。

勘定奉行に抜擢《ばってき》された秀信は、鏡新明智流《きょうしんめいちりゅう》桃井春蔵《もものいしゅんぞう》の下で、

「位《くらい》の桃井に鬼がいる……」

と評された影二郎の腕っぷしと無頼世界を熟知した悪の経験を買って、影の始末人として生かそうと考えたのだ。

この強引無法な策があたり、秀信は老中水野忠邦《みずのただくに》に目をかけられる存在になっていた。

影始末の仕事が一段落したある日、影二郎は萌の古里川越《かわごえ》を訪ねて、萌に妹がいることを知った。すでに両親は亡くなり、天涯孤独の身になっていた若菜を浅草に呼び寄せ、祖父母の下に暮らすようにしたのは影二郎だ。

いつしか二人は想い思われる仲になっていた。

そんな影二郎と若菜だが、未だ二人だけでどこかへ出かけたことはなかった。

それだけに若菜は影二郎に寄り添い、一緒にいられるだけでうれしくてしようがなかった。

本殿の前でさらに団扇太鼓の音が激しく鳴らされた。もはや立錐《りっすい》の余地もないほどの混みようだ。

「南無妙法蓮華経南無妙法蓮華経……」

乱舞する信徒たちの頭上に白く湯気が立ち上った。

二人はようやく本堂にお参りして、境内の外に出た。

「若菜、腹が減ったであろう。おいしいものを食して参ろうか」

雑司ケ谷の周りには大茗荷屋《みょうが》、小茗荷屋、橘《たちばな》屋、耕向《こうこう》屋など江戸でも知られた料理茶屋が暖簾《のれん》を掲げ、御会式の日は夜通し店を開いていた。

影二郎は、

「許せ」

と着流しの姿を小茗荷屋に入れた。

「いらっしゃいまし」

豆絞りの手拭を小粋に権太《ごんた》巻きにした亭主が迎えてくれた。

「二人連れじゃが、席はあるか」

「祭りの夜にございます。相席でよろしゅうございますか」

「構わぬ」

広座敷の一角の大きな卓には、祭り見物の家族が食事をしていた。

影二郎の挨拶に先客が愛想よく迎え入れてくれた。

「すまぬ、一緒させてくれ」

「お任せにてようございますか」

影二郎は先客の膳に目をやりながら、

「それでよい。酒を頼む」

と言った。

先客が食しているのは鯛の膾《なます》に栗と生姜《しようが》が添えられた小鉢でなんとも美味しそうだった。

「若菜、疲れはせぬか」

「なんのことがございましょう。祭りの亢奮が私に伝わって胸まで熱く沸き立ってございます」

「祭りとは不思議なものよ」

祭り衣装に襷《たすき》がけの小女によって酒が運ばれてきた。

影二郎は燗徳利を取るとまず若菜に注ごうとした。

「私からでございますか」

慌てる若菜に、

「今宵はそなたがおれの正客様だ、遠慮致すな」

と影二郎が注ぎ、それを受けた若菜が影二郎の杯を満たした。

「若菜、鬼子母神に参ったのだ。来年は、やや子があるやも知れぬな」

小声で言う影二郎に若菜が顔を赤らめた。

鯛の膾のほかに鰤《ぶり》の焼き物、大かぶの煮物、蛤《はまぐり》の吸い物などの馳走を賞味して、影二郎は二合の酒を飲んだ。

「もう一見物してもどろうか」

「じじ様ばば様に中川屋の飴も薄の木菟も買っていかねばなりませぬ」

二人は小茗荷屋の女将《おかみ》の、

「来年もお待ちしております」

との声に送り出されて外に出た。

鬼子母神の境内周辺ではまだまだ万灯の行列が続いて、終わるところを知らなかった。

二人は人込みの中で土産を買い求め、欅の参道の外に出てようやく祭りの騒音が遠のいた。

月の高さを見るに九つ（午前零時）はとうに回っていた。

「若菜、寒くはないか」

さすがに陰暦十月の半ばの夜だ。

田圃を吹き渡る風は冷たかった。

それまで熱気の渦にいた二人だけに寒さを感じた。

「火照《ほて》りを覚ますにちょうどよい風にございます」

二人は、鬼子母神の前を抜ける道を備後福山《びんごふくやま》藩の抱え屋敷の方へと下っていった。

豊左衛門の屋敷は、宗参《しゅうさん》寺領高田四家《たかだよつや》町につながる高田村にあった。

さすがに今から祭りに向かう人はいなかった。

辺りは急に寂しさを増した。

土産を手分けして持った影二郎は、片方の手で若菜の手を引いた。

「若菜、鬼子母神のご利益を授からねばな」

「まあ」

闇で若菜の声がしたとき、前方にばたばたと足音が響いた。その足音には切迫したものがこめられているように思えた。

影二郎は、足を止めると高田四家町の辻に点《とも》る常夜灯のおぼろな明かりを透かし見た。

侍が二人、必死で逃げてきた。

それを七、八人の侍が追跡してきた。羽織袴の風体からして屋敷奉公の侍たちだ。

追われる二人が影二郎たちの十数間ほど前で追いつかれた。その様子から地理には詳しくないようだ。

追っ手の一人が二人の前に出て、

「主家を裏切りおって許さぬ。そなたらが江戸で策動しておるのは先刻承知だ」

「成瀬《なるせ》家は尾州《びしゅう》の家臣ではございませぬ。元々神君家康公が……」

土塀に追い詰められた一人が叫んだ。

「問答無用、殺せ」

非情な声を発した頭分《かしらぶん》が片手を上げた。すると追っ手の一団が反対の土塀に上がった。

追われている二人に不審の表情が宿った。

影二郎は寺の土塀の上を低い姿勢で走る一団を見た。手に黒塗りの半弓を保持した者たちは動きを止めようともせず弓に矢をつがえた。

だが、追われた二人は気配もなく土塀を走る男たちの存在に気がついていなかった。

広がった包囲の輪から、

(逃げ出すべきか)

と考え、一歩踏み出したとき、弦の音が重なって響き、矢が二人の胸に次々に突き立った。

「あっ」

「ううっ」

崩れ落ちた二人の懐《ふところ》が探られた。

影二郎が手を出す暇もない、一瞬のことだった。

「御目付、ございましたぞ」

一人の武家が油紙に包まれた封書のようなものを手にひらひらさせた。さらに持ち物が探られ、奪われた。

「よし、行くぞ」

一団が去りかけたとき、影二郎が闇から動いた。

「待て、待たれよ」

凝然とした一団が足を止めた。

「大名家の家臣が夜盗の真似か」

おぼろな明かりで影二郎の風体が見定められ、

「仔細があってのこと、素浪人が口をはさむでない」

と頭分が言い放った。

「人間二人を無慈悲に殺害しておいて、なかなかの言い草かな」

「何奴か」

「浅草の長屋暮らしの浪人者だ」

頭分が始末するかという思案顔をした。その機先を制して影二郎が言い放った。

「言い添えておくことがある。おれは大目付常磐豊後守秀信に所縁の者、胡乱《うろん》げな所業、望みなれば糾弾してもよい」

「な、なにっ」

頭分がさらに迷いの風情《ふぜい》を見せ、それでも、

「忠告しておこうか。大目付など表に出ると火傷をするとな」

と宣告した。

「引け！」

襲撃者たちが高田馬場《たかだのばば》の方角へと姿を没しさせた。

影二郎は二人を助けられなかったことを悔やみつつ、二人の生死を確かめるために近寄った。

胸に二本ずつの矢を刺し連ねた二人のうち一人は、すでに絶命していた。もう一人は苦しい息の下から影二郎の手を握り締め、訴えた。

「無念にござる。一族の積年の望みを適《かな》えとうござる、お、お頼み申す」

そう言い残した侍は、がくり顔を落とした。

再び足音がして、提灯《ちょうちん》の明かりが走り寄ってきた。そして、数間先で止まると様子を窺《うかが》った。

「なんぞございましたかな」

女連れで辻斬りもあるまいと推測したか、提灯の明かりの向こうから問う声がした。

「そなたは」

「へえっ、護国寺門前で南町の御用を賜ります神吉《じんきち》と申します」

「浅草三好《みよし》町の住人、夏目影二郎だ」

影二郎は、目撃したことを御用聞きの神吉に告げた。ただし、頭分と殺された二人が交わした会話は胸の内に秘めたままに、

「親分、もし我らを不審に思われるなれば、南の同心牧野《まきの》兵庫《ひょうご》どのに問い合わせあれ。今宵は高田村の名主豊左衛門どのの屋敷に厄介になっておる」

「ご丁寧に痛み入ります。あとの始末は、わっしらにお任せになってお帰りください。お内儀が風邪など引かれるといけねえや」

若菜の身を案じた神吉親分が言った。

「言葉に甘えよう」

提灯が動いて、神吉の顔が見えた。

初老の頭には白いものが混じっていた。

会釈した影二郎は若菜の手をとり、豊左衛門の屋敷に戻った。すると屋敷では、新湯《あらゆ》を立てて二人の帰りを待っていてくれた。

祭りの亢奮も酒の酔いも帰路に見た殺人にすっかり冷めていた。それだけに湯に浸かった二人は、ほっと蘇生する思いだった。

離れ座敷には床が伸べられ、寝酒まで用意されていた。

「これは有難い」

寝化粧をする若菜を見ながら、影二郎は酒を飲んだ。

「御三家尾張の内紛にございましょうか」

「尾張中納言様の抱え屋敷が戸塚《とつか》村にあるでな、考えられなくもあるまい。ともあれ、世に騒ぎの種は尽きまじだ」

「影二郎様のお父上が乗り出される出来事ではありませぬな」

若菜は影二郎が江戸からいなくなることを案じていた。

「さてな。出来れば御免蒙《こうむ》りたいものよ」

と言った影二郎は、寝化粧を終えてかたわらに座ろうとした若菜の肩を抱き寄せると夜具の上にごろりと転がった。

「あれ、影二郎様」

影二郎の手が若菜の襟に差し込まれ、二人の長い夜はまだ続いていた。

二

翌朝、といっても四つ(午前十時)を大きく回った刻限、名主家の台所で影二郎と若菜が朝餉《あさげ》と昼餉を兼ねた食事を摂っていると、裏口から広い土間に入ってきた男たちがいた。

御用聞きの神吉に案内された南町奉行所定廻り同心牧野兵庫と大目付監察方の菱沼《ひしぬま》喜《き》十郎《じゅうろう》だ。

「おぬしたちも御会式見物か」

「ご冗談をおっしゃられては困ります。影二郎様が遭遇された一件で出張ってきたんでございますよ」

顔馴染みの牧野が苦笑いした。

「神吉親分はおれのことを信用しなかったのだな」

「夏目様、そんな滅相な。それにしてもお父上が大目付常磐秀信様とは存じませんで失礼を致しましてございます」

神吉が笑って腰を折った。

「親分、止めてくれ。おれは妾腹でな、常磐家とは縁が薄い」

小者たちや手先を表に待たした風情の三人が、影二郎らの食事をする板の間に上がり込んだ。

名主の豊左衛門も江戸から役人が来たというので慌てて挨拶に罷《まか》り出てくると、

「ここではなんでございます。座敷に通ってくだされ」

と願った。

「なあにこの二人なれば、気にすることもない」

影二郎の言葉に豊左衛門が恐縮の体だ。

「親分、なんぞ分かったか」

「身許が分かるようなものは一切ございませんでした」

「懐もあらいざらい奪い去っていきおったからな。まるで旋風のようであったな」

神吉は影二郎の言葉にそれ以上なにも問い返そうとはしなかった。牧野から影二郎の影仕事をほのめかされたせいだろう。

「身許が分からぬとなると遺体の始末に困ったな」

「今は、金乗院《こんじょういん》に預けてございます」

神吉が言い添えた。

「喜十郎、矢羽を見たか」

はっ、と首肯した。

菱沼喜十郎は、道雪《どうせつ》派の弓の名手だ。

「矢には野矢、征矢《そや》、的矢の三種がございますが、二人を射殺した矢は、征矢、戦用の矢の一種にございます。矢竹は四節を並みとするところ三節の短矢にございます。矢羽は、黒羽にございまして、羽尻が三角に切り込まれた、変わったかたちの矢羽にございます。今のところ、矢から襲った者たちの身許を洗い出すのは難しいかと」

「われらが見たのは一瞬であったゆえな」

牧野たちは茶菓の接待を受けて、立ち上がった。

「影二郎様はどうなされますな」

「折角の万灯祭だ、今宵も見物して行こうかと思う。喜十郎、そなたもどうだ、御会式の功《く》徳《どく》を積んでいっては」

「そうですね。それがしが牧野どのの尻に従っても役に立ちそうにはございません。若菜様、影二郎様のお言葉に甘えて、お二人の邪魔をしてようございますか」

「そのようなことをお断りなさらずとも……」

若菜が困った顔をした。

「この一件、町方の出る幕もありそうにございませぬ。それに江戸市中を辻斬りが横行しておりまして、われらも総出で駆り出されております」

「辻斬りとな」

「はい。腕に覚えがあるものと見えて、なかなかの腕自慢の侍ばかりを襲って、斬りつけて逃げるという、片手殺法の辻斬りでして、金目当てではないようです」

「何人も斬られたか」

「一昨夜など千葉周作《ちばしゅうさく》先生門下の高弟衆二人が襲われまして、二人とも脇腹と腰に大怪我を負わされました。千葉道場では北辰《ほくしん》一刀流の恥辱と昨夜から夜回りをなされておりますよ」

「それはしらなんだ」

「ともあれそれがしは先に江戸に戻ります」

牧野が影二郎と大目付監察方の友に挨拶して、名主屋敷を出ていった。

「若菜、豊左衛門どのに頼んでな、酒の仕度をしてくれぬか」

台所の女中がそれを聞いていて、

「すぐに仕度を致します」

と応じた。だが、若菜も手伝うつもりでいる。なにしろ祭りの最中、酒と料理には事欠かない名主屋敷だ。

影二郎は喜十郎を離れに誘った。母屋から離れに戻るとき、庭の一角からぺこりと頭を下げた小者がいた。

常磐秀信の小者ながら、探索の腕を持つ小才次《こさいじ》だ。

「来ておったか。しばし待て」

今日も穏やかな日差しの高田村だ。

「喜十郎、聞け」

影二郎は昨夜目撃したすべてを大目付監察方に話した。

「御三家尾州家と関わりのある殺人にございますか」

「おれが聞いた話の断片から察するにそう考えられる」

「となると慎重にも慎重を要しますな」

「牧野どのと神吉親分とを御三家の騒ぎに巻き込みたくないでな」

「おそらく牧野どのも影二郎様になんぞ腹案があって、それがしを引き止められたと考えておられますよ」

二人は役職こそ違え、これまで多くの事件を協力して解決に当たってきた敏腕の探索力の持ち主だ。互いの立場を承知していた。

「うーむ」

と影二郎は応じた。

「それがし、この足にて殿の下に駆け戻り、指示を仰いで参ります」

「待て」

影二郎は喜十郎を押し止めると、

「御三家のこと、拙速が一番いかぬ。父上にお知らせするのはあとでよい」

「はっ」

「まずは、小才次に戸塚村の尾張家抱え屋敷を見張らせてみよ。もし成瀬と申す家臣がおれば、あの二つの遺骸をその家に密かに届けて様子を見る手もある」

影二郎は小才次を呼ぶと、用を命じた。

「明日の朝まではここにおる。なんぞ分かれば、この屋敷に参れ」

影二郎はなにがしかの金子《きんす》を探索費に渡した。

小才次が畏《かしこ》まって受け取り、屋敷から消えた。

その夜、影二郎ら三人は、参道脇の茶屋に陣取り、途切れることなくやってくる万灯を眺めては、音の饗宴《きょうえん》の中に身をおいた。

むろん菱沼喜十郎と影二郎の前には酒があった。

「話には聞いておりましたが雑司ヶ谷の御会式、なかなか風情がございますな」

喜十郎は、音と光の帯にうっとりとしていた。

「昨晩はあの講中の中で一緒に歩いた。こうしておるのは楽でよいが、神輿《みこし》は担いでみろと申す。喜十郎、どうだ、あの者たちと一緒に騒いでは」

「もはやその年ではございませぬよ。こうして、酒を頂きながら見物する方が性に合っております」

謹厳実直な菱沼喜十郎は、影二郎と会って昼酒も覚えていた。

「いや、たまには気晴らしもよいものでございますな」

と顔を綻《ほころ》ばせ放しだ。

「こちらにおられましたか」

と小才次が姿を見せたのは、祭りも最高潮を迎えた五つ（午後八時）時分だ。

「名主様の屋敷に伺いますと祭り見物、今宵はおそらくうちが紹介した茶店におられましょうと教えられました」

「よう分かったな」

若菜が座を立つと一人前の膳を頼みにいった。

「影二郎様、菱沼様、尾張中納言様の屋敷は、えらく気を張り詰めておいでで、なかなか屋敷に忍び込むこともかないませんでございました。分かったことは、尾張名古屋から御目付の梅村丹後《うめむらたんご》様と配下の方々がこの数日来、戸塚の抱え屋敷に出てこられて滞在なされていたことにございます。ですが、昨日の夕刻に抱え屋敷を出ていかれて、本日は姿が見えぬということでございました」

「本家から御目付が参ったか、おもしろいな」

「成瀬なにがしという方のことは、抱え屋敷の中間《ちゅうげん》では分かりかねるようにございました」

「よし、今宵のところは上々吉だ」

そこへ若菜が膳を抱えた茶屋の女と戻ってきた。

「小才次、奥州《おうしゅう》路の旅以来じゃな」

若菜が杯を小才次に渡し、影二郎が酒を注いだ。

「またご一緒に御用が務められますんで」

「そうそう働かされても敵わぬ。ともあれ、今宵は祭りを楽しもうではないか」

茶屋の外の参道の万灯の往来と団扇太鼓の音と題目の熱気に囲まれて、祭りの酒と料理を楽しんだ。


影二郎と若菜が御会式の土産を抱えて江戸に戻ってきたのは、十月十四日の夕暮れ前だ。

菱沼喜十郎と小才次は、豊左衛門の屋敷に泊まったが早朝には江戸に戻っていた。

影二郎もまず浅草西仲町の料理茶屋嵐山に立ち寄った。

「おばば様、おじじ様、ただ今戻りました」

嵐山はそろそろ客を迎え入れようとしていたが、添太郎といくが若菜の声に飛んで出てきた。

「今年の御会式はどうであったな」

「若菜、楽しみなされたか」

矢継ぎ早に質問が飛び、若菜が差し出す土産の数々を、

「おうおう中川屋の飴か」

「薄の木菟は帳場に飾りましょうかな」

と一騒ぎあった。祭りの様子などを聞いた老夫婦が、

「ばば様、来年の御会式には雑司ヶ谷に参りますかな」

「豊左衛門様にも久しく会っておりませぬゆえな」

と言い合った。

若菜は影二郎らに茶を淹《い》れると、台所に顔を出した。

嵐山の奉公人たちは長く勤める者が多い。主が抜けたとて、料理から客の応対と遺漏なく出来た。だが、添太郎や若菜が帳場や台所に立つと立たないでは雰囲気が違った。

「ただ今戻りました、留守をして申し訳ありませんでしたね」

「若菜様、お帰りなさいませ」

大勢の声に迎えられ、若菜はこの夜の客の顔ぶれを確かめた。

影二郎は、下城の常磐秀信が嵐山に立ち寄るかと待ってみた。だが、秀信は公務が忙しいのか、姿を見せなかった。

五つ（午後八時）まで待って、影二郎は諦《あきら》めた。

大目付に昇進して川向こうの本所《ほんじょ》から御城近くの小川町へと引っ越していた。そのせいで

嵐山に立ち寄るのは遠回りにはなった。

菱沼喜十郎によって報告された事件が御三家尾張のからむことゆえ、慎重を期しているということではないかと影二郎には思われた。

見送りに出た若菜が小さな声で、

「この次はいつ参られますか」

と秀信の命で遠出することを心配したように聞いた。

「まずは父上がここに来られるかどうかにかかっておるな」

影二郎は、広小路から御蔵前《おくらまえ》通りに出ると着流しの長身をゆっくりと三好町へと進めた。

駒形堂《こまがたどう》近くまで来たとき、提灯の明かりが近付いてきて、こちらの様子を窺うように止まった。

侍の一団だ。

「どちらに参られるな」

若い声が詰問した。

「雑司ヶ谷の鬼子母神に参った帰り、三好町の長屋に戻るところじゃが」

影二郎が長屋の住人に買ってきた中川屋の飴や薄の木菟を見せた。

その声に後ろから出てきた者があって、

「おおっ、これは夏目瑛二郎どのではございませぬか」

と尋ねた者がいた。

影二郎が透かし見ると神田お玉が池の北辰一刀流千葉周作道場の古い門弟、篠塚龍五郎《しのづかたつごろう》だ。

「篠塚様か」

「皆のもの、このお方が鏡新明智流の鬼、夏目瑛二郎どのだ」

と本名で紹介した。

瑛二郎の瑛を影と名を変えたのは、無頼の仲間に落ちた後だ。

提灯の向こうがざわついた。

夏目瑛二郎の名は、天保期の三大道場三大剣術と言われた斎藤弥九郎《さいとうやくろう》の神道無念流《しんとうむねん》の錬兵館《れんぺい》、千葉周作の北辰一刀流のお玉が池道場、それに桃井春蔵の鏡新明智流のアサリ河岸が鎬《しのぎ》を削った草創期の伝説となっていた。

影二郎は千葉道場や斎藤道場の猛者《もさ》たちと竹刀《しない》を交えて、古い門弟たちとは顔馴染みだ。

「よからぬことが千葉様のご門弟衆に降りかかったそうな」

頷《うなず》いた篠塚が、

「昨夜も下谷《したや》広小路で伊勢亀山《いせかめやま》藩の剣術指南が襲われて、片腕を斬り落とされてございます。そこでわれらもこうして夜回りをしているところ」

「ご苦労にござる」

「夏目どのなれば、辻斬りを反対に手捕りになされようが気をつけて参られよ」

影二郎にそう言い掛けた篠塚らは去っていった。

隅田川の川風が吹き込む市兵衛《いちべえ》長屋の木戸を入ると、影二郎の飼犬のあかが主の帰宅に気がついて、わうわうと尻尾を振り振り吠え、体をくねらせて喜んだ。

あかは影二郎が留守をするとき、長屋の住人から餌を貰っていた。

その代わり、市兵衛長屋に怪しげな者など入り込めないようにしっかりと番犬の役を果たしていた。

「寂しかったか、あか」

影二郎が頭を撫でてやるとさらに激しく体をくねらせた。

「おおっ、戻ってきたかえ」

影二郎の隣の住人、棒手振《ぼてふ》りの杉次《すぎじ》が顔を覗《のぞ》かせて言った。

「面倒をかけたな」

「あかのことかえ。うちじゃねえや、歯入れ屋のお六ばあ様が餌をやっていたぜ」

と下駄の歯入れ屋の治郎平《じろへい》の女房が世話をしたと言った杉次は、

「近頃はよ、物騒だからさ、あかがいるのは大助かりだ」

と言いながらどぶ板を踏んで厠《かわや》に行った。

影二郎は長屋の戸を引き開けると、あかは自分の小屋に戻って顔を木戸口に向けた。

翌朝、といっても長屋の男たちが働きに出て、だいぶ刻限が経《た》った頃、影二郎は井戸端で顔を洗った。

お六が日差しを浴びて洗濯をしていた。

「おばば様、あかが世話をかけたな」

「なにっ、天気がいいってか。この季節は、風さえ吹かなきゃあ、いい天気に決まっておるわ」

お六は頓珍漢の答えをした。

耳が遠いのだ。

そのお六にあかが擦り寄って甘えかけた。

「腹っぺらしがまた腹が空いたか。今な、蒸かし芋をやるで待っておれ」

お六とあかは、なんとなく通じ合っていた。

影二郎が顔を洗い、手拭で水を拭き取っていると長屋の木戸口が、
ぱあっ
と華やいで門付けの鳥追いが立った。

菱沼喜十郎の娘、おこまが三味線を抱えて立つ姿だ。

「おこま、なぜ喜十郎と一緒に雑司ヶ谷に顔を見せなかった」

「若菜様とお二人のところ、邪魔はしたくありません」

おこまの言葉は笑いに塗《まぶ》されていたが、どこか真剣な響きもあった。

「朝早くからまたなんじゃな」

「昨日も辻斬りが出ましてございます。その一件について殿様から手紙を預かって参りました」

「ちょっと待ってくれ、仕度を致す。ちと早いが昼餉でも食そうぞ」

影二郎は長屋に戻ると漆の塗りが何重にもかかった一文字笠を被り、薙刀《なぎなた》を切り詰めて刀に変えた法城寺佐常《ほうじょうじすけつね》を腰に落とし込めば、仕度はなった。

木戸を出た二人は大川端に出た。

三好町の裏手は大川に架かる御厩《おんまや》河岸之渡し場だ。

近くに幕府の厩があって土地の人が御厩《おんまや》河岸と呼んでいたことに由来する。

渡し場近くの利休《りきゅう》庵に新蕎麦と看板がかかっていた。

「おこま、ここでよいか」

「はい」

二人は対岸から野菜売りの百姓女や大名家の奉公人たちを乗せて往来する渡しが見える板の間に上がり、向き合った。

三

影二郎が蕎麦と酒を注文した。

おこまは親披との添え書きがある常磐秀信の書状を出した。

影二郎は懐に仕舞い、

「昨夜の犠牲者はだれか」

と聞いた。

「斎藤弥九郎篤信斎《とくしんさい》様の弟子の一人、大石左之助様にございます。飯田《いいだ》町の道場を出たところを襲われ、刀を抜き合わせたそうにございますが、肩口を斬られて生死の境をさ迷っておられるとのこと。大石様は近頃、認可を授けられた斎藤道場の俊英にございますそうな」

神道無念流の斎藤篤信斎の出自は、越後《えちご》の氷見《ひみ》郡仏生寺《ぶっしょうじ》で、江戸に出て神道無念流の岡田十松吉利《じゅうまつよしとし》の門に入った。師の十松が病没した後、飯田町に錬兵館道場を構えた。

このとき、岡田門の後輩、伊豆《いず》韮山《にらやま》代官江川太郎左衛門の援助が多大にあったという。その縁で伊豆代官の用人格として四人扶持も与えられている。

弥九郎はそのことを大いに感謝して太郎左衛門の公務に随行することが多かった。

「辻斬り、よほどの腕自慢と見えるな」

「初めて辻斬りが出たのは、今月の初めのことにございました……」

おこまの説明によれば、

十月二日　伊予今治《いよいまばり》藩御番組高木勇三郎（直心影《じきしんかげ》流）肩口大怪我　池之端《いけのはた》

十月六日　仙台藩士村上丈左衛門（梶派《かじは》一刀流）喉元深手死亡　四谷《よつや》御門

十月十二日　千葉周作門下坂本毅（北辰一刀流）腰大怪我　須田《すだ》町

同右花木忠道左太股大怪我　須田町

十月十三日　伊勢亀山藩剣術指南市橋五郎蔵（念流）左腕切断　柳原土手

十月十四日　斎藤道場門下大石左之助（神道無念流）右肩深手　飯田町

ということになる。

「このところ三夜立て続けじゃな」

影二郎は、桃井道場が未だ襲われていないことを訝《いぶか》しんだ。

辻斬りが天保期の高名な道場を総ざらいに襲うとしたら、当然、鏡新明智流が入ってもおかしくないと思ったからだ。

香立つ新蕎麦が運ばれてきた。

「父上は大名家を糾弾するが役目の大目付、なぜ辻斬りに関心を持たれるな」

「さてそれは申されませんでした」

となれば手紙に書いてあると考えられた。

「おこま、父上は、高田四家町の一件についてはなんの言及もなされなかったか」

「はい」

とおこまが答えた。

御三家尾張の関わりと考えれば、時間がかかるのは予測できた。

「ならば、父上に伝えよ。影二郎も今晩から夜回りにでるとな」

おこまが頷くと新蕎麦を啜《すす》った。

影二郎とおこまは、利休庵の前で別れた。

影二郎はその足で御厩河岸之渡しに乗り合わせた。

船中で秀信の封書を開いた。かたわらには乗合客はいなかったからだ。

〈瑛二郎殿　高田四家の辻の一件、尾張家に関わり在りやなしや、ちと思い当たる件も御座れば精査の上そこもとに返答致し候。また金乗院の遺骸二体大目付にて始末つけ候。

さて、別件、辻斬りの事、気にかかる一条あり。

柳原土手にて襲われし伊勢亀山藩の剣術指南、市橋五郎蔵、抜き合わせし時、紋所を見るに三つ葉葵《あおい》であったと伊勢亀山藩の留守居役を通して大目付に報告し候。

三つ葉葵の辻斬りの身許徳川家所縁の者なれば天下の一大事。早々に探索の上、秀信直々に報告されたく命じ候。秀信〉

対岸の本所に上がった影二郎が向かったのは、南割下水《わりげすい》の伊豆代官江川太郎左衛門の拝領屋敷だ。

この隣には先ごろまで父の常磐豊後守秀信の屋敷があった。だが、大目付に昇進した今、御城近くの小川町に住み替えになっていた。

「御免」

玄関先で声を張り上げた。すると老用人の下村華兵衛《しもむらかへえ》が顔を見せて、

「瑛二郎様、お久し振りにございます」

と挨拶した。

「常磐様が屋敷住み替えにて小川町に移られ、寂しゅうございますよ」

「太郎左衛門どのはご滞在か」

「それが伊豆に行っておられましてな」

「斎藤弥九郎先生もご一緒か」

「さては大石様が辻斬りにあった一件でお見えになられましたか。早飛脚を伊豆に立てたばかりですよ。太郎左衛門様に斎藤先生も同行なさっておられます。さぞ二人とも仰天なされることでしょう」

「大石どのの具合はどうか」

「飯田町の奥医師、名嘉野唐庵《なかのとうあん》先生の診療所が近くにございまして、そこにて治療を受けられましたのが、幸運にございました。命はなんとかとり止めようという報告を先ほど受けたところにございます」

影二郎はしばし考えた後、

「大石どのに面会したいものじゃが、こちらの名前を出して差し支えないかな」

「私も見舞いをと考えていたところにございます。ご一緒いたしましょう、ちとお待ち下さい」

と華兵衛が奥に姿を消した。

名嘉野唐庵は、幕府医官で外科が専門だ。

診療所を兼ねた屋敷は、田安《たやす》門近くの二合半坂下の元飯田町にあった。

大石左之助は御家人の三男坊で道場から家に戻る途中に襲われていた。

華兵衛が江川太郎左衛門の名を出すと、左之助が眠る座敷に通された。

左之助の枕辺には、母親と道場仲間が付き添っていた。

「下村様、早速のお見舞い、申し訳ございませぬ」

門弟は当然ながら道場主斎藤弥九郎の庇護者である伊豆代官の用人を承知していた。母親も、頭を下げた。

「いかがかな」

「痛むのか。なかなか眠りに落ちることもできぬようで」

「お二人にちと相談がござる」

華兵衛が母親と門弟を部屋の外に連れ出した。

華兵衛は治療費を懐に入れてきていた、それを理由に二人を左之助から引き離したのだ。

「左之助どの」

影二郎が呼びかけると左之助が薄く目をあけた。

「それがし、鏡新明智流の桃井道場の門弟であった夏目影二郎と申す」

左之助は必死の面持ちで影二郎を見上げて、頷いた。

「一つだけ確かめに参った。辻斬りじゃが、そやつの紋所が目に入らなかったか」

「も、紋所……」

と左之助が訝しい表情をしながらも思い出そうとしていた。だが、判然としないのか、視線が虚空にさ迷った。

影二郎は踏み込んできいた。

「三つ葉葵ということはなかったか」

「あっ」

という叫びが洩れた。

「た、たしかに三つ葉葵にございました」

「風体はいかに」

「頭巾を被っておりましたゆえ面体は分りませぬ。恰幅《かっぷく》のよい体格で年は三十歳前後かと。近くに連れが待ち受けている様子で、若、ささっ、屋敷に戻りますぞという声を斬られた後に聞いたような気がします」

「……」

「それがしが覚えておるのはそんなところにございます」

「そなたは神道無念流の認可を受けた腕前、辻斬りはそなたをしても斬れぬ相手か」

それが、と応えた左之助は、しばし高熱と痛みに悩まされながらも、なにかを思い出そうとしていた。

「夏目様、それがしの前に現われた辻斬りめ、いきなり神道無念流、破れたり、と吐き捨てました。それがしが返答しかけたとき、辻斬りがすすっと草履をそれがしの足元に滑らせたのでございます。うっかりと注意を向けてしまいました。音もなく進み寄った相手が気配も見せずに袈裟《けさ》斬りを見舞いましたのはそのときにございます」

「気配も見せずとはどういうことか」

「夏目様、いかな達人でも斬撃の瞬間には、姿勢を溜めて腰を捻《ひね》り、利き腕にて抜き差しましょう。そのとき、剣の柄を握る掌、腕に力が加わり、それが殺気を生じさせますな。ところがこやつ、なんの気配も見せませぬ。気がついたときには、それがしの眼前にいて、いつの間に抜いたか、振り上げられた片手斬りの剣にて肩を割られておりました。なんとも不覚にございます」

「よう、話された。あとは夏目影二郎に任されよ」

「お願い申す」

影二郎は三つ葉葵の一件を口止めした。

左之助が頷き、瞼を閉じた。

そのとき、華兵衛らが病間に戻ってきた。母親の手には袱紗《ふくさ》包みがあり、どこか安堵の情が漂っていた。

影二郎は華兵衛に頷き返して、用が終わった事を告げた。


夕暮れ前、長屋に戻った影二郎を菱沼喜十郎と小才次が待ち受けていた。

「なんぞ御用がございますか」

喜十郎が尋ね、小才次が外に出ていこうとした。

「小才次、この場におれ」

男所帯の長屋に二人を止めた影二郎は、

「そなたらには話しておく。だが、このこと、口外無用じゃぞ」

と念を押した。

二人を辻斬りの探索に使えという秀信の含みがあっての訪問と思ったからだ。

影二郎は、辻斬りの紋所が三つ葉葵であることを告げた。

話を聞いた二人は沈黙したままだ。

三つ葉葵は徳川一門に許された紋だ。

この家紋を許された者が辻斬りを繰り返す、あるいは三つ葉葵を無断で着用して、悪さをする。どちらにしろ事実が知れれば、幕府を揺るがし兼ねぬ出来事へ発展する恐れがあった。

そうでなくとも徳川幕藩体制が大きく変節しようとしていた。

天明七年（一七八七）以来、五十年余、十一代将軍に在位した家斉《いえなり》が病の床にあって、大御所政治が終焉《しゅうえん》を迎えようとしていたのだ。

「影二郎様、三つ葉葵を盗用する者の仕業にございましょうか」

喜十郎が聞いた。

「いや、供を連れた様子といい、姑息《こそく》と鷹揚さを兼ね備えた剣の使い方といい、三つ葉葵を許された者の一人ではないかと推測される」

「三つ葉葵を許された一門となりますと御三家を始め、松平家一門、越前《えちぜん》系、久松系、能見《のみ》系とございます。それに、越前系だけでも越前松平家、津山松平家、松江松平家、広瀬松平家、母里《もり》松平家、川越松平家、明石《あかし》松平家、糸魚川《いといがわ》松平家と数々ございます」

さすがに大目付監察方、たちどころに徳川家に縁のある一門をあげた。

「どこに狙いを絞ってよいか、困ったものじゃな」

「影二郎様は夜回りに出られますか」

「出る」

菱沼喜十郎が影供をするかという顔で見た。

「ちと考えることもある。一人でそぞろ歩いて誘《おび》き寄せてみようかと思う」

「承知しました。われらも徳川一門の中に剣技に通暁した若様がおられるかどうか、独自に動いてみます」

「喜十郎、そやつと出くわしたなれば、小細工に目を奪われるではないぞ。ひたすら柄元を注視しておれ。最初の間合さえ外せば、恐れるに足らずと見た」

はっ、と喜十郎が畏まった。

「小才次、よしんば喜十郎が倒されようともそなたは出るではない、後をつけよ」

「へえっ」

「父上に書面を認《したた》める、待て」

二人を待たせた影二郎は秀信に宛てて書状を書き記し、遭遇した時の始末を問うた。

手紙を持った二人が市兵衛長屋から姿を消した。

井戸端に行った影二郎は、夕餉の仕度をしていた女たちに話しかけた。

「今晩の夕餉はなんじゃな」

はるが、

「うちは、大根と粗《あら》の煮物じゃけど」

棒手振りの杉次とはるの夫婦は子供が三人もいた。

「それがし、一人分、どうにかならぬか」

「菜くらいどうにでもなるけどさ、早く嫁をもらうこったね」

大工の女房のきねも、

「うちは、おからとひじきの煮つけだ。一皿、旦那のところに持っていくよ」

「助かった」

これで夕食の心配はなくなった。

夕餉が出来るまで影二郎は大川湯に行った。

長屋の住人たちからもらいものの夕餉を食した影二郎は、法城寺佐常の薙刀を切っ先から二尺五寸三分のところを刃区《はまち》として刀造りに直した豪剣の寝刃《ねたば》を合わせた。

南蛮外衣を身に纏《まと》い、一文字笠を被った影二郎が長屋の戸を開けると、あかが立ち上がって、伸びをした。

「おまえも行くか」

あかが影二郎の言葉が分かったように吠えた。

主従は大小二つの影を引いて、御蔵前通りに出た。

影二郎が向かったのは、南八丁堀のアサリ河岸だ。

影二郎にとって南八丁堀の桃井道場は、幼き時から通い詰めた懐かしき場所であった。

鏡新明智流は、安永年代に大和《やまと》郡山《こおりやま》家の臣、桃井八郎左衛門直由《なおよし》が開祖した剣だ。

宝暦七年に父の死とともに致仕をして江戸に出ると、南茅場《みなみかやば》町に道場を開いた。

二代目は弟子の桃井春蔵直一《なおかず》が継ぎ、道場を南八丁堀のアサリ河岸に移したのだ。

影二郎は剣の手解《てほど》きを隻眼の春蔵から授けられた。

三代目は、直一の子、直雄《なおかつ》が継ぎ、二人は四代目を影二郎に願った。が、影二郎は、それを断り、桃井道場から遠ざかった。

萌のことがあったからだ。

桃井では、四代目を未だ見つけられないでいた。

ともあれ、天保期、鏡新明智流の桃井道場は千葉周作の北辰一刀流、斎藤弥九郎の神道無念流と並んで人気の高い剣道場であった。

影二郎とあかがアサリ河岸に着いたとき、桃井道場には未だ明かりが点《つ》いていて、酒でも飲んでいる気配が漂ってきた。

主従は、河岸の暗がりに身を潜めた。

それから四半刻《とき》後、四人連れの門弟たちが門を出た。住み込みの弟子が、

「ともかく一人になるでないぞ。よいな、辻斬りを恐れることはないが、高を括るでない」

と注意して送り出した。

四人の門弟たちは八丁堀沿いに東へと下った。そして、中之橋で与力同心の住む八丁堀へと渡り、さらに北へと進んだ。

影二郎とあかは半丁ほど間をおいて暗がりを尾行した。

風に乗って四人の声高の話が聞こえてきた。

「甚助、アサリ河岸の小天狗と呼ばれるそなただ。本心は辻斬り退治をしたいのであろうが」

「正直申しましてその気持ちにございます」

「おぬしの腕なら辻斬りを倒すこともできよう」

年上の声がけしかけるようにいった。

甚助と呼ばれた若者、本名を田中甚助豊秋といい、このとき、十六歳であった。

桃井ではこの若者の天分に期待を寄せて、養子にしようとしていた。

先走ってしまうが甚助のことを記しておこう。

翌年、十七歳の折りに桃井家に養子に入った甚助は、左右八郎《そうはちろう》と改名した。そして、二十五歳の時、奥伝を授けられた。

この四代目、桃井春蔵直正《なおまさ》時代に鏡新明智流が隆盛期を迎えることになる。

いわば、影二郎の後継者だが、二人はそのことを知る由もない。

「明晩から辻斬り退治を始めますか」

「四人で歩いていては辻斬りも出にくかろう」

「ですから、それがしが一人で歩き、皆さんは陰から尾行してくるのです」

「よし、やるか」

話が纏まったようだ。

その夜、四人は小網町の御家人屋敷に入り、出てこようとはしなかった。

四

影二郎とあかの南八丁堀アサリ河岸通いは連夜続いた。

三日続きで辻斬りを繰り返した三つ葉葵の若の行状は、四日ほど止まった。

その翌夜、薩摩《さつま》藩にその人ありといわれた東郷示現《とうごうじげん》流の浜崎承五郎が抜き合わせながらも首筋を斜めに斬られて絶命していた。

その顔には苦痛よりも驚きの表情が残されていたと、小才次が知らせてきた。驚きの表情は三つ葉葵に気づいたゆえではあるまいか。浜崎は、

（どうしたものか）

と迷う隙をつかれたと影二郎は推測した。

田中甚助の一人歩きは、続けられていた。

仲間の三人も姿を見せないように従っていた。だが、神出鬼没の辻斬りのことだ。仲間がいることなどすぐにも見破ると思われた。

そのせいか鏡新明智流の小天狗の前に姿を見せなかった。

また甚助の一人歩きも連夜続くと仲間も三人が一人になったり、二人に戻ったりして、緊張が薄れていくのが見えた。

影二郎とあかは甚助と仲間の行動を闇の中からひたすら追い続けた。


その日の昼前、影二郎が井戸端で顔を洗っていると菱沼喜十郎とおこまの親子が長屋の木戸口に立った。

その顔には緊張の色が掃かれていた。

「待ってくれ、外に出よう」

影二郎は二人に声をかけると長屋に戻った。

三人が向かったのは、御厩河岸之渡しの利休庵だ。

昼時分のこと、渡し船が着いたこともあって店は込んでいた。

蕎麦を頼み、影二郎が聞いた。

「辻斬りの正体、分かったようじゃな」

「はっ」

と緊迫の返事をしたのは父親の方だ。娘を向くと、

「話してくれ、おこま」

と促した。それは探り出したのがおこまであることを示していた。

「影二郎様、越前福井藩三十二万石のご藩主の血筋、松平春次《はるつぐ》様かと推測されます」

「結城秀康《ゆうきひでやす》様の家系か」

「はい」

家康は二代将軍位を三男の秀忠に譲った。

そのとき、次男の秀康が存命していたのにも拘らずだ。この秀康は武将としての才は、はるかに秀忠より上であったといわれる。

結城姓を名乗っていたのは、小牧《こまき》・長久手《ながくて》の戦いの講和の条件として豊臣秀吉に差し出したためだ。

秀吉は秀康を養子として育て、下総《しもうさ》の名門結城家を継がせた。

その後、徳川の御世が到来して、秀康は結城から松平に戻し、越前宗家を継ぐ。

「影二郎様、当代慶永《よしなが》様の従兄弟筋に松平左門尉《さもんのじよう》春次様というお方がおられます。春次様

は幼少より体が弱く、そのために乳母は一方ならぬ苦労をされて育てられたということでございます。頑健な御体を作るために剣術の稽古をなされたのもそのためにございます。流儀は、関口弥六郎右衛門様が流祖の関口流にございますが、なんでも二十歳を越えた春次様は急に居合いに天分を示されたとか。一方で偏屈、狭隘《きょうあい》な気性が災いして、お役にはお付きになれなかったそうな。また、福井に居住して江戸に出たことがなかったそうにございます。その春次様が今年の春以来、江戸の霊岸島《れいがんじま》の福井藩中屋敷にご滞在にございます」

「よう調べた」

「小才次どのが中間たちの噂話を聞き咎《とが》めて、探索した結果、ようやく春次様に辿《たど》りつきましてございます」

「春次の行動じゃが、連日辻斬りを行うかと思えば、ぴたりと止む。なんぞ理由があってのことか」

「春次様、幼き砌《みぎり》より激しい頭痛持ちにて、それに襲われると痙攣《けいれん》を引き起こすほどの激しさにございます。この頭痛が去った直後に屋敷の外へ出るようにございます」

「病を患っておったか」

「屋敷では、配流《はいる》になった忠直《ただなお》卿の風貌によく似ておいでと噂されております」

越前松平家の初代結城秀康は、二代を長子の忠直に譲った。

忠直の正室は、二代将軍秀忠の三女勝子である。

世に伝えられるところによると忠直卿は酒食に溺れ、近臣を殺し、病と偽って参勤交替も放棄する。そんな忠直の行状を勝子が父の秀忠に訴えた結果、二十九歳の忠直は、豊後《ぶんご》萩原《はぎはら》に配流されたのである。

この折、忠直の弟が越後高田から福井への入封を許された。が、五十万石を十八万石も減ぜられた。

その後も福井藩を奇禍が襲い続け、貞享《じょうきょう》三年には千余人の士分などを召し放ちしたほどだ。

「なんとのう、不憫《ふびん》なことよ」

影二郎はしばし沈黙した後、聞いた。

「小才次はどうしておる」

「中屋敷を見張っております」

「父上からなんぞ命はあったか」

喜十郎が懐から手紙を出した。

厳重に封がされた手紙には親披と記されていた。

「よし、あとはおれに任せよ」

影二郎が言い、親子が頷いた。

徳川一門に列なる者の行状を一刻も早く止める必要があった。

松平春次の行状を幕閣が知るところとなれば、福井藩の存続に関わる大問題に発展しうる恐れがあった。

菱沼親子と別れた影二郎は長屋に戻った。

あかが冷たい風の吹く長屋の前で体を丸めて、主を迎えた。

影二郎は長屋に入ると、秀信の手紙の封を切った。

〈瑛二郎殿取り急ぎ認め候。越前福井藩松平春次様の行状確かなれば捨て置けず。水野忠邦様が承知なされしとき、厳しいお沙汰が下るは必定為り。春次様が次に辻斬りを企てしとき、病の返り討ちを装いて始末する算段を厳命す。これ偏《ひとえ》に福井藩三十二万石の御為、また、春次様の苦悩を安んじ奉るために候。尚この書状、読後速やかに処分されたし。秀信〉

影二郎は、手あぶり火鉢の灰の下に残っていた炭火を掻き立て、父からの手紙を燃やした。非情の命が記された手紙が焼亡するのを見ながら、なんぞ春次を助ける手立てはないかと、影二郎は考えていた。

影二郎が秀信から命を受けて二晩、静かな夜が続いた。

だが、三日目の夜、松平春次は、御番組衆の鈴木主水《もんど》を赤坂溜池《ためいけ》に襲い、首筋を刎《は》ね斬って絶命させた。

この朝、おこまが長屋に顔を見せ、影二郎にそのことを報告した。

「おこま、見たか」

「はい。遠くからにございますが、春次様がなにか驚かれた様子の鈴木主水様に近付かれて、声もなく刀を振るわれるところを見ましてございます。警告の声も発することも出来ませず、鈴木様はお労《いたわ》しいことにございました」

「春次様の動きはいかに」

「なにか操り人形の動きを見るようにございました。ですが、太刀筋の迅速なこと、尋常ではございませぬ。それに鈴木様を倒された後、夜風に乗って響いてきた笑い声の不気味なこと、怖気《おじけ》に身が震えました」

「春次様は頭を侵されているようじゃな」

「もはや将軍家のご近習衆を襲った春次様に残された時間はございませぬ」

おこまは幕府が総出で追いかけることを危惧していた。

「おこま、ここに至れば、悠長に春次様と出会うのを待ち受けるというわけには参らぬな」

「なんぞ策がございますか」

「昔の誼《よしみ》、鏡新明智流の名を騙《かた》るか」

「小天狗の田中甚助様の名で誘い出すのでございますな」

「ちと姑息じゃが、もはや猶予はならぬ」

影二郎は、松平左門尉春次に宛てた手紙を認めた。

「春次様ご自身の手に届くよう手配してくれぬか」

小才次とおこまが組めば、大名家の中屋敷に忍び込むことも可能であろうと影二郎は二人に任せた。

その夜、田中甚助らが南八丁堀アサリ河岸の桃井道場を出たのは、いつもより遅めの五つ半（午後九時）の頃合だ。

甚助はいつものようにまず八丁堀に沿って東へと下った。中ノ橋を渡れば、町奉行所与力同心の住む界隈だが、その夜、甚助はさらに稲荷橋《いなり》へと歩を進めた。

稲荷橋の先で越前堀と合流して、その流れは江戸湾へと注ぎ込む。

甚助はしばし橋上で足を止め、海を見た。

正面の海には、佃島《つくだじま》と長谷川平蔵の建言によって造られた石川島の人足寄場《よせば》の島影が望めた。

さらに稲荷橋の向こう、八丁堀と越前堀が合流する対岸には東湊《ひがしみなと》町が見え、越前福井藩の中屋敷が広がっていた。

稲荷橋の前で立ち止まる田中甚助が鉄砲洲《てつぽうず》へと歩き出したとき、福井藩の中屋敷から乗り物が密かに出て、越前堀の河口に架かる高橋を越えた。そして、八丁堀の稲荷橋を渡ると、今まで甚助が立ち止まっていた橋の前を通過しようとして停止した。

さらに闇から別の影が忍び出て、甚助が向かった鉄砲洲を差した。

乗り物が再び動き出す。

田中甚助を見張っていた影は再び闇に溶け込んでいた。

乗り物の供は、用人の伊藤善右衛門だけだ。

甚助は鉄砲洲本湊町を南へと下る。

その後を尾行する乗り物が河岸に平行して走る奥の道へと消えた。

今宵は年上の朋輩たちの付き添いはなかったなと甚助は思い出していた。年下の弟子にけしかけてみたはいいが、辻斬りが出る様子はない。そのことに倦《う》み飽きて陰の随行を止めたのだ。といって、甚助は、そのことを恐れたわけではなかった。

(出るなら出よ、おれが成敗してくれる)

その気概に燃えていた。

本湊町から船松町に踏み入れるには江戸湾から引き込まれた堀を渡らねばならなかった。

海から潮風が冷たく吹き寄せてきた。

甚助は、右手の路地から、すすっと現れた影を見た。

紋付羽織袴は、夜目にも豪奢なものであることが見てとれた。

旗本高家か、大名家の奉公人でも重臣の装いだ。

甚助の脳裏には、辻斬りが尾羽打ち枯らした浪人という考えがあった。

それゆえまさか眼前の恰幅のいい影が辻斬りとは承知しなかった。

「鏡新明智流田中甚助とはその方か」

甲高い声が聞いた。

なんと夜道で出会った武家が甚助の名を知っていた。

「いかにも私ですが」

「小ざかしくも手紙などを寄越しおって」

甚助にはなんのことやら分からなかった。

「忠直の身許、よう調べおった。褒《ほ》めて遣わす」

「忠直とはいかなる意か」

「おのれ、呼び捨てにしおって。予は家康様の直孫にして、越前福井藩五十万石の藩主なるぞ」

松平春次は、己が悲劇の先祖の忠直と思い違いしていた。

だが、田中甚助にはなんのことやら理解がつかなかった。ただ、世迷言を言う相手の紋所が三つ葉葵ということだけを見てとっていた。

（こやつ、痴《し》れ者か）

そう甚助が考えたとき、相手が動いた。

右足と右手が一緒に出る奇妙な動きだ。

その手が柄に掛かった。

（なんと辻斬りか）

甚助は飛び下がろうとした。だが、相手は予測を越えて間合の内に入り込み、甚助の肩口を袈裟に斬り落とそうとした。

甚助は必死で剣を抜いた。

だが、応戦するに間に合いそうになかった。

（おのれ、辻斬りに不覚をとるか）

甚助の背に悪寒《おかん》が走った。

その瞬間《とき》、闇から声が響いた。

「左門尉春次どの、そなたを呼び出したはこの夏目影二郎だ」

斬り込もうとした春次の動きが止まり、飛び下がった。

「なに奴か」

「無頼の徒と覚えておいてもらおう」

田中甚助は、眼前に起こった出来事が理解つかず剣に手をかけたまま立ち竦《すく》んでいた。そして、その脳裏に、

（夏目瑛二郎）

の名が激しく去来した。

桃井道場で鬼と呼ばれた剣士が夏目瑛二郎といわなかったか。

甚助が入門したときには、夏目は道場を辞めていた。

「夏目様」

「田中甚助、桃井春蔵先生に許しを得て、辻斬り退治に参ったか」

「いえ、それは」

「戻れ！」

鬼の一喝に小天狗が怯《ひる》んだ。

「行け、道場にて修行のし直しじゃ」

影二郎の命に鏡新明智流の四代目を後年継ぐことになる十六歳の若者は、素直にその場を離れた。

「おのれ」

春次が呟《つぶや》き、片手の剣を構え直した。

右足を半歩踏み出し、その前方に右手を捧げた奇怪な構えだ。

「春次様、ご先祖の忠直卿の二の舞を繰り返されて、越前福井藩をお潰《つぶ》しなさる気か」

「素浪人の分際で忠直に諫言《かんげん》をなす気か」

「春次様、もはや諫言にて済みませぬ。春次様のお命、夏目影二郎が申し受けまする」

「言うな」

一文字笠に着流しの腰から先反佐常《さきぞり》の異名を持つ法城寺佐常二尺五寸三分が抜かれた。

春次の片手斬りに対して、影二郎のそれは両手で斜め前に突き出すように置かれた。

間合は二間半余。

潮騒《しおさい》だけが鉄砲洲に響いていた。

雲間に隠れていた月が姿を見せて、二人の対決を照らしつけた。そして、その戦いを、息を飲んで見守る目があった。

ふっくらと下膨れした春次の顔が朱を帯びていた。

再び月光が消えた。

すると春次の顔に邪気が走り、左手を突き出すと同時に左の足を踏み出す奇妙な動きで突進してきた。

右手と右足が連動して動き、片手に構えた剣が空恐ろしい力で影二郎の肩口に振り下ろされた。

その瞬間、影二郎が動いた。

先反の切っ先が弧を描くと踏み込んできた松平春次の首筋を、
ぴゅっ
と刎ね斬った。

その瞬間、再び天から流れ落ちてきた月明かりが春次の頸動脈から飛び散った血飛沫《ちしぶき》を浮かび上がらせた。

悲鳴が闇の一角から響いた。

春次がよろよろとよろめき歩き、膝から崩れ落ちるように倒れていった。

影二郎が先反佐常に血振りをくれた。

するとあかが飛び出してきて、
うおおっ
と哀しげに吠えた。

闇の一角が動き、乗り物が戦いの場に歩み寄ってきた。

その乗り物には菱沼喜十郎とおこまの親子が付き従っていた。

「影二郎様、用人の伊藤善右衛門様にございます」

喜十郎が言った。

「伊藤どの、亡骸《なきがら》をお渡し申す。骨を福井に埋葬なさるがよい」

「お、大目付には報告なさらないのでございますか」

「報告してなんとする。越前福井を潰したところで屋台骨が緩んだ徳川幕府が変わるとも思えぬわ」

善右衛門の口から嗚咽《おえつ》が洩れた。

「伊藤善右衛門、夏目影二郎様のご厚情忘れはしませぬ」

「老人、それがし、春次様の遺骨を福井へと申しただけ、そなたが腹を切ることもない」

と言いながら、影二郎は、この老人が皺腹《しわばら》を切って春次の供をするのではあるまいかと考えていた。

だが、もはや影二郎にはどうにもならぬことであった。

「老人、乗り物に春次どのを」

鉄砲洲河岸に倒れ伏す遺骸が乗り物に納められ、稲荷橋へと戻っていった。

「喜十郎、酒を飲めるところを知らぬか」

影二郎らの胸は一様に越前福井藩の血筋を引く者の狂気に侘《わび》しさを感じていた。

「漁師などが参るところでよければ、この近くにございます」

「案内してくれ」

三人と一匹、四つの影が消え去るのを田中甚助が網小屋の陰からじいっと見送っていた。

第二話　紀代《きよ》の憂愁

一

天保十一年（一八四〇）の暮れはゆるゆると流れていった。

いよいよ家斉の大御所政治が終焉を迎えようとしていた。

老中首座の水野忠邦は、家斉亡き後の改革断行を睨みつつ、その配下に時代に即応すべきという開明派から鎖国政策を厳守するという保守派まで手広く集めて、互いを競わせていた。

保守派の首魁《しゆかい》、目付の妖怪鳥居甲斐守忠耀《とりいかいのかみただてる》が高島秋帆《しゆうはん》の砲術意見書に反対する意見を幕閣に具申したのは、師走になってのことだ。

高島秋帆は長崎町年寄の家系に生まれ、早くから西洋に学んで日本の国防に目覚め、西洋式の砲術を取り入れて国防を強化しようとしていた。

鳥居忠耀は、西洋砲術に批判的で排斥しようとしていた。いや、妖怪鳥居にとって、異国の先進的な科学、学問のすべてが忌諱《きい》すべきものであったのだ。

新玉の年が明けた天保十二年の正月を影二郎は、浅草西仲町の嵐山で迎えた。

元旦には若菜と二人、あかをつれて金竜山浅草寺《きんりゅうざんせんそうじ》に初詣でにいった。

大勢の人込みの中、若菜にとって元将軍の生き死によりも、影二郎と二人で過ごす暮らしの方が大事なことであった。

嵐山に戻る帰路、若菜は影二郎に言い出した。

「影二郎様、松の内があけましたら、数日お暇をもらってようございますか」

「どうする気か」

若菜の家は嵐山そのものであった。それが暇とはどういうことか。

「父母の墓参りにいってこようかと思います」

「おおっ、川越にか」

若菜の父親は赤間克乗《あかまかつのり》といい、武州浪人であった。川越城下に住んでいたとき、克乗が病に倒れて、姉の萌が自ら吉原に身を沈めて、看病の金子を作ったのだ。

その萌は聖天の仏七に騙《だま》されて命を絶ち、両親も亡くなり、若菜は天涯孤独の身になった。

その若菜を江戸に呼び寄せ、嵐山の祖父母に預けたのは影二郎であった。

姉の萌の墓は、影二郎の母親と同じ上野山下《うえの》の永晶寺《えいしょう》にあった。だが、萌と若菜の両親の墓は川越に残されていたのだ。

「若菜が江戸に出て参って四年になるか」

「足掛けの五年の歳月が過ぎました」

「うっかりしておった。若菜、おれも参る。じじ様とばば様にはおれから断ろうぞ」

「影二郎様もご一緒していただけますので」

「そなたに一人旅させてなるものか」

若菜が嬉しそうに笑った。

「若菜、松の内明けではちと無理だ、待てるか」

影二郎の脳裏には、高田四家の辻での尾張内紛があった。

「影二郎様と旅ができるならいつまでも待ちます」

「浅草河岸から川越船に乗れば、一晩で着く。必ず約定《やくじょう》を果たすで辛抱してくれ」

「はい」

若菜が弾《はず》む声で返事をした。

二人は浅草寺から上野山下の永晶寺に回り、影二郎の実母のみつ、そして、萌の墓参りを済ませた。

千代田の城に暗雲が立ち込める正月、影二郎は嵐山で祖父母や若菜と一緒に過ごした。

そんな二日の昼下がり、嵐山に供の女中を連れた武家娘が立って、遠慮げに訪問を告げた。

若菜が玄関に出ると、

「こちらに兄上がお出でにございましょうか」

と緊張の声で言った。

「もしや常磐紀代《きよ》様ではございませぬか」

「若菜様にございますね」

初対面ながら相手の名を互いが承知していた。

紀代は、常磐秀信と鈴女の息女で、異母兄の影二郎としばらく本所の屋敷で過ごしたことがあった。

「紀代様、まずはお上がり下さいませ」

若菜が紀代を招じ上げようとしたとき、影二郎が出てきて、

「紀代、ようきたな」

と笑いかけた。

「兄上」

紀代は影二郎の顔を見ると思わず泣きそうな表情を見せた。が、どうにか踏み止まった。

「若菜、紀代をそなたの部屋に通せ」

客の使う座敷ではなく、居間に通せと影二郎が命じ、

「むさいところではございますが、こちらに」

と紀代を案内した。

供の女中は、玄関脇の小部屋に待たされた。

若菜の部屋は嵐山の一階、坪庭に面した八畳と十畳間の続き部屋だ。

「紀代、めでたいな」

向かい合った影二郎が言うと、

「兄上、めでたくなどございませぬ」

と目に涙を浮かべた。

「正月早々、母上と喧嘩でもなされたか」

と言いながら、若菜に、

「酒の仕度をしてくれぬか。妹と酒を酌み交わしたい」

と命じた。

座敷に影二郎と紀代の異母兄妹が残された。

「紀代、二人だけじゃ、兄に話したきことあらば話せ」

「はい」

「なにがあったな」

「兄上、紀代は十九歳になりましてございます」

「美しき盛りだ」

影二郎は艶やかに輝く妹の顔をまぶしそうに見た。

「兄上、紀代は、一昨年の秋に祝言が整っておりました」

「おおっ、うっかりしておった。確か中奥御番衆浜谷《はまや》内蔵助《くらのすけ》様の嫡男、清太郎どのであったな」

旗本浜谷家は二千四百石の禄高であった。

影二郎は忙しさに取り紛れて、異母妹の婚礼の一件を失念していた。

「清太郎様が祝言間際に気の病にかかられまして、祝言が昨年の春に延ばされました。むろん父上、母上も病のことなれば、仕方なしと承知の上にございます。その清太郎様が転地療養にと箱根に参られたのは、春前のことにございました。そんなこんなで再び秋にと祝言は延期されました」

「なんとのう」

「清太郎様の病がようように癒えて、江戸御弓《おゆみ》町の屋敷に戻ってこられたのは夏過ぎのことにございます」

「病が完治したとなれば、祝言を挙げてもよいではないか」

「ところが清太郎様には、身の回りの世話をする女性《にょしょう》がついておられるのでございます」

「女中ではないのか」

「いえ、箱根の療養中に知り合ったお武家様の寡婦とか。清太郎様はそのお方に頼りっきりだそうにございます」

「ありそうな話じゃな」

若菜がまず茶菓を運んできて、早々に退室した。兄と妹だけでまず話をさせようと思ったからだ。

「清太郎どのはいくつになるか」

「二十四にございます」

「相手の女は」

「二つ上とか」

「紀代、この兄にどのような相談か」

「母上がこのことを知られて、破談にすると息巻いておられます」

鈴女なら考えられそうなことだ。

「父上は、武家同士がいったん約定を交わしたこと、浜谷家からなんの申し出もないのにそのようなことができようかと小さな声で呟かれておられます」

婿養子の秀信は鈴女に全く頭が上がらなかった。鈴女に抗して反対意見を述べることなどできぬ相談だった。

「紀代、そなたはどう考える」

「清太郎様とは、紀代が十一のときからの許婚にございます。気が弱いところがございますが人柄はいたって穏やか、誠実なお方と思うております」

「その清太郎が紀代の心配を他《よそ》に年増女の魅惑の虜《とりこ》になっておるのじゃぞ」

「紀代は、清太郎様とお目にかかって本心を確かめとうございます。兄上、はしたのうございますか」

「なんの。正直な行いじゃぞ、だれが責められようか」

「兄上、助けて下さいますか」

「安心せえ。兄がそなたの片棒を担ごうぞ」

紀代の顔が、ぱあっと明るくなった。

「紀代、正月じゃあ。町家の料理もめずらしかろう、大いに食して参れ」

影二郎がぽんぽんと手を叩いた。すると若菜と一緒に添太郎、いくも姿を見せた。三人の手には嵐山の正月料理の数々が載った膳があった。

「お姫様、よう参られましたな」

添太郎は感激の体だ。

「父上からいつもお料理の話を聞かされております」

「町家料理にございますが、ささ、どうぞ」

若菜が紀代に杯を差し出し、影二郎が銚子を取った。

「正月じゃ、屠蘇《とそ》と思うて兄の酒を受けてくれ」

兄と妹は初めて、酒を酌み交わした。

「兄上、若菜様のことを父上から聞かされておりました。美しい顔が輝いておられます、きっとお幸せなのでございましょう」

「まあ、紀代様ったら」

紀代は、嵐山の板前が暮れのうちに仕込んでいた料理の数々を賞味して、夕暮れまで時を過ごした。

「まあ、こんな刻限に」

紀代が慌てて、座を立った。

「兄が屋敷近くまで送っていこう」

「影二郎、それはよい。お姫様とお女中二人だけで帰すわけには参りませぬよ」

添太郎が言い、送りに出た。

玄関先にはこちらも存分に馳走になった女中が土産を持たされて待っていた。

「影二郎、辻駕籠を二丁用意しておいた」

添太郎は駕籠を嵐山の門前に用意していた。

「おじじ様、おばば様、深々と馳走になりました。どれも初めての味、大変美味しゅうございました」

「紀代様、いつでもな、お出でになってくださいな」

添太郎の言葉に送られて、二人の女が辻駕籠に乗った。

「権十、大事なお姫様じゃぞ、しっかり担いでいけ」

浅草門前町の料理茶屋の主に命じられた駕籠かきが、

「合点承知だ、一揺らしだってさせないぜ」

とそっと駕籠を担ぎ上げた。

着流しに一文字笠の影二郎が紀代の駕籠のかたわらを守るように広小路から御蔵前通りを抜けて、浅草橋で神田川を渡り、柳原土手を遡って筋違《すじかい》御門から表《おもて》猿楽《さるがく》町へと向かった。

「兄上、紀代は若菜様にお目にかかれてようございました。兄上は幸せ者にございますな」

「無頼の兄が幸せか」

「はい、兄上が好き放題できるのも若菜様がおられるからにございます」

紀代は影二郎が秀信の影始末の仕事をしていることを知ってか知らずか、言った。

影二郎は妹と他愛もないことを話しつつ、小川町の常磐邸門前まで送り、

「また会おうぞ」

と紀代に声をかけると門内に入ることもせず、踵《きびす》を返した。

「旦那、乗りますかえ」

あとから追いついてきた権十が空駕籠を差した。

「ならば浅草御門の郡代屋敷まで戻ってくれぬか」

権十が先棒の駕籠に乗って神田川を今度は下った。

郡代屋敷は馬喰《ばくろう》町御用屋敷ともいい、関八州郡代代官所で、この関わりの役所や役宅があった。

勘定奉行監察方であった菱沼喜十郎とおこまの親子は、大目付支配下と転じた今も郡代屋敷の一角のある役宅に住んでいた。

権十らの駕籠を降りた影二郎は、

「正月早々働かせたな」

といくらかの酒代を差し出した。

「添太郎様に十分頂いてまさあ」

「遠慮するほどの額ではないわ」

影二郎に押し付けられた権十が、

「ありがとうございます」

と礼を述べて二丁の空駕籠は戻っていった。

「許せ」

影二郎が菱沼の役宅を訪ねると、

「これはまたおめずらしいことにございますね」

とおこまが笑いかけ、年頭の挨拶を成した。

居間に招じ上げられた影二郎に、

「新年明けましておめでとうございます」

　と主の喜十郎が挨拶をする。

「ご丁寧に痛み入る、千代田の城では年頭の挨拶も小声というではないか」

「なにせ大御所様が床に伏されておりますからな」

　おこまが早速酒を運んできた。

「すでに昼酒を頂いたが場所と相手が変われば、また美味しかろう」

　三人は、酒を注ぎ合って新年の酒を酌み交わした。

「影二郎様自ら足をお運びとはなんでございますな」

「うーむ。ちと私用を頼みたい」

　影二郎は、紀代が嵐山に訪ねてきたことやその事情を告げて、

「浜谷清太郎の女を調べてくれぬか」

　と頼んだ。

「なんと常磐家にそのようなことが……紀代様を始め、ご家族には目が向いておりませんで、うっかりしておりました」

「それはおれも同じことよ。一昨年に祝言のことを聞かされておったが、つい失念していたわ」

「秀信様も紀代様のことまでは影二郎様にお頼みできなかったのでございましょうな」

「養母上は、おれが常磐家に関わることを嫌われておるからな」

「三が日が明けましたら、早速手をつけます」

親子に請負われた影二郎は、安心して杯に新たな酒を受けた。


嵐山が暖簾をたらした三日の夕刻、影二郎とあかは、市兵衛長屋に戻った。

添太郎といくが、

「長屋の皆様に」

と正月料理を重箱に詰めて持たせてくれた。

いつもあかが世話になり、ときには影二郎まで食事の厄介をかけていることを気にしたのだ。

長屋の木戸口であかが出迎えてくれた。

「正月は終わったかえ」

棒手振りの杉次が言いかけ、

「おれも明日からまた天秤棒を担いで商いだぜ」

と過ぎ去ろうとする正月を惜しんだ。

「いつも世話になっている礼だ。夕餉の菜に加えてくれぬか」

重箱を一つ渡すと、中身を見た杉次が驚きの声を張り上げた。

「ち、ちょっと待ってくれ。嵐山の料理がよ、うちの長屋に舞い込んできやがったか。こりゃあ、正月のやり直しだぜ」

長屋の住人がどぶ板の前に出てきて、影二郎から一つずつお重を受け取った。

「焼き鯛にきんとん、煮しめに蒲鉾、これじゃあ、ほんとに正月のやり直しだわ」

おはるが叫んで、それぞれが長屋にお重を持ち帰った。

「旦那、うちで一杯飲まねえか」

杉次が誘ってくれたが、

「酒はもう十分じゃあ」

と断った。

二

大目付の父からなんの連絡もないままに日にちだけが過ぎていった。

五日の昼下がり、市兵衛長屋をおこまが訪ねてきた。

「出よう」

木戸口に小才次が待っていた。

長屋から手近な利休庵に影二郎は二人を案内した。

蕎麦屋は刻限が刻限だけに客の入りは少なかった。

「造作《ぞうさ》をかけたな」

影二郎は、二人に礼を言った。

小才次が頷いた。

「身許が分かったか」

「影二郎様、分かりましてございます。浜谷清太郎様を虜にしておる女は、小人目付細川琢《たく》磨《ま》の娘のお桂《けい》にございます。この女、幼き頃から目付組屋敷でも評判の美貌にございまして、その美形ゆえに旗本三百三十石、小普請組の依田《よだ》三右衛門どのに嫁入りしました。ところが、主の三右衛門どのが病に倒れて亡くなりました、嫁入りして三年目のことにございますそうな。お桂は実家に戻されましたが、狭い役宅に弟妹多く、両親とも折り合いがうまくいきませぬ。そこでなぜか亡夫の静養先であった箱根の湯に戻り、清太郎様と出会ったようでございます」

おこまが報告した。

「お桂は性悪《しようわる》か」

「へえっ」

と頷いたのは、小才次の方だ。

「格別性悪というわけではございませぬ。ようやく三十俵二人扶持《ぶち》から小普請ながら旗本三百三十石の奥方に出世した、それが再び三十俵二人扶持の家に戻らねばならぬのです。箱根で清太郎様に会ったとき、これは離すまいと女の浅知恵で考えたのではありませぬか」

清太郎は飛んで火にいる夏の虫であったか。

「女の浅知恵ですか」

おこまが小才次に絡むようにいい、

「おこま様、これはうっかりしましてございます」

と小才次が苦笑いして謝った。

「顔は美形か」

「はい、寂しげな顔立ちながら整った美人にございますし、しなやかな体付きもしています。若い清太郎様がたらしこまれたのは、当然にございましょう」

「清太郎とお桂は、浜谷家の屋敷に同居しておるか」

「いえ、いくらなんでも浜谷内蔵助様の目の届くところではできませんや。浜谷家の抱え屋敷が寛永寺《かんえいじ》下の谷中《やなか》村にございます。そちらに二人で籠もっているのでございますよ」

「なんとのう」

影二郎はしばし考えた後、

「初心《うぶ》な清太郎がお桂のような女に魅惑されるは理解もつく。が、お桂のように男の味を知った女が清太郎のような、頼りなき若様一人に満足しておるものであろうか」

「他に男がおるといわれるのでございますか」

「いやさ、推量じゃあ」

「その辺のところを調べてみますか」

小才次が言い、影二郎が、

「無駄かもしれぬが頼もう」

と願った。

さらに六日後、小才次一人が三好町の長屋を訪ねてきた。

影二郎は一文字笠を被り、着流しの腰に法城寺佐常を差し落として、長屋を出た。

その背をあかが黙って見送った。

御蔵前通りに出たとき、小才次が言い出した。

「影二郎様の勘があたりました」

「男がおったか」

「なかなか谷中村の屋敷を出ませぬので、これは駄目かと思い始めました昨日のこと、お桂が実家に参ると言い置いて、屋敷を出ました」

「うーむ」

「お桂は確かに実家に立ち寄りました。が、ものの四半刻後には表に姿を見せました。次に行った先は、牛込《うしごめ》御門近くの小普請の依田三右衛門の屋敷にございました」

「はい。するとそこもすぐに出てきました。外堀ぞいに神田川から柳原土手へ、さらに柳橋へと下って、下平右衛門町の茶屋に入りましてございます。待ち受けていたのは五人連れの派手な羽織袴の旗本奴といえば聞えもようございますが、一見して部屋住みと分かる連中にございます」

部屋住みとは旗本御家人の次三男のことで、養子先がなければ一生屋敷に飼い殺しになる連中だ。

「なかなかやるではないか、小人目付の娘め」

「まだ日の高いうちから酒を飲み始めまして、どうやら宴の間にお桂は、五人の頭分、依田七之助と床入りをしたようでございます。茶屋の仲居に銭を摑《つか》ませて確かめましたゆえ、間違いはございますまい」

「依田とはだれか」

「はい。亭主であった三右衛門の叔父にして無役の旗本、百三十石高、屋敷は本所の北割下水にございます。年は三十七とのことでございます」

「役者が揃ったな」

「どうやらお桂の軍師と情夫を兼ねたのが七之助で、なんとしても浜谷家に入り込めとお桂に螺子《ねじ》を巻いておるようにございます」

「嫁入り先じゃな」

「よう調べた」

影二郎は小才次を褒めると、

「依田七之助は、なんで食べておる。お桂が清太郎にたかった金を渡しておるか」

御目見《おめみえ》以下の百三十石の旗本では馬は飼わなくてよい。その分、家計が助かった。

それにしても実収五十二石、一石一両と計算して年収五十二両、これで槍持ち、中間、下女を雇って体裁を整えなければならない、当然、暮らしは極貧である。それが派手な羽織を着て、旗本奴を気取っているところをみると、どこからか金が入ってくると見ねばならなかった。

「お桂からとも思えません。浜谷家からはお桂が入り込んだ後に絞り取る算段でございましょう。依田七之助の金の出所はまだ摑めていません」

と小才次は面目なさそうな顔をした。

なにしろ昨日の今日だ。調べが行き届かないのは当然といえた。

「おこま様が依田七之助の屋敷を見張っておいでですので、近々底が割れるとは存じます」

「七之助の腕前はどうか」

「七之助を頭分とする者たち、本所林町の念流の尾形忠良《おがたただよし》道場の門弟でして、七之助は、尾形先生から皆伝を許された腕利きという話にございます」

念流尾形道場は、稽古の厳しい道場として知られていた。

「ご時世じゃあ、だれもが道場通いなど嫌う。尾形道場にて免許を得たとなると、感心な直参ではないか」

小才次が頷いた。

「どうなされますな」

二人はなんとなく御蔵前通りを浅草へと歩いていた。

「七之助らが動き出すのは、日が落ちてからのことであろう。谷中本村の浜谷家の抱え屋敷を見物に参ろうか」

「なればご案内致します」

行き先が定まった二人の足が早まった。

谷中の名称は、上野の山と駒込《こまごめ》の間の谷とも下谷に対する呼び名とも言われる。

江戸初期、谷中村と呼ばれていた寛永寺北側の谷中村は、谷中と谷中本村に分かれた。

その後、谷中は段々と町場に組み込まれていったが、谷中本村は鄙《ひな》びた風情を今に残していた。

浜谷家の抱え屋敷は善性《ぜんしょう》寺の北西にあって、敷地はおよそ二千余坪。内緒が豊かなことを示して、門扉も塀も庭木も手入れが行き届いていた。

子沢山の小人目付の娘が摑んだ旗本二千四百石の手蔓《てづる》だ、なかなかのことでは離すまいと抱え屋敷の佇《たたず》まいを見ながら、影二郎は推測した。

影二郎と小才次がぐるりと一回りして、善性寺の門前に戻ってきた。

茶店が一軒店開きしているのが目についた。

上野のお山見物に来た人たちが立ち寄るのか、茶から酒まで商っている。

(どうしたものか)

影二郎が迷っていると、二人の前を棒手振りが駕籠に青物を積んで通り過ぎた。すると小才次が、

「影二郎様、ちょいとこの茶店でお待ちねがえますか」

と言い残すと、棒手振りを追いかけていった。

影二郎が見ていると、小才次は追いついた棒手振りとなにごとか交渉している。そのうち、銭を渡した風情で破れた菅笠から天秤棒まで商い道具一式を借り受けた。

どうやら小才次は棒手振りに化けて、浜谷家の台所に潜り込むつもりのようだ。

棒手振りは、その場に座って煙草を吸い始め、俄棒手振りの小才次は浜谷屋敷の方へと向かった。

影二郎は茶店に入り、酒と名物の泡雪豆腐《あわゆきどうふ》を注文した。

茶店の表の梅の古木に鶯《うぐいす》がやってきて、美しい鳴き声を響かせた。

影二郎は、胡麻垂れのかかった泡雪豆腐で熱燗の酒をちびちびと飲みながら、小才次の帰りを待った。

四半刻、半刻と過ぎた。

棒手振りも心配になったか、立ち上がっては辺りを見回し始めた。

そんな中、ようやく小才次が棒手振りのところに戻ってきて、商売道具を返した。

安心した棒手振りが再び商いに去り、小才次が顔を上気させて戻ってきた。

「ご苦労であったな」

「浜谷家の台所女中が古手の女で、いろいろと喋《しゃべ》ってくれました」

影二郎は頷くと新しい酒を注文した。

「お桂は楚々とした顔立ちの女でしてね、年も若く見えますんで。俗に言う男泣かせの顔と申してよいでしょう。この大人しい顔が床の中では変身すると見えて、なかなか激しいのだそうで」

「ほう」

「近頃、清太郎様がやつれてきたと女中は心配してました」

「お桂の望みはなんだな」

「ご存じのように後家にございます。正室に上がろうなんて厚かましきことは申しません、どうか清太郎様のお情で側室にして下さいと迫っているそうにございます」

「清太郎は嫁も迎えぬのに妾持ちになるか」

「清太郎様はお桂のことを厄介と思いつつも、閨《ねや》の秘術に虜にされているというところにございましょう」

「えらいものに引っかかったな」

と苦笑いする影二郎に、

「お桂がこの次、先祖の墓参りと称して外出するのは、四日後にございます」

「さてさてどうしたものかな」

と少し覚めた酒を嘗《な》めながら考え込んだ。


夕暮れ前、影二郎と小才次は、吾妻《あづま》橋を渡り、本所に向かった。

北割下水から入った依田七之助の屋敷に回ったのだ。

そこはお定まりの傾きかけた開き門に破れかけた板塀で、塀から伸びた松の枝も職人が手を加えた跡はなかった。

暗がりからおこまが姿を見せた。

三人は無言のままに依田の屋敷から離れて北割下水まで歩いた。

「七之助は、先ほど道場から戻って参りました。仲間が一人、同行しておりまして、この後、どこかへ出かける様子です」

「稼ぎ仕事かな」

おこまが頷く。

依田七之助と仲間の一人が出てきたのは、六つ半（午後七時）過ぎだ。

二人は足早に北から南割下水に向かった。

北と南では割下水も風紀が異なった。

北割下水は武家地と町家が混在し、貧乏の冠がついた御家人が多く住んでいた。だが、南となると御目見以上の旗本屋敷が軒を連ねていた。

二人は屋敷町を抜けて、竪《たて》川に出た。

影二郎の耳におこまの呟きが聞えた。

「また尾形道場に戻るのかしら」

影二郎とおこまは二人から半丁ほど間合をおいて尾行していた。

小才次は、暗がりに姿を没しさせて見えなかったが、七之助を見張りつつ尾行しているのは確かだった。

尾形道場は川を渡った本所林町にあった。

だが、二人の足は竪川のこちら岸を大川へと向かっていた。ふいに百瀬《ももせ》検校《けんぎよう》が主の惣録屋敷を望む対岸で足を止めた。

二人は小洒落た屋敷に入った。

しばらくすると一丁の駕籠が門前に止まり、駕籠かきが門内に声をかけた。すると年寄りの按摩が出てきて、駕籠に乗った。袴を着け、杖を持った姿から無官の按摩ではないことが察せられた。

依田七之助らも姿を見せて駕籠に従った。

「按摩の用心棒ですかねえ」

おこまが首を捻《ひね》った。

七之助と仲間に守られた駕籠は、両国東広小路へと向かった。

影二郎とおこまも再び尾行を開始した。するとふいに暗がりが揺らいで、小才次が姿を現した。

「あいつ、鳥市《とりのいち》と申しまして、座頭金《ざとうがね》を貸し付ける金貸し商売が本業にございます。鳥市の口車に乗って金を借りた店や御家人は、店を乗っ取られたり、御家人の株を売ったりと散々な目に遭うという話で」

「七之助の稼ぎは、座頭金の貸し金の取り立てか」

「どうやらそんなところのようで」

「まずは手並みを見てみようか」

鳥市の駕籠は両国橋を渡り、西広小路を直ぐに折れて、薬研堀《やげんぼり》の一軒の茶屋に止まった。

鳥市に従ったのは、七之助だけだ。

影二郎たちは、水月と暖簾に染め出された茶屋の表を望める堀端で見張っていた。すると金箱を抱えた鳥市がすたすたと出てきて、その後を裸足の女将が追い縋《すが》った。

「鳥市様、その金を持って行かれますと、明日からの仕入れもままになりませぬ。今夜のところは利息にてご勘弁下さい」

泣き声で嘆願し、追い縋ろうというのを七之助が邪険に引き剝《は》がした。

「なんてことを」

おこまが怒りの声を洩らした。

慶長八年二月、家康は時の職検校伊豆円一《いずえんいち》に格別の庇護を約し、当道座《とうどうざ》を立てる特権を与えた。

この伊豆円一、家康の愛妾の遠い血筋だという。
一　当道座に自治を許し、座法によって犯罪を起こした盲人を関東惣録の下で裁く権利を与えた、つまり盲人は町奉行所の裁きの外にあったのだ。
一　検校以下の瞽《こ》官を公認して、各種の運上金を座中の者に配当することを許した。
一　官金による貸金業を認めた。
一　諸国の盲人を京の職検校、あるいは関東の惣録検校の下に統括させた。
一　盲人にはいっさいの租税を免除した。
関東惣録屋敷に所属する座頭たちの多くがお上公認の貸金業を生業にするのは、この特権ゆえだ。だが、特権をいいことに阿漕な商いをする者が後を絶たなかった。

どうやら、鳥市もその一人らしい。

鳥市の駕籠が向かったのは、芝居小屋が集る二丁町の仕出屋の上総屋《かずさ》だった。

上総屋でも鳥市が貸金の取立てに来ることを予測して、五人の遊び人を集めていた。

だが、依田七之助が大刀を抜き放って、大暴れすると五人は逃げ散った。

鳥市の駕籠が去った後、虚脱した主の口から呪詛《じゅそ》の言葉も聞かれず、

「首吊りしか道はないな……」

と力ない呟きが洩れた。

「おこま、およそのところは分かった。おれにも座頭金には手が出せぬわ。戻ろうか」

二人は鳥市が次の取立てに回るのを余所目《よそめ》に踵を返すと、小才次が黙って姿を見せた。

三

影二郎の前を様子のいい女がいく。

ほっそりとしたうなじ、柳腰、体全体がしなやかな竹のようだ。

ちらりと覗く横顔も男心をくすぐる楚々とした風情、元旗本小普請組依田三右衛門の奥方だったお桂だ。

墓参りと称して寛永寺下谷中本村の浜谷家の抱え屋敷を出たお桂は、実に楽しげに下谷車坂から新寺町通りを東に下って浅草広小路に出た。そして、金竜山浅草寺の参道を入ると仲

見世を冷やかして歩く。

それは小人目付の娘とか、旗本の奥方というよりは町家の娘のようだ。

寺に参ったお桂は、門前から少し入った蕎麦屋に上がり、酒を頼んで昼餉を食した。

半刻後に出てきたお桂の顔はほんのりと赤く、火照っていた。

吾妻橋の手前で蔵前へと向かう大道に入ったお桂は、通りにある袋物屋や小間物屋の店先を覗き、番頭との会話を楽しんでいた。そして、櫛笄《くしこうがい》が飾られた店で黄楊《つげ》の櫛を買い求めた。

依田七之助との出合いまでの時間を潰しているようで、ぶらぶらと浅草橋へと向かったのは、八つ半（午後三時）過ぎのことだ。

お桂の足は下平右衛門町の出合い茶屋に向かうようだ。

一文字笠を被った影二郎は、

（さてどうしたものか）

と考えつつ、歩を進めていた。

小才次が影二郎のそばにすいっと寄って来て肩を並べた。

「お桂は、今晩は実家に泊まると言い置いてきたそうで、先日とは趣向が違っているように思えます」

「どういうことだえ」

「七之助は柳橋際に屋根船を用意しているのでございますよ」

「ほう、船遊びか。貧乏旗本が優雅なことよ」

「鳥市め、よほど用心棒料を支払っていると思えます」

「鳥市は金貸しじゃぞ、鷹揚とも思えぬがな」

神田川に架かる浅草橋から一つ下流、大川と合流する辺りに架かる橋が柳橋だ。その橋際に止められた屋根船は、どこから借り受けてきたか、船宿の名も入れられてなかった。

お桂は、馴れた様子で船着場への階段を下りると船頭に合図して、身を滑り込ませた。

「影二郎様、菱沼の旦那が、ほれ、あれに屋根船を用意しておられます」

対岸の下柳原同朋《どうぼう》町の河岸にひっそりと船が停泊していた。

「おこまはまだか」

「はい。おっつけ見えようかと思います。なにしろ愚図っておいでしたから」

と小才次が言った。

そのとき、お桂の乗った屋根船へ依田七之助らが到着した。

影二郎は七之助と仲間の風体に訝しさを感じた。

一人が下げた酒樽や提重《さげじゅう》はいいとして、船遊びするにしては、どこか野暮ったい格好だった。それに全員が裁っ付け袴だ。また大風呂敷を下げている者もいた。

七之助らが屋根船に乗り込むと船頭が棹を差した。

影二郎と小才次は、柳橋を渡り、喜十郎の待つ屋根船へと急いだ。するとおこまがどことなく影の薄い若侍を伴い、船着場へと降りていった。

浜谷清太郎だ。

先におこまと清太郎が乗り込んだ。さらにその後を影二郎と小才次が続いた。すると清太郎が、
ぎくり
とした様子で影二郎らを振り見た。

「そ、そなた方は何者ですか」

「心配めさるな。そなたにちとおもしろき見世物をただ見させようというお節介者だ」

影二郎が笑った。

「お桂はどこにおる」

「後家の手練手管《てれんてくだ》にかかって、清太郎、籠絡されたか」

そう言った影二郎が薄く船の障子を開いて、大川を横切り始めた屋根船を顎で示した。

清太郎が隙間に目をつけて、明々と明かりを点して酒でも飲み始めた屋根船を見た。

「あれに乗っておるのじゃな」

「いずれ分かる」

影二郎らが乗る船は、無灯だ。間をおいて追跡していった。

半丁の間をおいて騒ぎが川面《かわも》を渡ってきた。

その中にお桂の声も混じっていた。

清太郎はじっとその声を聞き分け、

「お桂……」

と呟いた。そして、辛抱し切れなくなったか、

「お桂の相手はだれか」

と聞いた。

「おのれの眼《まなこ》で確かめることじゃな」

影二郎がにべもなく言い放った。

屋根船は両国橋の東詰めで止められ、お桂一人がひょいと飛び下りた。

そして、手を振ると両国東広小路へと上がっていった。

屋根船は、船着場を離れ、首尾の松方面へと遡っていく。

「お桂が……」

清太郎が心配した。

「心配いたすでない」

影二郎の乗る船から小才次が飛び降りて、お桂の後を尾行していった。

影二郎の乗る船は再び屋根船追跡に移った。

屋根船は、上流の竹屋ノ渡し辺りまで遡上し、ゆっくりと回頭して川口へと舳先《へさき》を戻した。

「舟遊びに来たのでございましょうかな」

菱沼喜十郎の顔は、はておかしなことがあるものよという疑いに満ちていた。

先行する屋根船が両国橋を潜って竪川に入り、一ツ目之橋下で一旦停止した。

お桂が一人降りた両国東広小路に近い。

影二郎らの船は、竪川の入り口の暗がりに停っていた。

もはや屋根船には宴の様子はない、船から顔を覗かせた男たちは酔った顔を水で洗い、黒手拭で頬被りをした。

緊迫した空気が影二郎らのところまで伝わってきた。

そこは関東惣録屋敷の近く、鳥市の家もあった。

「なにをする気でございましょうな」

おこまが呟く。

「鳥市が夜中に取り立てに参るのであろうか」

喜十郎が自問するように呟く。

屋根船が再び動き出した。そして、直ぐ先の鳥市の家の前の河岸で止まった。

障子が開けられ、依田七之助らが飛び出していく。

全員が盗人装束の黒尽くめ、頬被りして、手に強盗提灯《がんどう》を提げているのもいた。馴れた動きの七之助らは、しばらく鳥市の小洒落た板塀の暗がりに張り付いていた。すると中から格子戸が引き開けられた。

「あやつら、鳥市の金を狙っておるようだ」

影二郎が言ったとき、それまで黙っていた清太郎が、

「お、お桂……」

と驚きの声を洩らした。

格子戸を引き開けたのは緋縮緬《ひぢりめん》の長襦袢《ながじゅばん》の寝乱れた女だった。それは遠目にもお桂ということがわかった。

闇を揺らして小才次が姿を見せた。

「七之助は、自分の女のお桂を鳥市にあてがって家に入れさせたか」

「へえっ、したたかな女ですぜ。しっかりと鳥市をたらしこんでやがる」

「鳥市はどうしておる」

「お桂にいいように遊ばれて、高鼾《たかいびき》の夢の中でさあ」

「お桂にかぎって、そんな……」

と清太郎が嫌々をした。

「清太郎、眼《まなこ》を開いてしっかりと見ておけ」

と命じた影二郎は、

「小才次、このこと、南町の定廻り同心牧野兵庫どのへ注進を願おうか」

「へえっ」

と畏まった小才次が江戸の闇に溶け込むように走り出した。

「おこま、清太郎についておれ。錯乱してなにをやらかすかしれねえからな」

影二郎が言い、岸辺へと飛んだ。

菱沼喜十郎が続き、清太郎を従えたおこまが最後に船を離れた。

「行くぞ」

依田七之助一味が傾《なだ》れ込むように鳥市の家に押し込んだ。

先頭に飛び込んだのは首領の七之助だ。

影二郎はしばらく間をおいて、

「喜十郎、参ろうか」

と言い掛け、一文字笠に着流しの姿を鳥市の家に入れた。

家の中では騒ぎが始まっていた。

「その声は、依田様ではないか。どうなされたな、こんな夜中に」

寝間の夜具の上に引き据えられた鳥市が震える手でかたわらにいるはずの愛妾を探りながら問うた。

「鳥市、おまえの取立ての用心棒にも飽きた。そなたが蓄えた金子をそっくり頂戴いたそうか」

「げえぇっ！　飼犬が押し込みに化けたか」

「おめえの飼犬になった覚えはねえ。これまで辛抱して付き合ってきたのもおまえの溜めた金目当てだ」

「糞っ！　だれが苦労して溜め込んだ金子を半ちく旗本なんぞに渡せるものか」

「とは言っても、おめえは目の不自由な独り者だぜ」

「お桂、どこにおる」

鳥市の手が虚空を奔《はし》った。

「鳥市、お桂はおれがおめえに世話した女だ。元々、おれの甥っ子の嫁だった女よ。甥の嫁だったときからな、この七之助の腹の下で春先の鶯のように囀《さえず》ってきた好き者だ」

「お桂、ほ、ほんとか」

「座頭さん、わたしゃ、おまえさんの染みだらけの手で撫で回される度に虫唾《むしず》が走ったよ。それもこれもおまえ様が溜め込んだ千両の金が手に入るから我慢をしたのさ」

「おのれ、売女《ばいた》め！」

お桂の声を頼りに摑みかかろうとする鳥市を七之助が足蹴りにすると床の間まで吹き飛ばした。

「鳥市、銭はどこに隠してあるな」

「し、知らぬ。死んでも教えるものか」

「おまえさん、こいつったら、仏間に一人で出入りしているよ」

「ほう、仏間に細工がしてあるか」

「止めろ、止めてくれ」

鳥市が立ち上がった。

「よ、依田様、金はやる。二百両を渡そう」

「この期《ご》に及んでも駆け引きか、ふざけるねえ」

「さ、三百両でどうだ。なにもせずに役人に追われることもない金だ」

「鳥市、いろいろと知恵を絞ってやがるな。だがな、おめえは、地獄に行く身だ。これまでの付き合いもあるでのう、三途《さんず》の川の渡し賃は、懐に入れてやろうか」

「おのれ」

と鳥市が表に逃げ出そうとした。

それを仲間の一人が足を払って倒した。

「死んでたまるか」

鳥市は廊下を這《は》いずって表に出ようと試みた。

七之助が剣を抜くと、

「一思いに殺してやる、有り難く思え」

と振りかぶった。

空気を割いて飛来した唐かんざしが七之助の手首に突き立った。

「な、なんだ！」

飾りの珊瑚《さんご》玉が震えた。

影二郎の一文字笠の竹の骨の間に差し込まれてあった、両刃の唐かんざしは萌の形見の品だ。

「依田七之助、旗本が夜盗の所業か」

「お、おまえはだれだ」

七之助が手首に突き立った唐かんざしを抜き捨てると、叫んだ。

影二郎が座敷を見通せる廊下に立った。

「お桂……」

その背後から清太郎が情けない声を上げた。

「せ、清太郎様」

長襦袢姿のお桂が驚きの声を上げた。

「お桂、旗本二千四百石の正室とは言わないまでも、側室には成り上がったかもしれねえのによ、これで棒に振ったな」

「お、おまえ、だれだ」

「夏目影二郎、浅草三好町の裏長屋の住人さ」

「夏目だと」

依田七之助が訝しい声を上げた。

「何年も前、アサリ河岸の鏡新明智流桃井道場に若鬼と呼ばれた夏目瑛二郎という男がいたがおまえか」

「そんな名で呼ばれた昔もあった。だが、無頼の徒に落ちた今は、ただの夏目影二郎だ」

「しゃらくせえ、お節介が過ぎるぜ」

七之助が振りかぶった剣の切っ先を影二郎の喉元に向けた。

念流の達人は、室内の闘争に突きを選んでいた。

影二郎の法城寺佐常は未だ鞘《さや》の中にあった。そして、その右手には廊下と座敷を仕切る障子があって、抜き撃ちの邪魔をしていた。

「そなた、尾形忠良様から皆伝を授けられたそうな、手並み、見て遣わす」

「抜かせ!」

七之助の水平に寝かせた剣が手元に引かれ、

「おおっ」

という気合とともに影二郎との間合一間を一気に詰めた。

影二郎の腰が沈んだ。

右手が先反佐常の柄に掛かると、横手の障子を二つに斬り分けた。

突きの剣と抜き差しにされた佐常が虚空で絡み合い、薙刀を剣に鍛《う》ち変えた豪剣が突きの剣先を斬り飛ばすと、七之助の喉を、

ぴゅっ

と斬り裂いた。

「ううっ」

影二郎のかたわらを掠《かす》めて、廊下と庭を仕切る雨戸に倒れ込む体をぶつけて、庭へと転がり落ちた。

「わああっ」

という叫びを発して、七之助の仲間が外へと逃げ出した。が、そこには大目付監察方の菱沼喜十郎が、

「逃さぬ」

と大手を広げて待ち受けていた。

「お桂」

清太郎がこれまた逃げ出そうとしたお桂の体に縋りついた。

「や、止めておくれ。おまえみたいな小便臭い若様は、好みじゃないのさ」

お桂が言うと清太郎を突き飛ばして逃げようとした。

が、その前におこまが立ち塞がった。

「おまえ様の行き先は、目付屋敷ですよ」

「見逃してくださいな」

哀願するお桂がふいに豹変した。立ち竦む清太郎の脇差を抜き取ると、いきなりおこまに斬り掛かっていった。

体を開いたおこまの手刀がお桂の手首を、
発止!

と叩いて、脇差を叩き落とすと、足を絡めて押し倒した。

その光景を清太郎は呆然と見ているだけだ。

影二郎は、佐常に血振りをくれると、

(紀代の婿どのはこの男でよいのか)

暗澹と考えていた。

表で、

「御用!」

の声が上がった。

小才次が八丁堀まで走り、南茅場町の大番屋から早船を仕立てて駆けつけた声だった。

牧野兵庫が捕り物姿で飛び込んできて、騒ぎは終わった。

「夏目様」

四

天保十二年（一八四一）正月三十日、将軍在位五十年余、引退の後大御所政治を敷いた家斉が死を迎えた。

徳川幕府歴代将軍のうちで最も在位が長い家斉の行年は、六十九であった。

家斉の死によって新たな時代に突入した。

「兄上」

明るい声が市兵衛長屋に響いた。

家斉の喪が明けたころのことだ。

影二郎が寝乱れた姿そのままに長屋の戸を引きあけると、紀代がどぶ板の上に立っていた。

木戸口に乗り物が止まり、若党と女中が従っていた。

旗本三千二百石、大名家並みの格式を揃えられる大目付の息女が三好町の裏長屋に立つと、さすがに掃き溜めに鶴の感は免れない。

長屋の女子供が口をあんぐりと開けて紀代を、影二郎を交互に見た。

「朝からなんじゃぁ、紀代」

「なんじゃではございませぬ。清太郎様がお屋敷にお戻りになられました」

紀代の声は明るく弾んでいた。

「なんだ、そんなことか」

と答えた影二郎は、ぼりぼりと懐手で首筋を掻き、

「紀代、ちと木戸口で待っておれ。兄者が洗面を致すでな」

「紀代がお手伝い致します」

振袖の袂を手繰ろうとした。

「や、止めてくれ。長屋の女衆が目を回すぞ、木戸で待っておれ」

影二郎は紀代を木戸口に追い戻すと、手拭をぶら提げて井戸端にいった。

「貧乏浪人のおまえさんに姫様の妹がいるのかえ」

早速おはるが木戸口をちらちらと眺めながら聞いてきた。

「それとも二丁町の女役者の扮装かね」

大工の女房のきねが声を潜めた。

「きねさん、二丁町があんな立派な乗り物を都合できるものかね」

女たちが言い合い、顔を洗う影二郎をしげしげと見ると、

「これはこれで大名か旗本大家のさ、御曹司《おんぞうし》かも知れないよ。そのうち、城に戻った時分に

市兵衛長屋の全員にさ、呼び出しがきて、ご褒美なんぞ頂けるかもしれないねえ」

「そのようなことは心配せんでよい。おれは、妾腹、出世の見込みはなにもない」

影二郎の言葉におたつたちががっかりした。

「それにしてもあの姫様が貧乏浪人の妹かねえ」

女たちの興味は尽きない。

影二郎は長屋に戻ると、法城寺佐常を差込み、一文字笠を手にすると長屋を出た。

「若様、お久しゅうございます」

木戸の外には用人の佐野恒春も同行していた。

「佐野か、久しいのう。それにしても裏長屋を訪ねるのに仰々しい格好できたものよ」

影二郎はそう言いながら、どこに連れていったものかと迷った。

昼には間があった。

御蔵前通りに出たとき、駒形町に甘味処の紅梅《こうばい》やという店があることに思いついた。

大川の流れを見通す店は庭もあり、小部屋もあって、女たちに人気の甘い物屋と聞かされていた。

影二郎は佐野用人に命じて、紅梅やの前に乗り物をつけさせた。

長屋の近くだが影二郎は入ったことがない。

「いらっしゃいまし」

細面の女将が愛想良く迎え、影二郎が、

「部屋はあるか」

と聞いた。

「はいはい、店を開けたばかりにございますれば、隅田川に面した部屋がございますよ」

乗り物を担ぐ陸尺《ろくしゃく》や女中たちを表の縁台に残して、影二郎に紀代、それに佐野用人の三人が部屋に通った。

「女将、妹と年寄りには、茶と名物の甘いものをくれ。おれは、酒だ」

「餡《あん》を求肥《ぎゅうひ》で包んだ羽二重餅が名物にございます、それでよろしゅうございますか」

「よいよい」

女将が去ると佐野用人が、

「瑛二郎様、昼間から酒を飲む暮らしはようございませぬぞ」

と早速小言を言った。

「佐野、考えてもみよ。朝っぱらからそなたらに驚かされては、酒でも飲まぬと気が鎮まらぬわ」

と苦笑いした。

「兄上、お蔭様にて清太郎様がお屋敷に戻られました。もう年上の女子はこりごりと申されておられます」

「会ったか」

「はい。やつれてはおられましたが、なんとなくほっとした様子もございました」

影二郎は胸の内で苦笑した。

お桂は旗本御家人を監察糾弾する役目の目付屋敷に引き取られて、調べを受けている。

依田七之助は影二郎に始末されたが、分家ばかりか本家もお咎めがあるは必定と推測された。

「清太郎様は夏目瑛二郎と申す侍が私の兄上と知られて、仰天されておられました」

「言わずもがなのことを」

「いえ、清太郎様が今後も悪さを繰り返されるようなれば、兄上がお出でになりますとしっかりお灸を据えて参りました」

清太郎も清太郎なら紀代も紀代だ。

意外といい夫婦になるのかもしれぬと影二郎は思った。

紀代と佐野用人は、羽二重餅を、影二郎は一合の酒をちびちびと飲みながら、なにやかやと談笑した。

「母上は兄上をお役につけたいと父上の尻を叩いてお出でです、でもなかなか適わぬようにございます。過日も老中水野忠邦様のお屋敷に父上同道でご挨拶に出向かれました」

この兄上とは影二郎の異母兄弟、紀代の実兄の紳之助のことだ。

「色よき返事が頂けたか」

それがと頭を抱えたのは佐野用人だ。

「水野様は、時勢は激しく動いておる。かようなとき、紳之助様では大人し過ぎる。弟の瑛二郎とは、だいぶ器が違うようだと申されたとか」

影二郎は秀信の影始末人として水野忠邦と面識もあり、忠邦の後始末に走ったこともあった。

「母上がお怒りになったであろうな」

佐野用人が悄然と頷く。

「奥方様は、紳之助様をお役に就けて御近習《きんじゅ》の佐々木頼母《たのも》様のご息女、鶴姫様とご婚姻をと考えておられるのですが、なかなかうまく立ち行きませぬ」

「それもこれも無頼のせいか」

佐野用人が吐息をつき、紀代が笑い出した。

「あっ、そうでした。兄上、父上が本日御城下がりの折り、嵐山に立ち寄るによって待機しておれとのお言葉にございました」

紀代は使いを持って影二郎のところに来たのだ。

「また御用にございますか」

「おれが父上の下で働いておるのを知っておるのか」

ております」

「はい。父上はこの私がなんとか大目付の重責を果たせるのも瑛二郎の助けだと常々申されております」

影二郎はただ頷いた。

鈴女の切歯が目に見えたからだ。

「兄上、また嵐山に若菜様をお訪ねしてようございますか」

「かまわぬ、若菜も喜ぼう。ただし、母上に吹聴するでないぞ」

と影二郎は釘を差した。


その日、影二郎が嵐山に姿を見せたのは、暮れ六つ（午後六時）前のことだ。すでに菱沼喜十郎が姿を見せていた。

嵐山では秀信の訪問に添太郎が張り切って数々の料理を用意していた。

「若菜、ようやく父上からの呼び出しだ。御用次第では、川越行きが遅くなるやも知れぬ」

若菜が小さく頷いた。

供揃えも賑々しく常磐秀信が嵐山に到着した。

大名家を監察する大目付は大名並みの格式を許された。

秀信は下城の途中に嵐山に立ち寄っていた。そのせいで供揃えが大勢となったこともある。

だが、父親が息子と会うだけの話だ。

供の者を屋敷に先に戻すという手も考えられた。が、なにしろ本妻の鈴女は、未だ亡き妾のみつに嫉妬の念を燃やし、その実家で影二郎に会うことを毛嫌いした。

そんなわけで下城の途中に浅草西仲町に立ち寄ったことを知られたくないために仰々しくも城下がりのまま出向いてきたのだ。

二階座敷で秀信と会ったのは、影二郎、それに菱沼喜十郎の三人だけであった。

「瑛二郎、高田四家の辻の一件、だいぶ待たせたな」

「大御所様のこともございますれば」

「それもある。だが、事は尾張様に関わること、時間がかかるのも仕方のないことじゃあ」

秀信は自らを納得させるように言った。

「その方ら、五家《ごけ》という言葉を存じておるか」

「御三家なれば承知ですが、五家とはまた」

「瑛二郎、知らぬで当たり前の話だ。御三家御付家老、尾張の成瀬隼人正《はやとのしょう》家《け》、竹腰山城守《たけのこしやましろのかみ》家、紀伊の安藤飛騨守《ひだのかみ》家、紀伊の水野対馬守《みずのつしまのかみ》家、水戸の中山備前守《びぜんのかみ》家の五つの家系をいつの頃からか、五家と呼ぶようになった」

「高田四家の辻で成瀬家と射殺された者たちがいったのは、御付家老の成瀬様にございますか」

秀信が頷き、

「家康様は秀忠様に二代将軍を譲られるとき、危惧を抱いておられた。秀忠様の弟君、義直様と頼宣《よりのぶ》様のことをな。将来、秀忠様をお助けして誕生したばかりの徳川幕藩体制の礎を築く弟君たちだ。だがな、武門には、肉親が叛旗《はんき》を翻《ひるがえ》して滅びていった例はいくらもある。そこで家康様は一策を考えられた、股肱の臣を御三家に御付家老として張り付かせることだ。だが、だれもが徳川直臣から分家の陪臣にはなりとうはない。初代の成瀬隼人正正成《まさなり》様は、家康様側近中の側近、信頼厚き直臣であった。その隼人正正成様が家康様のお心を察して、自ら尾張に参り、義直様の傅役《もりやく》を引き受けられたのだ。隼人正様が尾張の国老として草創間もない尾張藩政に携わったことは言をまたない。隼人正様は、名古屋城の構築、藩法の整備などをし遂げられた。尾張藩もまた御付家老の成瀬家を家中最高の知行三万五千石で遇し、居城を犬山城と定めたほどだ」

秀信の口から語られることは影二郎には初めて耳にすることであった。

「だがな、時代が下がるに連れ、家中に御付家老への疑いが生じてきた。成瀬家は、幕府が送り込んだ目付役、尾張の臣ではないという考え方だ。同時に成瀬家にも、三万五千石の知行を貰い、犬山城という居城を許されながらも、大名家として認められない不満に苛《さいな》まれていた。正成様の時代の朋輩衆の松平周防守《すおうのかみ》家や永井右近太夫《うこんだゆう》家は大名家に昇格して、江戸城に参勤出府なさる。だが、陪臣の成瀬家は、将軍家との目通りもままならぬ身だ。双方に不信の情が生まれ、暗い翳《かげ》が差し始めた。そこで成瀬家では、尾張陪臣の身から独立した大名家の運動を始められた。成瀬家では、知行地の領地統治の実績と機能を有していること、さらには、一族が三河以来の譜代の臣であり、初代正成様は、駿府《すんぷ》執政などの役職を経験し、尾張家の御付家老も徳川家の忠義忠節ゆえの一時的な措置であったと主張する嘆願書を書き上げ、幕府に提出なされたのだ……」

秀信は冷えた茶で舌を潤した。

「その動きが始まったのは、天明二年（一七八二）二月の二十三日のことであったという。隼人正に任官した正寿《まさなが》様とその子の正住様は、まず、成瀬家と同じ運命を歩くことになった御三家付家老、尾張の竹腰家、紀伊の安藤家、水野家、水戸の中山家を糾合して、協力態勢を築き上げた」

「家康様以来の御付家老家を五家と申すのですか」

そうだという顔で秀信が頷いた。

「正寿様らが、この五つの家系を称して五家と特別な呼び方をするようになされた背景には、他の家老職とは違うのだということを幕府と世間に印象づけようとなされた意図が込められている。五家は、できるだけ江戸に在勤して、幕府への働きかけを強めてこられた。だがな、幕府の要人と親しくなればなるほど、御三家の側から反発を招くのも当然であろう」

影二郎らも頷いた。

「そなたらも存じておろう、水戸は定府が許されておる、御付家老中山家の権威が高くなり、公然と他の四家と交わりをもつことを憂えられた水戸斉昭《なりあき》様は、中山氏を水戸に戻し、独立を図る五家の勢力を分断して、弱めようとなされた。すると成瀬正寿様が老中に水戸家の御付家老が一人も江戸に在任しないのはおかしいと談判なされたそうな、そんなこんなで中山家も江戸に戻されることになった」

高田四家の辻の一件を聞いた秀信が、すぐに反応したのはそのような経緯があったからか。

「尾張藩ではできることなら、成瀬家と竹腰家を穏便に御付家老としておきたいのが本心であろう。一方、成瀬家ら五家は、紋日節句には江戸城に登城して、将軍家に拝謁し、将軍の直臣である誓紙を提出したいという思いに駆られている。双方が異なる考えの中、厄介な事態が生じた」

天保十年、尾張十一世藩主の斉温《なりはる》が没した。すると在府の御付家老成瀬隼人正正住は、先の藩主の斉朝《なりとも》に相談もなく、幕府が押す将軍家斉の十一男、田安斉荘《なりたか》を迎え入れることに決めた。

だが、尾張は、前々から支藩高須藩の松平義建《よしたつ》の二子の慶勝《よしかつ》を擁立しようとしていたのだ。

この正住の行動の背景には、幕府の意を呑んで恩を売り、反対に成瀬家をはじめとする五家の大名家昇格を成就させようということが念頭にあったことはいうまでもない。

「この徳川斉荘様の相続をめぐり、尾張には、隼人正殿、お家においては格別の家柄なれど、この度の行動許しがたし。そのような存念なれば、公辺にお差し戻しも仕方なし、という声が上がったそうな」

公辺にお差し戻しとは、徳川本家に戻すという意味だ。

「父上、高田四家の殺人には尾張から独立しようという成瀬一族と尾張との諍《いさか》いが介在しておるということにございますか」

「さよう」

秀信は頷くと用意した書状を二通と袱紗包みを差し出した。

「水野忠邦様がそなた宛に書状を託された。忠邦様、此度《こたび》の一件、神経過敏になっておられてな。それがしもいささか持て余しておる。それがしの手紙と合わせ、そなた一人が読め」

影二郎は二通の指令書と二百両と思える金子を受け取った。

秀信はしばし瞑目し、冷えた茶を飲んだ。

影二郎は念を押した。

「父上、われらに命がございますので」

「尾張犬山に参れ」

「なにをせよと申されますな」

「今の幕府に五家を独立せしめて大名家に昇格させる余裕などない」

「つまり五家の独立運動を潰せと申されますか」

「先に亡くなられた家斉様の十一男の斉荘様が尾張藩主であられる。斉荘様が尾張藩中で浮き上がることを大御所様は死の床で案じておられたそうな。となれば、成瀬家を筆頭とする五家の処遇、いかにしたものか、瑛二郎、推測もつこう」

「ちと曖昧な御用にございますな」

「成瀬隼人正殿は幕府と密に歩んでこられた。かと申して成瀬家の横車を素直に認めては、尾張のお国騒動の火種に油を注ぐ結果となろう。また他の四家に騒ぎは波及する。そなたが尾張に走り、見聞きしたことにて水野忠邦様がご判断なさることに相成ると思え」

「われらの尾張行きは尾張領内の探索にございますか」

「さよう心得よ」

「承知」

と答えつつ影二郎の胸には釈然としないものが残った。

探索だけなれば、公儀御庭番を使ってもよい。わざわざ影始末の夏目影二郎が出張るのか。いつもの影始末と異なり、不分明な指示であった。

が、秀信は影二郎に命を伝えて、ほっとした表情に変えていた。

影二郎が手を叩き、一階で待機していた添太郎や若菜たちが膳と酒を運んできた。

「お腹がお空きになられましたでしょう。ささっ、熱いところを」

添太郎が秀信に銚子を差し出した。

「嵐山の酒は格別でな」

秀信がぐいっと一息に飲むと、

ふうっ

と満足の息を吐いた。

「過日は紀代まで世話になったそうな。秀信、礼を言うぞ」

「なんの殿様、紀代様がお召し上がりになるくらいなんでもございませんや」

添太郎が応じた。

「瑛二郎、そなたにも厄介をかけたようじゃな」

「あれでよかったかどうか、迷っております」

「浜谷清太郎殿のことか。若いうちに苦い薬を飲んでおれば、あとあと苦労もすまい」

「そうあることを願っております」

「浜谷家から長いこと待たせたが、秋には祝言をと言うてきておる」

「それはおめでたいことにございます」

添太郎が素直に喜んで、

「ささっ、もう一つ、じいの酒を受けて下され」

と秀信に差し、長い夜が更けていこうとしていた。

第三話　小才次《こさいじ》の危難

一

天保十二年（一八四一）陰暦二月も半ば、春うららの東海道を岡崎城下から池鯉鮒宿《ちりふじゆく》へ、三人の男女が向かっていた。

夕暮れ前のことだ。

一人は肩に南蛮外衣をかけ、風雨に晒《さら》された一文字笠を被り、反りの強い豪剣を一本だけ落とし差しにした着流しの浪人だった。しなやかな長身と彫りの深い顔に無精髭《ぶしょうひげ》がまばらに伸びている。

二人目は、道中袴に羽織を着た律儀《りちぎ》そうな武士だ。日差しを避ける菅笠の下の白髪と顔は、初老に差し掛かっていることを物語っていた。

三人目は、あでやかな顔立ちの水芸人だ。背中には水芸の道具を入れた箱を背負い、胸前には三味線をかけていた。

むろん大目付常磐豊後守秀信の密命を受けた影の始末人夏目影二郎、大目付監察方菱沼喜十郎とおこま親子の三人だ。

三人は桜の花が咲き競う矢作《やはぎ》川に架かる矢作橋に差し掛かった。

〈矢矧川は矢矧里の東にあり。水源岐蘇《きそ》山渓より落ちて、末は鷲塚《わしづか》川といふ。西尾《にしお》に到《いたり》て二流となり、海に入る。国号を三河といふことは、矢矧川、男川、豊川の三大河ゆえなり〉

矢作川に架かる橋は、長さ二百八間、橋杭七十柱、東海道一の長さを誇っていた。

「父上、秀吉様が野武士であった蜂須賀小六《はちすかころく》様と出会ったのはこの橋にございますか」

「おおっ、そうじゃあ。出世の糸口になった目出度い橋だぞ、おこま」

娘の問に答えた喜十郎が、

「今日はいやに静かにございましたな」

と影二郎に言い出した。

舞坂《まいさか》宿あたりから三人は、監視の目に晒されていた。前方にも後方にも尾行する目があって、三人の進行に合わせて移動してきた。だが、この日、彼らが影二郎らの前後から姿を消していた。

「どうしたもので」

と問うたのはおこまだ。

影二郎は塗りを重ねた一文字笠の縁に手をかけて、日差しを見た。
七つ（午前四時）発ち七つ（午後四時）泊まりが常識の旅だ。旅籠を探す刻限になってい
た。
桜の花びらがはらはらと夕風に散る池鯉鮒宿に入った。
この宿場、現在では知立《ちりゅう》と書く。だが、江戸時代、
〈ちりふの町の右方に長き池あり。神の池なり。鯉、鮒多し。依つて名とす。しかれども和《わ》
名抄《みようせう》に碧海郡《へきかい》智立とあり〉
本陣、脇本陣を中心に旅籠三十五軒、総戸数はおよそ三百余の宿場だ。
毎年四月の馬市は有名で、そのときには馬を売り買いする人を目当てに遊女たちが集った
という。
そんな宿場の客引きたちが、
「そこの三人連れ、宿は決まったかや。われの風体では銭もあんまり持ってまい。うちは安
うて、まんまもうまいぞ」
と袖を引く。
「鳴海《なるみ》まで三里余りか」
むろん池鯉鮒宿を素通りすれば、鳴海宿には日が落ちての到着となる。
「鬼がでるか蛇が出るか、先を急いでみるか」

影二郎は同行の二人に言いかけた。

「江戸を出立してのどかな日々が続いておりました。そろそろ影二郎様の退屈の虫が頭をもたげるのではと思うておりましたよ」

おこまが笑った。

「小才次はすでにこの宿場に草鞋《わらじ》を脱いだということはあるまい」

三人には影の同行者、小才次が従っていた。

「なあに小才次のことでございます。われらの行動を確かめて旅籠を決めるはずにございます」

この四、五日、三人は大目付監察方付小者の小才次と顔を合わせていなかった。

「ならば先に行こうか」

「江戸の人間はけちじゃがね。旅籠銭を惜しんで野伏せりにでもなんにでも殺されろ」

客を引き損ねた女中が影二郎らに悪態をついた。

影二郎らは足を急がせるでもなしに淡々と二里二十八町先の鳴海宿へと歩を進めた。

影二郎の脳裏には、父の大目付常磐秀信と老中水野忠邦が託した書状の内容が重くあった。

秀信の書状には、雑司ヶ谷の鬼子母神の御会式の夜、高田四家の辻で尾張藩目付の梅村丹後らに襲われて、射殺されたのは、御付家老の成瀬隼人正家の使番、曾根崎亀六と村田三郎兵衛とあった。

二人は尾張藩邸近くで梅村丹後らの待ち伏せに遭い、高田四家町の辻まで逃れてきて襲われ、命を落としていた。

曾根崎らの懐から奪われたものが成瀬家の独立にからむ大事な書付けであろうことは想像に難くない。

ともあれ、曾根崎か村田のどちらかの手の温もりはまだ影二郎の掌に残っていた。

秀信は手紙の最後に短く、

〈……成瀬家ら五家と密に付き合い、その行動に理解を示されてきた老中は、水野忠邦様自身であられる。尾張の不興を買っても犬山ら五家を大名に昇格させるは、天保の改革を推進なされようとする老中首座の水野忠邦様の方針と相反せるもの。そのご本心、秀信には理解付かず……〉

とあった。

なんと水野忠邦自身が五家の独立の擁護者であるという。

大目付常磐秀信の命が曖昧なるのは当然といえた。

秀信は水野忠邦の引きにより寄合（無役）から勘定奉行に抜擢され、さらに大目付へと栄進の道を辿っていた。秀信が水野の命を間違って受け止めるようなことがあれば、秀信の栄進は止まる。いや、再び無役に戻されることも考えられた。

水野忠邦の一文は、謎に満ちたものであった。

〈心耳をば傾けてこそ、始末旅〉

これが命とは……この謎めいた水野の言葉をどう受け止めればよいのか。

(さてさてどうしたことよ)

父秀信の意向には添いたいと思う。だが、死に際して影二郎に縋った使番の手の温もりも影二郎の掌に残っていた。

(まずはなにが起こるか、見てからのことだ)

と腹を固めた。

池鯉鮒宿を出ると土橋七間の橋を渡る。さらに五丁ばかりいくと一里山に差し掛かった。一里塚があったゆえ、こう呼ばれてきた地だ。

影二郎らは、一里山からさらに数丁進んだ今岡村の入り口に銘酒の暖簾を掲げた茶店を見つけて立ち寄った。

喉の渇きを覚えたこともあるが、待ち人が出るには刻限が早いと思えたからだ。

「おばさん、こちらの名物はなんですねえ」

「そりゃあ、客人。いも川のうどんだがね」

おこまの問に日に焼けた顔の女が答えた。

「ならば名物の酒といも川のうどんをもらいましょうかねえ」

おこまの注文に店仕舞いを仕掛けていた茶店は再び活気を取り戻して、釜下に薪が新たにくべられた。

影二郎と喜十郎は、茶碗で供された酒を口に含んだ。

灘《なだ》、伏見《ふしみ》の下り酒とも関東の酒とも風味が異なった。

「旅に出るとこれがあるで堪《こた》えられぬ」

影二郎にとって酒は美味《うま》い不味《まず》いの二種類ではなかった。土地それぞれの風合いがあって、それがなんともいいのだ。

「影二郎様と知り合うて、かような茶店で呑む旅酒の味を教え込まれてございますよ」

喜十郎もうれしそうだ。

「酒を覚えたはおれのせいか」

「はあ、まことにもって」

意味不明の言葉を吐いた喜十郎が嘗めるように茶碗に口をつけた。

「父上、影二郎様と違ってお年にございます。そのことをお忘れなく」

「しまった。小煩《こうるさ》き娘がおるのを忘れておった」

平たくうたれたうどんが運ばれてきた。

「おおっ、これもちと変わっておるのう」

喜十郎が驚きの声を上げたいも川のうどんは、後のひもかわうどんのことだ。

一箸食したおこまが、

「これは美味しゅうございます」

と破顔した。

影二郎も喜十郎も茶碗酒のあてにいも川のうどんを啜った。

頃合を見た三人は店を出た。

影二郎は肩にかけていた南蛮外衣を身に纏っていた。

菱沼喜十郎親子も道中合羽や道行衣を羽織って、冷たくなってきた夜気を防いだ。

すでに日は落ちて、闇が深まり、天下第一の東海道も急に往来する人たちの姿は消えていた。

夜になって花冷えが三人を襲っていた。

境川に架かる土橋を渡った。

この橋中が三河と尾張の国境である。つまりは尾張の領分に足を踏み入れたことになるのだ。

風が出てきた、さらに一段と冷たい風だ。

影二郎らは、橋を渡り切ったところで闇の中から刺すような監視の目を感じ取った。

松並木が東海道を闇の底へと沈めるように伸びていた。

右手には黒々とした丘が見分けられた。

〈善江《よしえ》村の山中に千人塚といふあり。これは今川合戦の時、戦死の塚といふ〉

桶狭間《おけはざま》の戦いの後、戦勝した織田信長軍が、今川義元《よしもと》側の首二千五百余を埋めた跡という。

今川義元の無念の思いを止める屋形《やかた》狭間に差し掛かった三人は前後をふさがれていた。

影二郎が足を止めて、一文字笠の縁に手をかけた。

すると行く手におぼろな影が一つ浮かんだ。

「大目付の走狗《そうく》が尾張領内まで出張ってきたとはどういうことか」

影二郎には聞き覚えのある声だ。

「尾張藩御目付梅村丹後どのとおぼゆる。高田四家町の辻以来かな」

「それがしの正体を知った上で尾張潜入か」

「もの申す。尾張領分とは申せ、天下の五街道の一、東海道の監督は、幕府勘定奉行、公事《くじ》方《かた》道中奉行および大目付道中御奉行の兼帯にござる。なんぞ不都合か」

「おのれ、抜けぬけと。尾張藩は幕府の密偵《いぬ》の通行を許さず」

梅村丹後の片手が上げられた。

影二郎ら三人は背中を合わせるように位置をとり、構えた。

影二郎は、数歩前に出た。

梅村の手が振られた。

闇に乾いた弦の音が響いた。

高田四家の辻で成瀬家の使番二人が射殺された弓音だ。

闇から黒羽の短矢が飛来した。

おこまが地に伏せ、喜十郎が刀を抜くと飛来する矢を斬り伏せようと構えた。

前面に立つ影二郎の体へは三本、四本の矢が射掛けられた。

弦音を聞いた影二郎の右手が羽織られた南蛮外衣の片襟にかかり、引き抜かれた。

東海道の夜に大きな黒羅紗《らしゃ》の花が咲いた。

外衣の両端の裾に縫いこまれた二十匁の銀玉の遠心力で丸く広がり、裏地の猩《しょうじょう》々緋《ひ》があでやかに翻《ひるがえ》って、黒と緋の大輪の花を咲かせると飛来する短矢を次々に叩き落とした。

再び、梅村丹後の手が振られた。すると街道の前後から強盗提灯が影二郎らに向けられ、三人の姿が浮き上がった。

「喜十郎、伏せておれ！」

そう命じた影二郎の片手の南蛮外衣に再び力が加えられ、手首が捻り上げられると南蛮合羽は波打つように広がって旋回し、新たに飛び来る黒羽の矢を叩き落し、撥《は》ね飛ばした。

「おのれ！　玄妙な技を使いおって」

丹後の命が変更された。すると闇が揺らぎ、弓矢を捨てた忍びたちが松並木のあちこちから姿を見せた。

「尾張忍びとも二度目か」

その数、十三、四を数えた。

地に伏せていた菱沼喜十郎が立ち上がり、剣を構えた。

片膝をついた娘の手には、水芸の楽器でもある四竹があった。

この四竹、左右の手に二枚ずつ持ち、巧妙に打ち鳴らして拍子をとる道具だ。だが、これにはもう一つの使い道があった。平たい端は、刃のように研がれて鋭く、飛び道具として使われた。

喜十郎は道雪派の弓の名人なら、その血を引いた娘のほうも四竹の、そして、阿米利加《アメリカ》国の古留止《コルト》社製の連発短筒の達人であった。

影二郎は、片手に下げた南蛮外衣を地に置いた。

梅村丹後の姿は闇に没していた。

尾張忍びの集団は、いつの間にか四尺四寸の矮軀《わいく》の老人に指揮されていた。

「夏目影二郎、手妻は南蛮合羽で終わりか」

「終わりかどうか、試されることだ」

「よかろう。尾張の隠密衆、御土居下《おどいした》蜻蛉《せいれい》組を小馬鹿にした報い、とくと受けよ」

その言葉を聞いた忍びの面々が再び闇に没した。

残るは老人だけだ。

「老人、首領とお見受けしたが、名乗られえ」

「一貫堂大乗《だいじょう》」

その言葉を残して大乗老人も消えた。

千人塚に静寂が戻った。

気配もなくどこから襲いくるか、影二郎らには予測がつかなかった。ただ、集中して、神経を尖らせ、四方の闇を睨んでいるしかない。

時が流れていく。

対峙する両者の側には大きな差があった。

片方は提灯の明かりの中に身を晒し、もう一方は、その背後の闇に没して、襲撃の合図を待っていた。

対決の時が長引けば長引くほど、影二郎ら三人は緊迫した対決に疲れ果て神経が散漫となり、くたびれていった。

影二郎が相手の攻撃を誘うように、
ふうーっ
と息を吐いた。

その瞬間、四方の闇が動いて殺気が膨れ上がった。

おこまの手の四竹が強盗提灯の灯心目掛けて次々に投げられた。

明かりが消えた。

光の中に構えた三人に照準を合わせて動き出した蜻蛉組の間合が狂った。

その間に影二郎らは、各々の位置を変えていた。

影二郎の頭上に殺気が襲いきた。

法城寺佐常二尺五寸三分が闇に走って、呻《うめ》き声が起こり、
どさり
と地上に落ちた。

さらに地を這うように接近したものがあった。

影二郎は、気配を感じたとき、虚空へと飛んでいた。

今までいた場所に刃が走り、それが反転した。

おこまの機転が強盗提灯を消し、蜻蛉組の気勢を殺《そ》いでいた。が、闇が続くと忍びの目には敵《かな》わない。

そのことが蜻蛉組を落ち着かせ、闇の中に三人を捕捉するとなぶり殺しに襲撃すべく態勢を整え直した。

「夏目影二郎、名古屋城下に入れぬ。この地が死の場所じゃぞ」

一貫堂大乗の声が天空から響くと、一気に殺気が炸裂しようとした。

まさにその瞬間、明かりが一つ、戦いの場に投げ入れられた。

松明《たいまつ》が松並木の背後から投げ込まれたのだ。さらに一つ、もう一つと明かりが投げ入れられて、戦いの場を闇から光へと再び変じさせようとした。

明かりは影二郎たちだけを照らすものではなく、戦いの場を煌々《こうこう》と浮かび上がらせようとしていた。

戦いの場の緊迫が乱れた。

戦意を漲《みなぎ》らせていた蜻蛉組の神経が途切れた。

これで影二郎らと五分と五分になった。

「何奴か」

「退《ひ》け！」

梅村丹後と大乗の罵り声と命が響き、その場から蜻蛉組の面々が、
すうっ
と消えた。

数瞬後、おこまが安堵の息をついた。

小才次が松の陰から姿を見せて、

「余計なこととは思いましたがつい手が出ましてございます」

とぺこりと頭を下げた。

「なんの余計なものか。そなた、高みの見物の刻限が長かったぞ」

「相手の手並みを知るには、これくらいの時は必要かと存じました」

小才次が平然と答えて、

「東海道を宮宿まで参り、名古屋城下の潜入はその後、考えようか」

と影二郎が応じた。

二

東海道の鳴海宿の南側を影二郎の一行が通過したのは夜半のことだ。

鳴海宿は有松《ありまつ》とともに絞りの産地として、世に知られていた。

本陣一、脇本陣二、旅籠六十八余の宿場である。

〈昔は鳴海潟を見渡し、浜づたひに鳴海より宮までゆききしける也。汐満る時は右の方、鳴海上野といふ所を行也。鳴海潟を宵月の浜といふ。なるみより宮の間をあいち潟といふ〉

と『旅鏡』は伝える。

東海道を外して、月夜を頼りにあいち潟を宮まで行こうという狙いだ。

ついでに記しておこう。

東海道五十三次の宿場には、大都の名古屋城下は入っていない。

徳川家康は天下普請で名護屋城を築いたとき、東海道の宮宿から五十丁（およそ五・四キロ）ほど離れた北方に定めた。

家康は、熱田《あつた》神宮の門前町の宮を宿場町に、名古屋を城下町にと、機能を分散させた造りにさせたのだ。

引き潮か、月光にあいち潟は、影二郎たちが歩く浜から南に遠ざかっていた。

「小才次、先ほど襲いきた尾張の忍びのこと、なんぞ知っておるか」

影二郎が一行に加わった小才次に問うた。

「蜻蛉組と名乗りましたが、名古屋にてはただ御土居下、あるいは御側組同心としてひっそり暮らしておる忍び衆にございましょう。御土居下は、二の丸の北西、埋《うずみ》御門の別称でございまして、万が一のときには、御藩主の脱出口になるところにございます」

小才次は尾張潜入を命じられたときから、尾張藩のことを調べていたようだ。影二郎の問にすらすらと答えた。

尾張の藩主は危機脱出の折り、埋門を潜り、石垣の間の階段を下り、御深井《おふけ》堀南波止場から小舟で堀を渡り、鶉口《うずらぐち》から三の丸御土居下屋敷を通って、清水、大曾根、勝川、定光寺と進み、定光寺から山伝いに木曾路に落ちのびる手筈になっていた。このことは尾張藩の、限られた重臣たちの申し伝えだそうな。

このとき、供奉《ぐぶ》するのは護衛役十八家と決まっており、忍駕籠を守って助けるのが、御土居下御側組同心と呼ばれる忍びたちだ。

小才次はそのことを江戸の尾張邸に網を張って調べ上げていた。

戦乱の御世から二百余年が過ぎ、尾張藩の機構に緩みが生じているがゆえに知りえた情報だ。

「藩主を守るべき忍びたちが成瀬家との内紛に使われたか」

影二郎の呟きに喜十郎が、

「蜻蛉組と僭称《せんしょう》したのは、本来の務めにあらずと考えてのことにございましょうな」

と応じた。

まずはそんなところかと頷いた影二郎が、

「小才次、御土居下は総勢何人か」

「極秘の任務が彼らの務め、江戸のどこを調べてもその人数は出て参りませぬ。ですが、尾張六十二万石の最後の砦、二百人は越えようかと思われます」

「蜻蛉組は、御土居下の精鋭の者であろうかのう」

鳴海宿から宮宿まで東海道で一里半、浜伝いに遠回りした影二郎たちが熱田神宮の門前町に到着したのは、夜が白々と明けそめる刻限だ。

さすがに名古屋の宿場町、本陣が二つ、脇本陣が一つ、旅籠は二百五十余軒、戸数三千余りの大きな宿場だ。

すでに七里の渡しに乗る旅人たちが宿場を往来し始めていた。

「喜十郎、まずは熱田神宮に祈願して参ろうか」

熱田神宮の大神、相殿五柱は、天照大神《あまてらすおおみかみ》、素戔嗚命《すさのおのみこと》、日本武尊《やまとたけるのみこと》、宮簀姫命《みやずひめのみこと》、建稲

種命《だねのみこと》であり、境内は、本宮、八剣宮などを含め、およそ六万坪の広大な神域であった。

影二郎には格別信心はない。初めての地を訪れて、その地の産土神《うぶすながみ》に挨拶する、その程度の神信心だ。

「影二郎様、熱田神宮の神剣は、素戔嗚命が八岐大蛇《やまたのおろち》から得られた天叢雲《あめのむらくも》の剣にございますそうな」

「ほう、なれば、剣者の守護刀、とくとお参りせねばな」

四人は朝靄の漂う、尾張造りの本宮に額《ぬかず》いた。

本殿は、東にご神体の草薙《くさなぎ》神剣を祀る土用殿、祭神を祀る御正殿が並ぶ造りだ。

影二郎は、

(旅の安全と任務の遂行を)

願って参拝した。

「さてどうなされますな」

宮宿に戻ったところでおこまが影二郎に聞く。

「逃げ隠れしたところでわれらが行動、蜻蛉組が摑んでおろう」

先ほどからちらちらと刺すような監視の目を感じていた。

「どこぞに宿をとって、まずは一休みいたそうではないか」

夜を徹して旅してきた影二郎たちだ。

本陣や旅籠が並ぶ伝馬町に出た一行は、一軒の旅籠、伊勢屋の前に立った。折りから泊まり客を見送りにきた女が、

「おみゃあ様方、熱田湊はあちらだがね」

と影二郎たちが歩いてきた方角を指した。

京方面に上がる朝立ちの旅人と勘違いしたようだ。

「姉さん、夜旅をしてきたのだ。休ませてくれめいか」

小才次が言いかけると、

「なに、酔狂者もあったもんだなも、夜旅けえ」

と言いながらも旅籠に招き入れてくれた。

「朝早くからの客だ。明朝発ちなれば、旅籠賃は五割り増しだなも」

「女、気に入れば長逗留《とうりゅう》になろう」

影二郎は前払い金に一両を払った。

「おみゃあ様方は宮に商いかねえ」

おこまの装束と持ち物を見た女中が聞いた。

「おおっ、われらは水芸一座、座長はおこま様、こちらの旦那は、弓の名手だ」

「弓なんぞ芸になるきゃあも」

と疑りの目で見た女中が、

「おみゃあ様の芸はなんだねえ」

と影二郎に聞いた。

「おれか、鳥目《ちょうもく》集めが仕事だ」

「呆れたなも」

すでに旅籠の泊り客の多くが去っていた。

漱《すす》ぎ水を使い、二階に案内しようとする女中に抗して影二郎は一人、囲炉裏が切られた板の間に向かった。

「影二郎様、お荷物を」

小才次が影二郎から一文字笠、南蛮外衣と法城寺佐常を受け取り、部屋に上がっていった。

菱沼親子も続いた。

「酒をくれぬか」

旅立った客の器を洗う小女に声をかけた。

「へえっ、今、姉様が下りてこられよう」

二階に案内していった女中が伊勢屋の女中頭のようだ。

「朝酒きゃあも」

二階で聞いていたか、降りてきた女中頭が念を押した。

「冷でよい。酒菜《さかな》はなんぞあるか」

「あるのは浅漬《あさづけ》だなも。おみゃあ様の懐は、あったかそうだ。なれば木曾川で採れた鮎の甘露煮なんぞは絶品だがね」

「もらおう」

「おみゃあさん方は変わった連れだなも。旅芸人の姉さんは別にしてよ、お武家様よりおみゃあ様の頭《ず》が高いだなも」

女中頭がずけずけと言いながらもてきぱきと酒の仕度をして、影二郎の前に置いた。

大徳利に添えられた茶碗に酒を注ぐと、とくとくと音が響いた。

囲炉裏端に酒の香りが漂った。

影二郎は冷酒を喉に落とした。

徹夜疲れの五体に酒が染み渡っていく。

「美味い」

その言葉に引かれたように喜十郎と小才次が降りてきた。

二人にも茶碗が回され、酒が注がれた。

喜十郎がうれしそうに口に含み、ゆっくりと胃の腑に落として、
ふーう
と一つ息をついた。

「美味しゅうございますな」

「行儀が悪いのは重々承知だ。とはいえ朝酒ほど身に染みるものはない」

と影二郎も嘆息した。

「なにしろ一汗かかされましたからな」

喜十郎が言い、

「生きておることを実感するのは、かような時にございますすな」

と小才次も笑った。

おこまが囲炉裏端に下りてきて、男たちの朝の宴に目を見張った。

その顔が艶々と輝いているところを見ると夜露を洗い流してきたのであろう。

「どうなさいますな」

そのおこまが小声で聞いた。

「江戸で聞いた情報《はなし》は、すべて忘れようではないか。改めて尾張と成瀬家の関わりを調べ直そう」

「畏まりました」

と喜十郎が首肯した。

秀信の、水野忠邦の命が判然とせぬ以上、一から調べ直すしか手はあるまいと旅の間、考えてきたことだ。

「すでにわれらの動静は蜻蛉組が知るところだ。真昼間なれば乱暴狼藉もしまいが、ともかく気をつけることだな」

「夜分の探索は二人組で行いますか」

頷いた影二郎は、

「おれは水嵐亭おこまの旗持ちに回ろう」

「なればそれがしと小才次が組ということで臨機応変に行動いたします」

「小才次、蜻蛉組がまず狙いをつけるとしたら、われらの影、そなたであろう。決して無理をするでないぞ」

「へえっ」

朝餉は凍《し》み豆腐と大根の煮付け、浅蜊の味噌汁に麦飯だ。

腹七分目に食した四人は、床に就いた。

影二郎が目を覚ましたとき、だれもいなかった。

昼過ぎか、障子にあたる光の回り具合で影二郎は、昼を回った刻限かと見当をつけた。階下に下りると女中頭が、

「仲間は働きにでられたなも。おみゃ様だけだ、いつまでも眠りこけておるのはさ」

と呆れた顔をした。

「刻限はどうか」

「八つ（午後二時）は過ぎただよう」

「よう眠ったな、おれも一稼ぎしてこようか」

一文字笠を被り、着流しの腰に先反佐常を落とし込んだ影二郎は、伊勢屋を出た。

向かった先は宮の渡しだ。

東海道中、ただ一つ海上の渡しがこの宮宿から桑名《くわな》までの七里の渡しだ。

〈そのかみは、何時にても、舟を出しけれども、ちかき頃、由井正雪《ゆいしょうせつ》がことよりこのかた、昼の七つ過ぎれば、舟を出さず〉

と『名所記』にもあるように、慶安四年（一六五一）の由井正雪のご落胤《らくいん》騒ぎ以降、七つ過ぎての渡し舟は禁じられていた。

七里の渡しは、濃尾《のうび》平野を流れる大河、木曾川、長良《ながら》川を海で迂回するために設けられた海路だ。

しばし渡しの光景に目を預けていた影二郎の足は、堀川岸の熱田湊の常夜灯、高櫓《たかやぐら》の神灯に向けられた。

碑銘を見るに寛永二年に成瀬正虎《まさとら》が創建、さらに成瀬正典《まさのり》が再建したとある。

成瀬隼人正の二代目と六代目が関わった神灯は、渡し舟を禁じた刻限の間、点され続けるという。

尾張領内で成瀬家がただの一家臣でないことを立派な神灯が物語っていた。

最後の渡しに間に合わせようとする旅人たちが渡し場に雲集していた。

影二郎はその様子を眺め、堀川の上流へと上がっていった。

右手は熱田神宮の広大な森だ。

夕暮れが近いことを告げて、鳥が鳴き騒いでいた。

材木場を過ぎた辺りの河原に影二郎は目指すものを見つけた。

流木で建てられた善根宿、流れ宿《ぐ》だ。

宿場の旅籠や木賃宿に寝泊りできない旅人もいた。

金がないもの、病持ち、さらには非人と呼ばれて差別されてきた人々だ。

この人たちは宿場外れの河原などにある善根宿で一宿の恩義を受けて旅を続けるのだ。

遠島の沙汰を受けて、流人船を待つ身の影二郎は、伝馬町の牢から秀信の都合で外に出された。

そのとき、影二郎は影の世界に生きる決心をした。

そのことを知った旧知の江戸浅草、非人頭の浅草弾左衛門《だんざえもん》が、

「影で生きていかれるなれば、われらが仲間にございます。弾左衛門が道中手形を差し上げましょうぞ」

と一文字笠を贈ってくれたのだ。

渋塗りを重ねた笠の裏には梵字《ぼんじ》で、

「江戸鳥越住人之許」

と隠し文字が書かれていた。

家康が築き上げた幕藩体制は二重三重の仕掛けが施されてあった。たとえば、浅草弾左衛門の役目もそうだ。

長吏、座頭、猿楽、陰陽師など二十九職を司る頭として家康は、浅草弾左衛門に差別を課すと同時に特権も与えた。武具の用材となる革の一手独占と販売だ。これで弾左衛門の収入は莫大なものとなった。

徳川幕府の表社会の最高権力者が将軍ならば、裏世界を司る長吏頭が浅草弾左衛門であった。

幕藩体制が将軍を頂点にした上下社会なら、それと全く同じ仕組みを持つ影の幕藩体制が存在し、忌み嫌うもの、不浄のものを始末しつつ、確固とした影の社会を築き上げていたのだ。

浅草弾左衛門の息がかかる土地は、主に関八州であった。だが、この社会は街道から街道へとつながりを持ち、どこの土地に行っても仲間がいた。

これまでの流れ旅で影二郎は承知していた。

影二郎が薄い煙を吐く宿を目指して、河原に下りたとき、宿から女の悲鳴が上がった。

長脇差《ながどす》を落とし込んだ男たちが娘の手を摑んで、宿から外の河原へ引き出した。

「親分さん、お情だ。おまつだけは許してくだせえ」

老婆が追い縋って、娘の手を摑み、取り戻そうとした。

それを子分の一人が蹴り倒した。

「金貸しは情でできるものか。娘の母親じゃあ、宮の女郎屋では大した金にならねえだがや」

でっぷりと太った体の上に褞袍《どてら》を着込んだ親分が言い放った。

「八剣の親分さんに借りた金子は五両にごぜえました。みねの身売りの金で払い終えたはずにごぜえます」

「たーけっが、借金には利がつくんだがや。この娘を女郎屋に叩き売ってとんとんだなも」

流れ宿から泊まり客が出てきた。だが、長脇差を差した渡世人五人に太刀打ちできるものなどいなかった。それでも流れ宿の主か、壮年の男が、

「親分さん、流れ宿に逃げ込んだばあ様と孫にございます、お見逃しのほど願います」

と河原に土下座して頼んだ。

「釜吉《かまきち》、てめえらは、日陰の身だがや。でけえ振る舞いするじゃんねえがや。おめえがど頭を地べたにこすりつければ銭でもわくだがね」

八剣の親分と呼ばれた男が子分たちに顎で引き上げを命じた。

「ばば様」

泣き声を上げたのはまだ十二、三の娘だった。

「行こみゃあ」

娘を引き摺《ず》って河原から土手に上がろうとした一行の前に影二郎が立っていた。

「どかみゃか!」

八剣の親分が影二郎に怒鳴った。

両の頬から肉がだらしなく垂れていた。

「名はなんだ、八剣の親分」

「流れ者の貧乏浪人が、この八剣の奇三郎《きさぶろう》に文句をつけようというきゃも」

「名はご大層だな」

「どきゃも!」

奇三郎が大きな体を影二郎にぶつけるようにして通り過ぎようとした。

影二郎の片手がぶよぶよとした手首を摑むと、体を捻りざまに虚空に飛ばした。

子分たちから悲鳴が上がった。

どさり
河原に背中から落ちた八剣の奇三郎が、
ぐえっ
という呻き声を上げ、喚いた。

「て、てめら、ただ突っ立っているのきゃも。こやつを叩き斬りみゃか」

事態をようやく飲み込んだ子分たちが長脇差を抜き差すと、その一人がいきなり影二郎の眉間に振り下ろしてきた。

影二郎が背を丸めて相手の懐に飛び込むと拳で鳩尾《みぞおち》を突き上げ、長脇差を奪い取った。

子分の体がずるずると崩れ落ち、影二郎の右手に長脇差が残った。

影二郎がゆっくりと長脇差を峰に返した。

二人が同時に突っ込んできた。

江戸は南八丁堀アサリ河岸の鏡新明智流桃井春蔵道場で、

「位の桃井に鬼がいる」

と謳われた影二郎の手の長脇差が左右に振るわれた。

どこをどう叩かれたか、一人が脇腹を打たれ、もう一人が肩の骨を砕かれて、河原に転がった。

残るは二人だが、足を竦ませていた。

「ち、畜生」

八剣の奇三郎が這いずって、その場から逃げ出そうとした。

「待て待て、そなたにはちと話がある」

長脇差を振り振り、影二郎が奇三郎の下に歩み寄り、峰に返したままの長脇差の切っ先で

額をこつこつと叩くと、

「八剣の親分、懐から出ておるのは、証文のようだな。阿漕な商売はいかんぞ、こちらに貰おうか」

影二郎は、切っ先を額に押し付けたまま、懐の証文を摑んだ。

「おみゃ、な、なにをするだがや」

「ほれほれ、動くと怪我をするぞ」

影二郎は切っ先で八剣の親分の動きを制して、引き出すと、

「確かめてみよ」

と後方に放り投げた。すると流れ宿の主が飛びついて広げ、

「これだがね」

と叫んだ。

「火を持って参れ」

流れ宿の泊まり客の一人が宿に飛び込み、囲炉裏から燃え盛る薪を運んできた。

「さっぱりと燃やせ」

「よろしいきゃも」

「八剣の親分が頷いておいでだ。燃やせ燃やせ」

影二郎の声に証文に火が点けられ、

ぱあっ
と燃え上がった。

老婆と娘が感極まったか、泣き出した。

影二郎の手から長脇差が投げ出され、

「縁あらばまた会おうか」

と八剣の奇三郎に言った。

「お、覚えてやがれ」

八剣の親分らが傷ついた仲間を引き摺り、河原から引き上げていった。

三

堀川河原の流れ宿の前で老婆と孫娘おまつが抱き合って泣いていた。

その光景を横目で見た主の釜吉が、

「お侍様、この通りだ」

と腰を折って頭を下げた。

「お節介をしただけだ、そなたに礼を言われるほどのこともない」

「そなた様はどなたにございますな」

一文字笠を取った影二郎は釜吉に見せた。そこには渋を塗り重ねた間から、

「江戸鳥越住人之許」

の梵字が見えた。

「弾左衛門様の知り合いでございましたか」

釜吉がほっとした吐息をつき、こちらの様子を窺《うかが》っていた男女に、

「お仲間じゃあぞ、中に入りなされ」

と命じた。

老婆と孫娘も抱き合って流れ宿に入った。すると宿の前には影二郎と釜吉、そして、放ち飼いの鶏が餌を啄《ついば》む姿が見られるだけになった。

「お侍様、この釜吉になんぞ役にたつことがございますか」

釜吉は精悍な顔をしていた。

「夏目影二郎と申す。成瀬隼人正様のことを知りたくて尾張に参った。迷惑なれば、このまま立ち去ろう」

影二郎は正直に目的を告げた。

世間の影を歩む人間を世話する釜吉なれば、はっきりと否応を返してくれようと思ったからだ。むろん尾張藩庁に密告する心配はない。それは仲間と認めた一言が教えていた。

釜吉は堀川の岸辺に歩むと流木を指した。

一文字笠を手にした影二郎は流木に腰を下ろし、笠を置いた。

釜吉は、笠をはさんで座った。

七つの終い舟が出るのか、風に乗って騒ぎが伝わってきた。

河原には西に傾きかけた日差しがあって、寒くはない。河原のどこかに桜の木があるのか、はらはらと花びらが舞っていた。

「夏目様、事情がございますので」

影二郎は、昨十月鬼子母神の御会式の帰りに目撃した事件のあらましを語った。

「おれの前であたら二人の人間が射殺された。その一人の手の温もりはまだおれの掌に残っておる」

「そんなことが江戸でございましたか」

と首肯した釜吉が、

「私どもの耳にすることは世間様に流れることとは異なるやもしれませぬ。また真偽も不確かにございます」

「それでよい」

「尾張藩における御付家老成瀬様と竹腰様のお立場は、格別にございます。初代の正成様の代から、
お江戸のお供はどなたでござる

隼人、山城、小源太さまよ
あとのお留守は甲斐さまさま
と盆おどり歌にも歌われるほどにございますよ。成瀬様のお屋敷は名古屋城下に上屋敷と中屋敷の二つがございます。それに犬山に御城がございます。名古屋の屋敷は、尾張家の家臣という証しにございます。一方で犬山藩主ということは、成瀬家が徳川幕府の臣ということでもございます。成瀬家では、七代隼人正正寿様がなんとしても尾張の家中を脱して、大名になりたいと宣告なされたとか。正寿様が亡くなられた後、正住様に代替わりしても尾張家を離れる戦いが続き、暗闘が繰り返されているという噂にございますよ」
影二郎は相槌を打ちつつ聞いた。
「話を元に戻しますとな、先代の正寿様が尾張から抜け出る決心をなされた時期から、成瀬家の行列はまるで大名並みに調度から乗馬にまで装いを凝らされて、それはそれは豪奢になりました。最初、この行列は江戸だけで行われていたそうにございますがすぐに犬山城下でも、さらには尾張城下でも見られるようになったのでございます。正寿様のお考えでは、成瀬一族は、未だ公儀老中と一列という思いが強くあってのことにございましょうな」
「尾張家中は黙って見逃していたか」
「家臣の方々は腹に据えかねておられたようですが、なにしろ家康様以来の国家老、表面上はお静かでございました」

と説明して言葉を切った釜吉が、

「今から五年前のことにございますよ」

と言い出した。

尾張十一代斉温の命でその継室近衛福君《さちぎみ》を迎えに成瀬正住が京に派遣されることになった。

正住は、天保七年八月、江戸を発った。

成瀬家はそれに先立ち、

「この度、正住様は尾張殿のお頼みにて福君様へ御結納持参ならびにお迎えのため上京される旨、西の丸御月番様へお使者をもってお届けいたすゆえ、家中一同さよう心得よ」

と触れさせた。

尾張殿という表現に成瀬隼人正家の同格意識が垣間見える。

当然、尾張本藩の逆鱗《げきりん》に触れ、騒ぎになった。

正住は、江戸からの帰国にあたり、名古屋に入ることなく犬山城に入ろうと企てていた。

正住の腹には、幕府も承知の使者、改めて尾張への挨拶は必要なしという考えがあったからだ。

隠居の身ながらなお健在であった斉朝は、

「おのれ、正住め。此度の一件で犬山に着するとは、何事か。尾張の御用で上る以上、名古屋に入り、余の機嫌を伺った後、必要なれば、犬山に赴くべきではないか。それが家臣の務めぞ。初代以来の恩顧をよいことに我儘《わがまま》が過ぎるわ」

と激怒した。

尾張の月番年寄下条庄右衛門は、急ぎ成瀬家の家老水野瀬兵衛と用人笹岡文五衛門を呼び出した。

水野らは斉朝の逆鱗に驚き慌て、事の重大さにようやく気付かされた。そこで早馬を飛ばし、中山道《なかせんどう》を犬山城下に向かっていた正住の行列と馬籠《まごめ》の宿で出会うと斉朝の怒りを伝えた。

行列はしぶしぶと名古屋へ方向を転じた。

「このことが尾張家と成瀬様のご一族に大きな禍根を残しましてございます」

影二郎が頷く。

そのとき、先ほど八剣の奇三郎に連れていかれそうになった孫娘が茶を運んできた。

「落ち着いたか」

「先ほどはありがとうございました」

顔を赤らめて影二郎に礼を述べた。

「母者が苦界に身を落とされたそうな、ばば様を大事に致せ」

影二郎は孫娘に一分を差し出した。

「おまつ、茶代だ」

娘が目を丸くして、釜吉を見た。

「おまつ、とっておきなされ」

釜吉の言葉におまつが両手で受け取り、影二郎を伏し拝んだ。

「無頼の徒の気まぐれだ。さような真似をするでない」

おまつが懐に一分金を差し入れると流れ宿に戻った。

「尾張と成瀬家の諍いがさらに深まる出来事がございました。犬山入城から二月も過ぎぬうちにございます。斉朝様お目見の席で正住様は、脇差を差したまま面会の場に出られたとか。城下に流れた噂で、一座の空気が凍りつき、多くの家臣の顔が蒼白になったそうにございます」

それはそうであろう。

主従関係のはっきりしたこの時代、お目見の場に脇差では謀反と思われても仕方ない。

斉朝の用人長野久兵衛が、

「隼人正様、脇差をお腰にお忘れにございますぞ」

と婉曲にその非を注意した。正住は聞えぬ振りをしたが、何度か声をかけられ、しぶしぶ脇差を外した。

この場の始末に正住は面目を潰されたと長野に恨みを抱いた。

「もともと尾張家中では成瀬正寿《まさなが》、正住様親子の態度の尊大なことは評判にございます。御三家には老中さえも膝や手をつかれて恭《うやうや》しく挨拶を返されるそうにございますが、成瀬様親子は、藩主の前で手も高く、膝も屈しないそうにございます」

「尾張に喧嘩を売っているようじゃな」

「喧嘩を売っておられるかどうか、ともかく成瀬家としては、尾張家属臣を脱したい一念がかような態度をとらせるのでございましょう」

「……」

「犬山藩の独立を成し遂げるまでは死ぬわけにはいかないと常々広言なされていた正寿様がつい先ごろの天保九年十月二十七日に亡くなられました。そのことで尾張から成瀬家が独立する気運は衰えたと思うておりましたものを、江戸でさような暗闘が繰り返されておりましたか」

成瀬家は家康公の命にて尾張に出仕致した経緯あり、本来の御付家老の任務は、徳川将軍家と尾張家の円滑なる交流に奉仕することではないのか。

「物事の一面から見ても間違いを起こす」

「まったくにございます」

「釜吉、成瀬家の領地は三万五千石であったな。正寿・正住の親子は、尾張の竹腰家、紀伊の安藤家、水野家、水戸の中山家の御付家老五家を糾合して、江戸や国表での運動やら大名並みの示威《じい》運動には金がかかろう」

そこにございますよ、と釜吉が言った。

「尾張家中の方々が切歯なさることが犬山城下で起こっているということにございます。まあ、風聞にございますがな」

影二郎は釜吉が口を開くのを待った。だが、それ以上のことは説明しようとはしなかった。

「釜吉、名古屋にも流れ宿はあるか」

「この堀川を遡っていきますと矢田川にぶつかります。その岸辺に若狭《わかさ》じいの流れ宿がございます。宮の釜吉からの申し送りと申されれば、なにかと都合をつけてくれましょう」

「世話になったな」

影二郎は一文字笠を手にとると立ち上がった。

いつの間にか夕暮れが堀川河原に訪れていた。


「さてもさてさて熱田の皆々様、お立合い！　水芸の季節にはちと早うございますが、七里の渡しは、明朝までは帆も上げませぬ。宮の宿で船待ちの皆様も町の衆も江戸は浅草奥山の水芸人、水嵐亭おこまの拙《つたな》き芸をご覧くだされ。まずは手始めに、熱田の一の鳥居の頭上から、赤、桃、黄、紫、青、水色と七色の水が噴き上げましたら、ご喝采のほどお願い奉ります」

おこまの口上が軽やかに夕風に乗って、熱田神宮前の辻に響いていた。

まずは四竹が巧妙に打ち鳴らされ、さらに三味線の音に変わって、白扇を差し広げると、あら不思議やな、奇怪かな一の鳥居から七色の水が虚空に噴き上がり、一陣の清風を呼んだ。

わああっ！

という歓声が沸いた。

「おそがい手妻だなも！」

「どえりゃあ姉様きゃも！」

見物の衆が沸き、やんやの喝采を送った。

「まずは熱田神宮一の鳥居の七色の水の乱舞にございます。お次は、手妻か、幻か、それそれそこの、伊勢参りのおばば様の肩口から細き水飛沫が立ち昇りましたら、拍手ご喝采……」

「姉様、わしゃ、おみゃの仲間でねえだでよ、肩口から水飛沫なんぞ出るものか。冗談《たーけ》もほどほどにしてちょ」

見物の前にいたばば様が喚いた。

だが、次の瞬間、伊勢参りの白衣の肩から細い水が立ち昇り、

「こ、こりゃあ、なんなも。どえりゃあことだがや」

ばば様が慌てた。

笑いが起こり、さらに高く上がった一筋の水に老婆が目を丸くした。

そのとき、

「やいやいやい！　いったいだれに断って宮宿で商売しくさるなも。尾張名古屋の宿場町は、八剣の奇三郎親分さんにご挨拶して、ショバ代を払うて、ようやく店開きができんだがなも」

三下奴が見物の衆を押し分けて、おこまの前に飛び出してきた。

そのあと、腰を屈めた八剣の親分が姿を見せた。

影二郎に河原に投げ飛ばされて腰を痛めた、情ない姿だ。それでも堀川河原からの戻り道、見知らぬ大道芸人のおこまを見かけて、子分にいちゃもんをつけさせたところだ。

「親分、こん女、めちゃ面が垢抜けちょるき。一家に引きずってちょ、酒の酌なとさせるだがや」

一番先に飛び出した三下が親分の機嫌を伺った。

「おうおう、酌もいいが腰をちーと揉《も》ませようかい」

精々貫禄を見せた奇三郎が応じ、三下が、

「姉さん、話は聞いての通りだなも。店終いして八剣一家についてきゃあも」

「なんだかきゃあもきゃあもと煩いね。見れば、親分のおべべが汚れているようだし、腰も曲がっておいでだ。どこぞで転んだのかえ」

「こん女、言わしておけば」

三下がおこまに摑みかかろうとしたとき、いかなる仕掛けか、三下の頭の上から水がぼたぼたと垂れて顔を濡らした。

「馬鹿しくさって」

三下がおこまに突進した。

閉じた白扇が額を叩き、さらに鳩尾を突くと三下は腰砕けになった。

「おみゃども、女芸人に虚仮《こけ》にされて黙っておるきゃも、八剣の奇三郎の沽券《こけん》にかかわるだがね」

腰の痛みを忘れて奇三郎が叫び、三下奴たちが長脇差を抜いた。

おこまも白扇を突き出すように構えた。

「わああっ！」

と見物が悲鳴を上げた。

「八剣の親分、腰の具合はどうかな」

のんびりした声が見物の輪の外から響き、着流しの影二郎が姿を見せた。

「おみゃあと女芸人はぐるだか」

「さよう。それがし、水嵐亭おこま一座の旗持ち、鳥目集めでな。まずは親分から鳥目を頂こうか」

影二郎が一文字笠を裏に返して差し出した。

「く、糞っ！」

「親分、われらの旅籠は宮宿の伊勢屋だ。いつでも来られえ」

八剣の奇三郎らが見物の衆を蹴り散らすように走り去り、見物もこれを汐に散っていった。

「商いの邪魔をしたようだな」

「邪魔もなにも尾張の客はしぶちんにございます。芸所と聞いてきたんですが、なかなか財布の紐が固うございますよ」

話しながら後片付けをすると荷を手分けして提げた。

「なんぞ収穫はあったか」

影二郎が歩きながら聞いた。

残念ながら大したものは、と前置きしたおこまが言い出した。

「名古屋や熱田の造り酒屋が犬山城下の酒問屋にえらく腹を立てているということでございます」

「どういうことか」

影二郎はおこまの顔を覗きこむように聞いた。

「はい。天保に入って米相場が上がり、高値を保っております。そこで尾張領内では、酒造が厳しく制限され、禁止の沙汰を受けた酒問屋があるそうにございます。ところが、犬山城下では、石数など制限なく酒を造り、また名物の忍冬酒《にんどうしゅ》も派手に名古屋城下にも他国にも売り出しておるそうな。尾張藩の勘定方も造り酒屋も犬山だけが好き放題をと怒り心頭とか、そんな話にございます」

「おもしろい話ではないか」

「おもしろうございますか」

「やはりその土地に出向いてみるものだな。雑司ヶ谷の帰り道に遭遇した殺しには、何百年の恨みつらみがこもって錯綜しておるわ」

「影二郎様はどこぞにお出かけで」

おこまが八剣の奇三郎とすでに面識がありそうな影二郎の行動を聞いた。

「当代の成瀬隼人正正住様、先代の正寿様、なかなか一筋縄ではまいらぬようで、尾張もてこずっておるわ」

影二郎は流れ宿の釜吉から聞いた話を告げた。

「影二郎様、確かに成瀬家には家康様の密命が託されておりましょう。それゆえに尾張も迂《う》闊《かつ》に手が出せませぬ。ですが、御三家尾張は六十二万石、一方、成瀬家の犬山藩は三万五千石の領地にございます。尾張が本気を出せば、踏み潰すことなどいと容易《たやす》きことと思えます」

そこよ、と影二郎も頷き返した。

「尾張の当代の斉荘《なりたか》様は、成瀬正住どのの横車にて尾張藩主になられましたな。藩中、斉荘様に遠慮してのことでございましょうか」

「おこま、強気の成瀬ら五家の背後にだれぞがいて、焚付けておるのかもしれぬぞ」

影二郎の頭には水野忠邦があった。

「お帰りなさいませ」

二人は伊勢屋の前に戻りついていた。番頭に迎えられた二人は、旅籠の土間に入った。

「朋輩は戻っておるか」

「へえっ、お武家様が一人で戻られてましたがな、小者の方がまだ帰っておられぬことを知ると、慌てて出ていかれましたなも」

影二郎とおこまは、喜十郎が小才次とはぐれたかと思った。

おこまは部屋に水芸の道具を上げ、影二郎は囲炉裏端に座り込んだ。

「酒きゃあも」

女中頭が聞いた。

「朋輩が戻るまで待とうか、茶をくれぬか」

「仲間に仕事をさせてばかりでは気も引けよう」

女中頭がそういうと茶を淹れ始めた。

おこまが降りてきた。

二人はなんとなく胸騒ぎを感じていた。

菱沼喜十郎の行動にだ。

日中のことゆえ、一人ひとりで動くのは承知のことだ。それを喜十郎は慌てたように出ていったという。

二人が戻ってきて四半刻、半刻と過ぎた。

伊勢屋の部屋は泊まり客で埋まったようで囲炉裏端も賑やかになった。

「迎えに出てみます」

おこまがいったとき、喜十郎が戻ってきた。

「小才次はまだ戻ってはおりませぬな」

おこまが顔を横に振った。

「喜十郎、なんぞ気がかりか」

喜十郎が黙って煙草入れを懐から出して見せた。

小才次のものだ。

「どこで見つけた」

「尾張藩の御材木場にございます」

「御材木場だと」

影二郎とおこまは囲炉裏端から立ち上がった。

玄関先に熱田見物をしていた夫婦の客が戻ってきたのと入れ違いに三人は表に出た。

「なにがあった」

「いえ、はっきりは致しませぬ。ただ、小才次が藩の御材木場に関心を持って、そちらに向かったのを渡しの船頭が見ておりましたので、それがしも訪ねていったのでございます。そしたら、これが」

「喜十郎、蜻蛉組の手に落ちたのではないか」

「影二郎様もそうお考えになりますか」

「父上、間違いございません」

おこまが言い切った。

「小才次がなぜ御材木場に興味を持ったか、朝からの行動を洗い直そうではないか」

影二郎の提案に菱沼親子が頷いた。

四

「堀川河口に御材木場の職人や渡し船の船頭たちが通う居酒屋がございます、夕暮れ前に小才次は、姿をその店で見かけられております」

足早に歩く喜十郎が影二郎とおこまに説明した。

「小才次さんは、なぜ居酒屋に参ったのでしょう、父上」

「尾張の御用林が木曾から飛騨山中にあるのじゃが、これら切り出した藩官材は、木曾川を利用して犬山を経由し、堀川河口の御材木場に運ばれてくるそうな。小才次は木曾川を下ってきた中乗りに話を聞いていたのではないかと思えるのだ」

中乗りとは筏《いかだ》に組んだ材木を棹一本で河口へと運ぶ男たちのことだ。

喜十郎が二人を連れていったのは、影二郎が釜吉の流れ宿を探し当てたとき、通った堀川左岸の御材木場だ。

木曾山から運び出されてきた檜や高野槙の大木が堀川から引き込まれた貯木池の岸辺にも積まれていた。

門に尾張藩御材木場の看板がかかっていたが、外から出入りはできた。

「小才次の煙草入れが落ちていたのは、入ってすぐのこの辺にございました」

喜十郎が指したのは、檜の大木が山積みされた一角だ。材木の長さはおよそ六十尺から八十尺、幹は一尺五寸から四尺はあった。

辺りを見回していたおこまが、

「小才次さんはだれぞに呼び出されたのでしょうか」

「あるいは釣り出されたか。ともあれ、小才次は、なにか異変を嗅ぎ取って自ら煙草入れを捨てたとは思わぬか」

「私らに異変を告げるためですね」

おこまの言葉に影二郎が頷いた。

三人は貯木場から水辺へと異常を探し回った。

折りから上がった月の明かりが三人の足元を照らしつけた。

おこまがふいにしゃがみ込み、指先で地面を触った。

「血ではありませぬか」

おこまの指先には湿った、どろりと固まりかけた血がついていた。そして、その付近で闘争が行われたか、地面に乱れた足跡が残されていた。

影二郎は御材木場の一角に設けられた船着場に立った。

貯木場を堀川に出て、上流へ遡れば名古屋城下に至るのだ。

「事ここに至れば、小才次は尾張藩御土居下の蜻蛉組の手に落ちたと見るべきであろうな」

影二郎の結論に菱沼親子が頷いた。

「名古屋に参りますか」

おこまの問に影二郎の答えはすぐに戻ってこなかった。

「小才次が関心を持った居酒屋を訪ねてみようか。名古屋に行くのはそれからでもよかろう」

「はっ」

影二郎は小才次にはしばらく辛抱してもらうしかあるまいと腹を括った。

喜十郎が畏まり、三人は御材木場を出た。すると黒い影が二つ、三つと闇から浮かび上がって、影二郎たちの前に立ち塞がった。

その数、七人ほどだ。

「何者か」

影の一つが誰何《すいか》して提灯の明かりが点された。

尾張藩の御用提灯だ。

御材木場役人の一人が言い出した。

「材木泥棒にしては風体が訝しいぞ」

「われら、旅の者にございます。連れが何者かにこの御材木場に連れ込まれて姿を消しましてございます。そこでわれら、調べに参ったのでござる」

菱沼喜十郎の答えに、

「ともあれ御役所にて取調べを致す、同道なされえ」

士分の頭が小者たちに同行を命じた。

「喜十郎、おこま、落ち合う先は、小才次が参った居酒屋じゃあ」

と小声で影二郎が告げた。

影二郎には、御材木場の役人を傷つける気持ちはなかった。ただ、その場から逃げ出せばよかった。

「承知」

喜十郎が囁《ささや》きかけたとき、

「命に従え！」

という声とともに六尺棒が影二郎の肩口にいきなり振り下ろされた。

影二郎が相手の懐に飛び込みざまに片方の拳で鳩尾を突き上げ、もう一方の手で棒を奪い取っていた。

ずるずると地面に崩れ落ちた小者には見向きもせず、影二郎は殴りかかってくる御材木役人の輪の中に飛び込んだ。

同時におこまの手から四竹が提灯に投げ打たれて、御材木場の前は再び闇と化した。

「取り囲んで捕縛せえ！」

役人の声も空しく、影二郎の棒が右に左に振るわれ、その度に腰や脇腹を打たれた小者たちが倒れ込む。

影二郎が暴れる間におこまが闇に姿を溶け込ませ、喜十郎も続いてその場から消えていた。

もはや抵抗する者もなく、残るは士分の役人だけだ。

「失礼を致したな」

影二郎は呆然と立つ役人の足元に六尺棒を投げ捨てると宮宿へと走っていった。

四半刻後、影二郎は七里の渡しの舟着場にいた。

成瀬家が贈った神灯に明かりが入って、あたりをおぼろに照らしていた。

菱沼親子と落ち合う居酒屋は、宿場内だ。

だが、影二郎は御材木場から付かず離れず尾行する影を気にして、居酒屋へと足を向けなかったのだ。

七里の渡しを取り締まる御舟番所にも明かりは点されていたが、戸は閉じられていた。

影二郎は、人の往来とてない渡し場から暗い水面を眺めていた。

〈宮より七里の渡し入海也。木曾川と落合《おちあう》。船中多景也。名古屋の城北にみゆる。木曾の御嶽も見ゆる。左は知多郡浦々、野間の内海も見ゆる……〉

古き旅本に記された七里の渡しを影二郎は脳裏に思い描いていた。

尾行する影が近付いたようだ。

「旅の徒然《つれづれ》に語り合おうか」

影二郎が背に話しかけた。

「なかなかの腕前かな」

影二郎と肩を並べるように立ったのは、着流しに大小を差した深編笠の武士で身のこなしが優美だった。

落ち着いた声音からして三十代の半ばか。

「見ておられたか」

影二郎の御材木場での腕前を知りながらも恐れた風もない。

「江戸のお方と見たが」

「素浪人、夏目影二郎にござる」

と影二郎は名乗った。

ほう、夏目などという呟きが洩れ、聞いてきた。

「江戸はアサリ河岸の桃井道場に鬼と呼ばれた若武者がいたそうな。鏡新明智流の鬼とはそなたのことかな」

「ただ今は無頼の徒にござる」

「それがし、三枝《さえぐさ》謙次郎」

とだけ名乗り、訊いてきた。

「夏目どの、なんぞ御材木場に不審か」

「仲間がどこぞに連れ去られた。その場所が御材木場と推量されるのだ」

なんとのう、と答えた三枝に影二郎は、

「連れ去ったのは、御土居下蜻蛉組と思える」

と畳み掛けてみた。

「御土居下か、あるいは……」

「相手に心当たりがありそうじゃな」

「夏目どの、金鉄党をご存じか」

「いや、知らぬ」

「ならば、旅の思い出にお話し申そうか」

三枝謙次郎が言うと、

「天保十年三月二十日に尾張十一代藩主斉温《なりはる》公が江戸藩邸にて病死なされました。この斉温様、在位十二年に及んだが一度も名古屋入りすることもなく、亡くなられた後、棺にて城下入りなされた人物でな。この斉温様には御嫡男がないこともあって、幕府では早々に田安家の斉荘《なりたか》様を立てて、跡を継がされた。この斉温様死去の報が名古屋に着いたのは二十六日のこと、直後に新藩主を斉荘様が継承されたという知らせも届いた」

秀信に聞かされたことだ。

「尾張では、支藩の高須家の十五歳の松平慶勝どのが継ぐべきものと考えられていたようだな」

三枝の深編笠が動いて、影二郎を頷くように見た。

「その夜のことだ。大番組茜部《あかなべ》伊藤《いとう》五相嘉《ごはるよし》が仲間の御友《おんとも》喜四郎とともに用人と大番頭を兼務される高木八郎左衛門どのに真偽を問われ、その風説通りであることを確かめられた。尾張と犬山の間の大きな亀裂は、いや、御付家老成瀬様と竹腰様を排斥しようという、尾張本藩の騒ぎはこの時に始まったと考えてよい」

三枝はなんの意図があってか、尾張の内情を影二郎に告げた。

「茜部らはその夜のうちに大番組、馬廻組から同志を募り、斉荘様ご継承反対の嘆願書を書き上げた」

九代宗睦《むねちか》様死後、一橋治国《はるくに》の第一子の斉朝を十代に、さらに斉朝は家斉の十九子の斉温を十一代目尾張藩主に迎えていた。

斉荘は、家斉の十四子であり、斉温とは異母兄弟である。

宗睦の死後、初代義直の血筋が絶えた上に、紀州家から八代将軍に上がった吉宗《よしむね》の玄孫が三代にわたり、尾張藩主の地位を継ぐのである。

ここで尾張藩と八代将軍吉宗の関わりを説明しておかねば、なぜ尾張が吉宗の血縁を嫌ったか、理解がつかないであろう。

八代将軍の座を紀州の吉宗と尾張の継友《つぐとも》が争った。

継友有利と下馬評にあったにもかかわらず、その座は、吉宗のものになった。

尾張の継友と弟の宗春兄弟は、生涯吉宗への深い恨みと憎しみを胸の内に秘めていたと伝えられる。

兄の死後、七代尾張藩主の座に就いた宗春は、名古屋城下を活況させるために、祭礼を奨励し、遊郭を設置し、家臣たちに観劇を勧め、死刑の停止を図った。

この政策により名古屋城下には、諸国から商人が集り、物産が流通して、

「享保の繁栄」

といわれた空前の景気を呈することになった。

東海道一の活況を呈する名古屋とは対照的に江戸では、吉宗の、

「享保の改革」

が進行中ですべてに倹約が強制されていた。

宗春の政策は吉宗の「享保の改革」と真っ向から対立するものであった。

吉宗は、元文四年（一七三九）にまだ若い宗春を隠居に追い込むことで幕府の権力をまざまざと見せつけた。

その結果、尾張藩には、名古屋城下に未曾有の活況をもたらした宗春への思慕と、それを強引に収束させた吉宗憎しの念が根強く沈潜していくことになったのである。

この吉宗の血筋が三代にわたり、尾張藩主として継承するのだ。

「茜部らの嘆願書の背景には、かような事情がござってな」

と三枝は言った。

〈上意も上意により、上意を有難くと申すは外大名のことなり。御三家の儀は君への深き思召しのこれあることゆえ、今更、おしつけがまし〉

「この六月、四十七人の家臣たちが連署して、嘆願書を名古屋在住の御付家老竹腰様に差し出したのでござる。茜部らの考えは、斉荘様擁立は、老中水野忠邦様らが在府の御付家老の成瀬正住様と結託して、尾張藩を乗っ取ろうとするもの、斉荘様の十二代が差し戻せないのなら、斉荘様養子に慶勝様を迎えようというものにござった」

ここに水野忠邦の影が現われた。

「嘆願書、いかなる御取り扱いになりましたかな」

「竹腰様は、慶勝様とて義直様の血筋というわけでもなく、水戸家に近い。血縁の趣意に継承はあらず、と茜部らの行動を高圧的に押し潰されたのだ」

「藩内にさらなる遺恨が残りましたか」

「茜部ら嘆願書を差し出した者たちは大半が禄高百石から二百石の若者たちにござる。その上、大番組、馬廻組、書院番、本丸番、新番など、戦になれば先陣に立つ藩士たちであった。またこれらの者たちの多くが藩校明倫堂《めいりんどう》の教授、典籍、上座生たちで、いわば文武両道の武士《もののふ》にござる。これらの者たちを中心に金鉄党が結成された。つまり金鉄党は尾張藩の宝ともいえる……」

影二郎は三枝謙次郎がいかなる企てで影二郎に藩内の事情を話すのか、訝りつつも傾聴した。

その三枝がふいに深編笠の頭を下げて、

「夏目どの、尾張の苦衷、理解してくだされ」

と影二郎に言った。

影二郎はそれには応えず、聞いた。

「三枝どの、われらが仲間を金鉄党の面々が捕らえられた可能性がござろうか」

「さて御土居下か、金鉄党か」

「……」

「夏目影二郎どのの父上は大目付常磐豊後守秀信様でございましたな」

「ご存じか」

今度は三枝が頷き、

「常磐秀信様は、老中首座の水野忠邦様の信頼厚き人物、そなた方が尾張名古屋に物見遊山に参られたとも考えられぬでな」

「なるほど」

「夏目どの、そなたは水野忠邦様の意を含んだ大目付の密偵、と御土居下や金鉄党の面々が考えたところで不思議はござらぬ」

影二郎は沈黙した。

三枝謙次郎は手の内を晒して、大目付密偵の夏目影二郎と話していた。ならば、影二郎も虚心坦懐に話し合うべきではないか。そして、それが小才次の命を助ける早道ではないか。

「三枝様、話を聞いてくだされ」

影二郎は昨年の十月、雑司ヶ谷の鬼子母神の御会式の帰りに遭遇した事件を語った。

「御目付の梅村丹後と蜻蛉組が江戸に出向いておりましたか」

三枝の口からこの言葉が洩れた。

三枝謙次郎の身分は判然とせぬものの、尾張藩の意を含んで動く人物、それもかなりの身分と推測された。

「……三枝どの、それがしの掌には成瀬家の使番の手の温もりが残ってござる」

「そなたの前で尾張家と成瀬一族が争いを展開したは、尾張にとって吉凶どちらに転ぶことになりそうかのう」

と三枝が呟いた。

「尾張家の御付家老の使命は家康様の治世とは、大きく変わっておるように思える。成瀬家の、竹腰家の、かたくなな徳川本家忠義は分からぬではないが尾張本藩に内紛を招いて、ことを強行なさるは家康様のお心とはいささか違っておろう」

「夏目どの、本心さよう考えられるか」

「それがし、これまでも父の意を呑んで諸国を旅して参った。だが、幕閣のさるお方の欲心や私心に遣われる気持ちはない、見ての通りの素浪人にござる」

「夏目影二郎は、水野忠邦の密偵ではないと申されるのだな」

「伝馬町で流人舟を待つ身を父に救われ申した、その恩を返そうと影仕事を引き受けた経緯もござる。だが、千代田城の狗《いぬ》になった覚えはない」

三枝謙次郎の口から笑いが洩れた。

静かな笑いに愉快が覗いた。

「話し合ってようござった」

「三枝どの、小才次と申す小者の命、そなたにお預けしてよろしいか」

「金鉄党の仕業なれば手のうちようもある」

ということは言外に蜻蛉組では手が届かぬ、そちらで始末をつけよといっていた。

「よろしゅうお頼み申す」

「そなたとはまた会う日もあろう。今宵のように和やかに話し合いたいものでござる」

深編笠に隠れた顔が礼を言い、影二郎に背を向けた。

腰の印籠が揺れ、その紋が松平六つ葵であることを影二郎は見てとっていた。

居酒屋に出向くと、店の前で菱沼喜十郎とおこまの親子が心配そうな顔で影二郎を迎えた。

「なんぞございましたか」

「心配しておりました」

親子が口々に言った。

「まだ酒屋はやっておるか」

はい、と答える喜十郎に、

「喉を潤してそなたらの心配に答えようか」

三人は馬方や船頭、職人たちで賑やかな居酒屋の七里やの縄暖簾を潜った。

「ご新規さん、三人だなも」

小女が影二郎たちを板の間の卓に案内した。

おこまが酒と肴を注文した。

三人とも夕餉を食してない。腹も空いていれば、喉も渇いていた。

熱燗の酒が大徳利に運ばれてきた。

大ぶりの酒器におこまが酒を注ぐ。

影二郎は一息に飲み干して、
ふうっ
と息をついた。

「喜十郎、おこま、小才次の身だが、二つに一つで安心できる」

影二郎は渡し場で出会った三枝謙次郎との会話を掻い摘んで、二人に聞かせた。

「それは何よりの出会いにございました」

「なあにあちらから接触してこられたのよ」

「三枝様は尾張藩中のお方と考えてよろしゅうございますか」

「まず間違いなかろう。それもかなりの身分の家格と見た」

影二郎は印籠の紋、松平六つ葵について話さなかった。

六つ葵は、御三家御家門の替紋である。

「少しだけ安堵しました」

おこまが言うとようやく酒に口をつけた。

「どうなされますな」

「今晩のうちに名古屋城下に移る」

「三枝様と面識ができたとは申せ、蜻蛉組も金鉄党もわれらの行動に目を光らせておると考えたほうがようございます」

「一人ひとりばらばらに名古屋に潜入しようか。落ち合う先は、堀川上流、城下外れの流れ宿、若狭じいのところだ」

「承知しました」

影二郎たちは二合の酒を飲み合い、煮魚で夕餉を食して、居酒屋の七里やを出た。

伝馬町の伊勢屋までさほどの距離ではない。

大通りから一本裏手に入った路地に待ち人がいた。

八剣の奇三郎と配下の面々だ。だが、夕刻と違い、三人の浪人者たちが助勢に加わっていた。

「長いこと、待っていたなも」

「八剣の親分さんか」

影二郎がのどかな声で言うと、

「なんぞ御用かな」

と聞いた。

「おみゃらみてえな、旅の人間に虚仮にされては、宮宿で大きな面もできねえきゃあも」

「止めておけ」

「いいや、足腰を叩き折るだがや」

三人の浪人が影二郎を三方から囲むように動き、刀を抜いた。

「喜十郎、おこま、手出しは無用じゃぞ」

影二郎は言いおくと、法城寺佐常二尺五寸三分を抜き、峰に返した。

「こやつ！　生意気な」

頭分の浪人は、小馬鹿にされたと思ったか、剣先を虚空に突き上げる八双に構えた。

「八剣の親分、勝負はこの三人とおれの勝負で後腐れないことにしてくれぬか」

「抜かせ！　先生方、大口野郎を叩き斬ってちょうよ」

八剣の親分の言葉が消えるか消えぬうちに八双に構えた頭分が突進してきた。

右肩の前に立てられた剣がさらに天を突くように上げられ、振り下ろされた。

影二郎が動いたのはその瞬間だ。

姿勢を低くした影二郎が踏み込みざまに先反佐常を右手一本に擦り上げた。

振り下ろす剣を掻い潜って、脇腹を峰に返された先反佐常が、
びしり
と打った。脇腹の骨が折れる鈍い音とともに頭分は横手に吹き飛んで崩れ落ちた。

次の瞬間には、影二郎は後詰の二人に襲いかかっていた。

「な、なんと」

「おう」

と必死の思いで反撃しようとした二人の肩口と脇腹が叩かれ、二人が一瞬のうちに路地に転がった。

影二郎がくるりと反転して、八剣の奇三郎を見た。

「親分、これにて後腐れなしの勝負と致す、よいな」

奇三郎の口はあんぐりと開いた。が、なんの言葉も発せられなかった。

第四話　若宮八幡女舞

一

慶長十四年（一六〇九）、徳川家康は尾張の政治的中心を清須《きよす》から名古屋に移転させることを決意した。

平地に新しい城を築き、新しい町家を造る大計画だ。

清須は度々水害に遭い、戦になれば水攻めの危険があった。

それよりなにより天下人家康には、清須が持つ織田信長との関わりや豊臣秀吉色を払拭《ふっしょく》して、自らの手で東海道一の大都を新たに造り上げるという野望があった。

東西およそ一里半弱（五・七キロ）、南北およそ一里半強（六・一キロ）の城下町の建設である。まず城普請（土木工事）は、西国大名二十家の助役による、

「天下普請」

によって、慶長十五年二月に始められ、その年の内に完成を見ることになる。

さらに続いて作事（建築工事）にかかり、作事奉行として小堀遠州《こぼりえんしゅう》、大工棟梁として中《なか》井《い》大和守《やまとのかみ》、当代の名工の二人が指揮にあたった。

城は慶長十七年の暮れに完成した。

天守閣の高さは、およそ三十八間（五十五・六メートル）で江戸城、大坂城のそれに匹敵した。

火事に焼け落ちた江戸城、戦火に燃え落ちた大坂城の天守閣と異なり、名古屋の城は江戸期を通じて日本一の城として、

「尾張名古屋は城でもつ」

と謡われることになる。

家康は、城下町建設に際して奇策をもちいた。何人であれわずかな石でも建設現場に運び込みさえすれば、何がしかの銭や米を与える布告を発したのだ。

この策が当たった。

大勢の人々の手で持ち込まれた、大小様々な石によって、湿地は瞬く間に埋められ、盛り土がなされ、町の基盤が旬日を待たずして出来上がった。

人の出入りは新興の造成地に活況を呼び込んだ。

職人相手の市が立ち、遊女が集り、物資が流通した。

台地上の城郭の北端と西側は、六間余の崖で守られ、その下は湿地であった。郭内の三の丸には重臣たちの屋敷が配され、それに続く東側には中級の武家屋敷が造られた。三の丸の外側の町家は碁盤割されて、その外縁部に下級武士の組み屋敷が配された。

家康が新たな城下に選んだ地に川はなかった。

だが、矢田川の水を利用して、城下の西外れから熱田へと掘り抜かれた運河、堀川が造られ、城下と宿場の分散した機能を水運で結びつけた。

清須にいた町衆も寺も橋までもが強制的に名古屋に移された。そのせいで、

「おもいがけない名古屋ができて、花の清須は野に戻る」

と新旧二つの城下の盛衰を歌われることになる。

名古屋の人口は江戸末期、十万人を越えた。

これは江戸、京、大坂は別格にして、第四の都を加賀百万石の金沢と競い合う人の数であり、発展振りの証《あかし》であった。

名古屋を名古屋たらしめた人物は、七代藩主宗春をおいてない。

時は享保期、江戸では将軍吉宗の倹約政策「享保の改革」が推進されるとき、宗春の支配する名古屋城下には、まったく反対の自由放任の景気向上策がとられていた。

芝居小屋が大須《おおす》に造られ、遊里を新たに公認し、東照宮の祭礼もはれやかに復活させた。

その結果、名古屋は空前の景気の熱気に包まれ、東海道を往来する人が立ち寄り、物産、

情報が流入して賑わった。

この宗春の吉宗に対する対抗心は、将軍家の怒りを買うところになって、わずか七年の在位で隠居させられた。

それと同時に名古屋の景気も、一場の夢幻と消えていった。

天保十二年春の朝ぼらけ、夏目影二郎は、南蛮外衣に朝露をつけて、碁盤割札の辻に立っていた。

碁盤割は上町と呼ばれ、清須以来の町民が移り住んできた一帯で、旧家名家が多く軒を連ねていた。

そろそろ大店《おおだな》の戸が開けられ、小僧が寝ぼけ眼で掃き掃除を始めていた。

黒犬がのそりのそりと歩いてきて、札の辻の高札の柱に小便をした。

昨夜、影二郎らは宮宿の伊勢屋に戻ると、番頭らが驚くのを尻目に旅仕度を終え、旅籠をばらばらに出た。

まず最初におこまが行き、喜十郎が続いて、しんがりを影二郎が出た。

深夜の堀川ぞいを半里ほど遡ると大須観音に出た。こちらの観音様、あちらの神社とお参りしていく影二郎の足取りはのんびりしたものだった。そして、ようやく朝が白み始めた碁盤割の中心に出た。

影二郎は日の差し具合から方向を定めて、北に向かう。すると町家の間から名古屋城の威容が見えてきた。さすがに天下一と尾張藩が誇る城の威厳と風格があった。

今しも昇りかけた日の光に金の鯱《しゃち》が輝いていた。

影二郎の足はさらに武家屋敷が列なる界隈に向かった。

東照宮と那古野《なごの》神社を抜けて、堀を渡る。すると三の丸に辿りついた。

本町門から城の中核部の二の丸に貫ける通りの左右に尾張藩御付家老の成瀬隼人正と竹腰山城守、両家年寄の屋敷が見えてきた。

本町門から両家年寄の屋敷までを大名小路と称した。

成瀬家は犬山城主三万五千石、竹腰家は、美濃今尾《みのいまお》三万石を領していたからこう呼ばれた。

成瀬家と竹腰家は、この上屋敷のほかに東外堀の外に中屋敷を構えていた。

影二郎は、改めて尾張における御付家老の威光の大きさを知らされた。

両家年寄は確かに尾張藩中の大名であったのだ。

影二郎は城中に登城し始めた家中の者とは反対に、二の丸の辻から巾下門《はばした》に向かい、堀川に架かる巾下橋を渡って対岸に出た。

朝の間とはいえ、影二郎の目立つ行動に蜻蛉組も金鉄党も沈黙で応えた。

(まずは城下到着の挨拶じゃあ)

影二郎の足はようやく矢田川の合流部へと向けられた。

城を西側から北側へと回り込んで進むと、後方から櫓《ろ》の音が響いてきた。

荷舟が堀川をゆっくりと遡上していく。

「すまぬが乗せてはくれぬか」

「どこまでいくだがや」

「若狭じいの流れ宿だ」

「乗りみゃあか」

影二郎は岸辺から舟に飛んだ。

荷は味噌樽で川面に味噌の匂いが漂った。

「おみゃ様は江戸の人だがね」

「分かるか」

「関東者の話振りは尖っておるだが」

船頭が笑った。

影二郎は舳先に座って、移りゆく春先の土手を眺めた。

満開の桜が咲いて、風に散っていた。

朝の光に春の草花が蘇って、瑞々《みずみず》しくも美しい。

「浪人さん、あれが若狭じいの宿だね」

船頭の声に影二郎が行く手の土手を見上げるとおこまが立って手を振っていた。

その背後の土手の上に黒い板で屋根が葺《ふ》かれた流れ宿が押しひしゃげたように建って見え

た。高さはないが横に長い長屋だった。

「知り合いの姉さんか、えらい別嬪《べっぴん》だがね」

「伝えておこうか」

影二郎は舟から土手に飛んだ。

「喜十郎は着いておるか」

「とうの昔に着いておりますよ」

おこまは朝餉の手伝いでもしていたか、濡れた手で竹笊《ざる》を抱えていた。その中には、豆腐が入っていた。

「影二郎様、酒の用意もございますよ」

「それは重畳《ちょうじょう》」

戸口に腰の曲がった若狭じいが顔を覗かせた。

「おまえ様が浅草の親方の知り合いだがや」

「夏目影二郎と申す、よしなにな」

「好きなだけ泊まりせんか。釜吉からも知らせが届いておるだなも」

宿に入ると囲炉裏端に喜十郎がいて、鍋の番をしていた。

泊まり客はすでに旅立ったか、商いに出たか。囲炉裏端には喜十郎一人だ。

台所の竈《かまど》の前では、男が一人、長い火吹き竹を手に煮炊きをしていた。そのかたわらの土間には黒犬がごろりと寝そべっていた。

「遅いお着きにございますな」

「尾張城下を見物して参った」

「どなたかに刺激を与えられるよう、ぶらぶら歩きを楽しまれてこられたのではございませぬか」

「餌がのうては魚も引っかからぬわ」

影二郎は火の傍に座ると喜十郎が茶碗を差し出して、用意していた酒を注いでくれた。

「なにはともあれ、名古屋到着の祝い酒」

男二人は茶碗酒を酌み交わして、
ふうっ
と息をついた。

「喜十郎の顔が晴れやかじゃがなんぞ聞き込んだか。とは申せ、夜中に宮から名古屋へ移っただけのこと……」

影二郎は首を傾げた。

「いえ、あれにおる飯炊きの真七郎にございますよ」

喜十郎の声が潜められた。

「あの者がどうかしたか」

影二郎が問い返したとき、真七郎が立ち上がった。すると右足の膝から下が萎《な》えているのか、古びた裁っ付け袴の中でぶらりとしていた。

真七郎は、火吹き竹を杖代わりに器用に歩いて、

「おこま様」

と呼んだ。

訛《なま》りが町人のそれではなかった。

年の頃は、四十過ぎと思われた男に黒犬が起き上がり、従った。

真七郎はおこまと味噌雑炊を炊いているのだ。

「真七郎は御土居下の身分にござりましたそうな」

「なにっ、尾張藩の隠密が流れ宿で飯炊きか」

「二十年も前に真七郎は、お役を命じられて名古屋城下を離れたそうにございます。務めを果たして御土居下組屋敷に戻ったのが数年後のこと、ところが真七郎にお役を命じた御土居下の頭領は死去し、新しい頭が就いておりましたそうな。真七郎が命を張って務めたお役を報告したところ、時勢が大きく変わった、そなたの務めはなんの役にも立たぬと答えられたとか。真七郎は、半年後に体不自由を理由に御土居下を辞して、組屋敷を退去し、若狭じいの下で暮らすようになったのでございます」

「御土居下は隠密衆、よう抜けられたな」

「組屋敷に真七郎の血筋が残っておりましたからな。なんぞあれば、そちらに手が伸びるということでございましょう。それでも十年余、厳しい監視の下にあったと申します」

真七郎とおこまが戻ってきて、竃の前に座った。

「真七郎が帰国後、復命した御土居下の頭領がわれらを襲った一貫堂大乗にございますよ」

「おもしろい」

影二郎は、囲炉裏端においていた茶碗を取り上げて、残った酒を飲み干した。

「真七郎の血筋は数年前に絶えて、もはや御土居下に残る者はございませぬ。それに気付いた一貫堂は、真七郎始末の刺客を二度ほど送り込んできたそうにございます。ですが、刺客は昔の仲間、前もって刺客が襲うことが真七郎に知らされておりました。そんな仲間の情でなんとか生き抜いてきた男にございます」

「さようなことを本人が話したか」

「いえ、若狭じいが……おそらく宮宿の流れ宿の主が影二郎様のことをよしなにと伝えてきたせいにございましょう」

影二郎が頷くとおこまが、

「朝餉が出来ましたよ」

と振り向いた。

八丁味噌で味付けされた雑炊と豆腐の煮付けで朝餉を食した三人は、仮眠を取った。

影二郎が目を覚ましたとき、すでに菱沼喜十郎とおこま親子の姿はなかった。

影二郎は手拭を下げて、流れ宿の前に出た。すると真七郎が薪割りをしていた。不自由な右足には火吹き竹が結わえつけられ、萎えた足を補強していた。そんな体で流木を次々に割っていく。

見事な腕前だ。

かたわらの日溜まりには黒犬が寝そべっていた。

「犬の名はなんじゃな」

割られた薪の山に腰を下ろした影二郎が聞いた。

「雷《いかずち》にございます」

真七郎が答えた。

「ほう、勇ましい名じゃあ。おれも利根川河原で拾った犬をあかと名付けて飼っておる」

真七郎の視線が影二郎に向けられた。

「あかは今どこに」

「おれが住まいする江戸は浅草の裏長屋に飼われて、長屋の番犬を務めておる」

真七郎の顔にかすかな笑みが浮かんだ。

「真七郎、そなたの手を借りたい」

「流れ宿の飯炊きにでございますか」

「そなたは御土居下の者であったそうな」

真七郎はしばらく沈黙した後、

「大昔のことにございます」

と応じていた。

「人は不思議な生き物でな。物心ついた折りに叩き込まれた考えや技芸を死ぬときまで持ち続けて生きていくものよ」

「さてそれは」

「そなたが見せてくれる薪割りの技前が示しておるわ」

「隠密は生涯隠密と申されるので」

「隠密を辞したそなたは、なぜお城が見える流れ宿におる」

「それは……」

「復命する相手が一貫堂大乗ではなく先代の頭領であったら、この流れ宿で飯炊きをやっていたか」

真七郎は、影二郎を睨むように見た。

「おれの仲間が宮宿で勾引《かどわか》された。連れていった相手は、蜻蛉組か、金鉄党か、そのどちらかと思える」

「そなた様は、幕府の隠密でございますか」

「父は幕府大目付」

影二郎が衒いもなく答え、真七郎が目を剝《む》いた。

「名古屋を訪ねてきた理《ことわり》を話そうか」

影二郎は雑司ヶ谷の祭礼の夜に見た尾張藩と成瀬家の暗闘から掻い摘んでここに至る経緯を告げた。

真七郎はまだ割られていない木株に腰を下ろして話を聞いた。

「そなた様の役目は尾張を為《ため》することですか。それとも成瀬家の夢を潰すことですか」

「真七郎、おまえの務めを思い出せ。潜入地に入り込んだら耳目を尖らせて話をかき集める、拾い集めた話を頭に伝える、それだけが我らの務めだ。その後、なにが起ころうと隠密の力の及ぶところではない」

「隠密は石ころ以下の身分にございます。そなた様もそうと言い切れますか」

影二郎が頷き、真七郎が黙り込んだ。

重い沈黙が二人を支配した。

影二郎が口を開く。

「ただ一つ違うところがある。おれは幕府の言いなりにも父の野心にも付き合う気がない。おれを名古屋に旅立たせたものはただ一つ、二十何年前のおぬしのように使いに出されて命を落とした男が今際《いまわ》におれに残した手の温もりだ」

「手の温もりですと」

真七郎の目が影二郎の顔を見た。

「なにを伝えたかったか、この目で確かめようと考えておる」

「それがおまえ様の使命にございますか」

「真七郎、おれもおまえもへそ曲がりよ。上の意のままになりとうはない仲間だ」

真七郎が静かに破顔した。

「お仲間はどこで勾引されましたな」

「堀川端の御材木場だ」

真七郎は長いこと沈黙した後、木株から立ち上がり、薪割りを再開した。

黙々と作業する姿はなにかを考えているようでもある。

ふいに斧の動きが止まった。

「夏目様、退屈にございましょう。若宮大社の境内に女芝居が幕を開けております。座頭は、越路太夫《こしじだゆう》と申しまして、芸も達者なら顔も美形にございますそうな」

「見物せよと申すか」

「無理にとは申しませぬ」

「へそ曲がりと申したぞ」

影二郎は、薪の山から立ち上がった。

若宮八幡は元々那古野城にあったものを、慶長十五年（一六一〇）に名古屋城築城に際して、末広町に移したものだ。

祭礼は名古屋の三大祭の一つとされ、町々から名題の山車《だし》が通りに繰り出して練り歩いた。

ちなみに豪奢な縫い取りの大幕に飾られた七間町の橋弁慶車、中須賀町の寿老人車、下玉屋町の布袋《ほてい》車、大久保見町の福禄寿車、住吉町の河水車、門前町の陵王車などは有名であった。

若宮八幡の東側は、臨済宗の政秀寺《せいしゅうじ》、信長の暴挙を諫《いさ》めて死んだ平手政秀《ひらてまさひで》の供養に建てられた寺だ。

この若宮八幡から南に隣接する大須界隈は、宗春の統治時代、

「江戸の浅草にひとしき」

賑わいを見せて、芝居小屋や見世物小屋が軒を連ね、見物の人々を集めていた。

だが、将軍の威光に屈して宗春の隠居後、芸能遊芸の本拠地は急に寂れていった。

わずかにその遺光を止めるのが若宮八幡の筵《むしろ》掛けの女芝居だ。

夕暮れの刻、影二郎は広小路から本町通りへ曲がった。

一文字笠に着流し、腰に先反佐常が落とし込まれていた。

その昔の賑わいは消えた。だが、江戸に抗する尾張の意地がそこここに息づいて、通りの

左右の店々の繁盛ぶりを示していた。

「さてもさてさて尾張名古屋は城で持つ、金の鯱天下一、広小路から西小路を結ぶ本町の通りはその名も高き遊芸の聖地にございますれば、浅草奥山の抛き芸など、披露するはちょいと恥ずかしくもございまする。ほれ、そこは、厚顔で鳴る女芸人、水嵐亭おこま、今宵は腕によりをかけての水芸を務めます。御用とお急ぎの方も暇の病に死にそうな方も足を止めて、ご覧下さるようお願い申し上げます……」

ふいに通りの向こうからおこまの声が流れてきた。

影二郎が眼差しを向けたが何重もの人垣がおこま太夫の熱演を隠していた。

商売繁盛のようだ。

影二郎の前に菱沼喜十郎が立った。

「どちらへ」

「若宮八幡の女芝居を見物致す」

訝しい表情を浮かべた後、喜十郎が頷き、

「おこまの芸が一段落しましたら芝居小屋で落合いましょうか」

と言った。

影二郎はおこまの水芸を見物する人の群れを横目に若宮八幡の境内へと入っていった。

二

越路太夫が座頭の御園《みその》座の前には興行の盛況を示して何本もの幟《のぼり》が林立し、夕暮れの風に棚引いていた。

「おみゃあ様、若宮八幡に来て、ちいとねゃあ女芝居を見やりゃあ。名古屋名物越路太夫の色香によーけ染まりゃあ」

呼び込みの声につられて、男たちが芝居小屋の中に引き込まれていく。

「お侍もどうだなも」

影二郎は銭を払うと木戸口を潜った。

暗い通路を二度ほど曲がると、いきなり、
わああっ
というどよめきが耳に入り、立ち上がった男たちの背中が厚く見えた。

影二郎は見物人の少ない席を求めて横手に回った。するとようやく背の間から光に満ちた舞台が覗けた。

薄物の衣装を閃《ひらめ》かせた娘たちが日傘をくるくる回しながら踊っていた。

太鼓と笛と鉦が律動的な調べを刻み、それに合わせて娘たちが舞う。

踊り子たちが虚空に足を広げて飛んだ。

開脚した白い素足が舞台に揃った。

おおおっ
という見物のどよめきが再び起こった。

女芝居は色気を売り物にしたものか。

そうやってみれば客の大半が男で、女芝居につられて入った女たちは顔を伏せていた。

舞台の中央から見物席に華舞台が突き出され、迫穴《せり》が口を開けているのが見えた。

暗黒の迫穴に光が流れた。

「越路太夫だがや」

「どえりゃあ仕掛けだなも」

太鼓と鉦の音が消え、笛だけになった。

場内が鎮まり、迫が上がってきた。

白い煙とともに、まず見えたのはふわふわとした鳥の羽根のようなものだ。

「越路太夫!」

亢奮した見物の声が響き、越路太夫の半身が迫の上に現れた。両手に持たれた純白の羽根の扇子で、顔と胸が覆われていた。

迫が舞台の板にあけられた穴の線にぴたりと収まり、羽根の扇子が調べに合わせてゆっくりと左右に広げられていった。

伏目に構えた顔が見えた。

大輪の牡丹を思わせるあでやかな女振り、一点の非の打ち所もなき美貌だ。そして、すらりとした姿態には、光の具合で透けて見える白の薄物がまとわりついているだけだ。

妖艶な色気が漂った。といって下卑に堕していなかった。

そこが越路太夫の人気の秘密か。

傘を持った娘たちの踊り子は舞台から下がっていた。

今や越路太夫一人に見物の目が集中していた。

唾を飲み込む音がただ響いた。

嫣然《えんぜん》とした越路太夫がゆるやかにたおやかに純白の扇子を巧妙に動かして踊り始めた。

華舞台から本舞台へと移動しながら、息を詰めて見詰める男たちの前に姿態をさらして、ゆるやかに踊る、舞う。

扇子が動かされる度に男の官能を刺激する匂いが越路太夫の体から漂った。

本舞台に下がったとき、太鼓と鉦が戻ってきた。

大小の音色が違う太鼓が響きあい、芝居小屋に充満した。

調べが一気に転調した。

越路太夫の手の羽根の扇子が投げ捨てられた。すると姿態を覆う薄物が剝ぎ取られ、ぴったりと体に張り付いた衣装だけの妖しい姿が人目に晒された。

見物の男たちがたまらず舞台に半身を乗り出し、

「越路太夫！」

と名を呼んだ。

太夫が笑みで応える。

「明日も来るでよ、まっとこっちに寄りいな」

黒子の男衆が太夫になにかを渡した。すると芝居小屋の天井に光が点った。明かりは四隅に垂れた縄を映した。

再び調べが変わった。すると縄が動いて、薄物を纏った美少女が縄に手と足をかけて回転しながらゆっくりと降りてきた。

影二郎の頭上にも一人の美少女の体が片手で一本の縄を手繰りながら回っていた。

「さても皆様、越路太夫一座の呼び物は、天下に名立たる奇術の芸、とくとごらんあれ！」

口上が響き、中空の美しい娘の足が横手に広げられた。

縄が揺れた。

「落ちいへんか」

「たーけたことだがね」

娘たちはあられもなく細い体を観客の目に晒すと、

くるり
と回転した。

縄を握った手を中心に頭が下に、足が天井に向けられていた。すると薄物が頭に垂れて、肉体を曝《さら》け出した。

「おおっ、どえりゃあ見世物じゃがね」

芝居小屋の東西南北の中空に娘たちが吊り下がって片足を開いた。

影二郎の真上の娘も右足を広げた。

その瞬間、影二郎と娘の目が合った。

娘の瞳には必死の形相があった。

「さてさてさて越路太夫の飛び芸の始まり始まり！」

太鼓と鉦が鎮まり、男の声が響いた。

影二郎が舞台に注意を戻すと越路太夫もいつの間にか縄一本を頼りに華舞台の真上、数間の虚空にいた。

胸の下に縄を巻きつけ、両の足で支えて、両手は離していた。

越路太夫の体にぐいぐいと縄が食い込んで、それが痛々しくも見物の男たちの気をそそった。

太鼓だけがどろどろと打ち鳴らされ続けた。

御園座場内が静まった。

小屋の中央でゆっくり回転する越路太夫の両手には手裏剣が持たれていた。

四隅の天井では頭を下にした娘たちが独楽《こま》のように激しい回転を始めていた。

そのせいで薄物の衣装が大きく広がり、裸身のように見えた。

太鼓の音がさらに間隔を詰めて打ち鳴らされ、ふいに止まった。

「とりゃ！」

越路太夫の口から気合が洩れて、手裏剣が四隅に向かって投げられた。

東の天井の娘を吊るす縄が切り落とされた。さらに西に飛び、南に投げられ、最後に影二郎の真上の北側に吊るされた娘の命綱が見事に切り離された。

「おおおっ！」

観客がどよめき、娘たちは見物の男たちに向かって落下してきた。

影二郎は、最初に縄を切られた娘が頭から落下しながら、虚空に吸い込まれるように姿を消したのを見た。

(なんという大技か)

次々に娘たちが見物の見守る中、虚空に姿を消していく。

影二郎は自らの頭上を振り見た。

四番目の娘はいた。

そして、煌《きらめ》く刃を手にしていた。
娘は明らかに影二郎を目掛けて落下していた。
だが、立錐の余地もない芝居小屋、影二郎の逃げ道はなかった。
影二郎の膝が折られて、その反動を利して虚空に飛び上がった。
落下する娘と飛び上がる影二郎は床から数尺の虚空ですれ違い、一瞬見合った。
娘の手が閃き、影二郎の手が叩き、飛び違った。
どーん!
芝居小屋の床が抜け落ちたような音が響いて、娘が叩きつけられた。
影二郎がそのかたわらに着地したのは後だ。
血の匂いがあたりに立ち込め、娘の体が死の痙攣を始めていた。
芝居小屋の男たちが、
「どえりゃあことだがや」
「ちゃっと楽屋に運べ!」
などと叫びながら、娘の体を運び去っていった。

四半刻後、影二郎は、越路太夫の楽屋に招じ入れられた。
「お侍様、恥ずかしきところをお見せいたしまして、なんとお詫びしてよろしいか、言葉もございませぬ」

舞台衣装のまま越路太夫が影二郎に頭を下げた。すると越路の汗を吸った香の匂いが影二郎の鼻腔をついた。

「なんの真似か、太夫」

「私の手元が狂いまして、おそめには可哀そうなことをしてしまいました」

「太夫の芸が失敗《しくじつ》たというか」

「恥ずかしながら」

影二郎は懐から娘のおそめが手にしていた両刃の刃物を出すと越路太夫の膝元に投げた。

「太夫、そなたの手元が狂ったとも思えぬ。なんの恨みか知らぬがおれに仕掛けられた罠《わな》、死んだ娘には罪がない。せいぜい菩提《ぼだい》を弔うことだ」

影二郎は立ち上がった。

形相が一変した越路太夫が鋭く尖った視線を影二郎に向けた。

「おまえ様、この足で江戸に戻りみゃあ」

「尻尾を出しおったか。越路太夫、どこぞで会うこともあろう」

影二郎は楽屋を出た。

すでに芝居小屋から見物人は消え、がらんとした小屋にはおそめの流した血の匂いが漂っていた。

黒子が一人、出口を示すように手を差した。

影二郎は芝居小屋の裏口から若宮八幡の境内に出た。

重い夜の帳《とばり》が下りていた。

影二郎が人影もない境内を歩き出すと菱沼喜十郎とおこまの親子が近付いてきた。

「心配かけたな」

「騒ぎがあったようにございますな」

「茶番にしては可哀そうなことをした」

影二郎は目前にした出来事を告げた。

「なんということで」

おこまが呟く。

「どこぞでおそめを弔う酒など飲んで参ろうか」

影二郎の言葉に半日この界隈で聞き込みと大道芸をしていたおこまが案内に立った。

おこまは西に下ると堀川端に影二郎と父親を連れていき、

「この裏手に船頭たちが集う煮売酒屋がございます」

水運の便のよい堀川端は、材木、干物、塩、米を扱う商人が集り、土蔵が並ぶ河岸には船着場が続いていた。

この堀を往来する船頭らが飲み食いする酒屋にはまだ塩辛声や胴間声が響いていた。

「ごめんなさいよ」

おこまが声をかけると男たちの目が集った。

「水芸の姉さんだがね」

おこまの芸を見たか、馬方の一人がいい、その隣の卓が三人のために空けられた。

おこまが手際よく酒と肴を注文した。

「影二郎様に女芝居を見るように勧めたのは真七郎にございますか」

「退屈しのぎに小屋を覗けと申したな」

「他に影二郎様が女芝居を見るのを承知なのは……」

「そなただけよ」

「とすると真七郎は、未だ御土居下とつながりがあるのでございましょうかな」

喜十郎の疑いに、父上、それはございますまいとおこまが否定した。

「真七郎どのが御土居下かどうか、若狭じいの宿に戻れば知れることにございます。あの者が姿を消しておれば、影二郎様を死地に赴かせたことになります。ですが、私にはそうは思えません」

「おれもおこまと同じ考えだ」

「われらの行動の監視をするものの仕業ということでございましょう。ということは、越路太夫は尾張藩の隠密の御土居下の一派、一座は隠れ蓑ということでございますかな」

「吉宗様と宗春様の争い以来、尾張は派手なこと、華美なことは一切遠慮してきた。だが、若宮八幡の境内では、越路太夫の小屋だけが派手に人を集めて興行を打っておる。尾張藩の許しなくては出来ぬ相談だな」

「明日より越路太夫の身辺に探りを入れましょう」

おこまが請合い言い足した。

「影二郎様、茜部伊藤五相嘉《あかなべいとうごはるよし》様の周辺を探ってみました。ですが、茜部様も御友《おんとも》喜四郎様も名古屋城下を離れている様子にございます。もし金鉄党が小才次どのを捕縛しておるのであれば、身柄は城下の外かと思えます」

「そろそろ三枝様の動かれた反応があってもよい頃じゃな」

喜十郎が頷いた。

「私めは、成瀬隼人正様の上屋敷、中屋敷をざっと見て参りした。中屋敷でちとおもしろきことを聞き込みました。影二郎様が目撃なされました成瀬家の使番と同輩の市川捨八が中屋敷に江戸から戻っておりました。あの日、曾根崎亀六と村田三郎兵衛が使いに出される直前に尾張藩のお長屋で会った捨八は二人と同じ組長屋に生まれ育った朋輩にございます。賭博好き、酒好きの捨八に上役の信頼はございません、ゆえに役にもつかずに参りましたが、今度ばかりは、そのことで命が助かったとほっとしておりました。この者と明日の昼に会います。金次第では二人がどこへ使いに出されたかなど話すと思われます」

「よし、小才次の命もかかっておる。金を惜しむまいぞ」

江戸を出るとき、影二郎は探索費用に二百両を秀信から預かってきていた。

喜十郎が頷いた。

三人は馬方たちが大声を張り上げる酒屋で酒を飲み、丼飯に焼き魚の夕餉を食した。

堀川端に出たとき、四つ（午後十時）の鐘が鳴り響いた。

川風に微醺《びくん》を帯びた顔をなぶらせつつ、上流へと歩を進めた。

納屋《なや》橋、伝馬橋、中橋と過ぎて五条町から来た通りと堀川が交差する五条橋を渡ろうとした。

すると星明かりに橋上に黒く蹲《うずくま》っている者がいた。

微動もせぬ様子は、

（死）

を想起させた。

「油断するでないぞ」

影二郎が一歩先へ進み、後方を菱沼親子が固めた。

影二郎は動かぬものが死体であることを見てとった。

胡坐《あぐら》をかかされ後ろ手に膝も縛られていた。

町方で坐禅結びと呼ばれる結わえ方だ。

ざんばら髪の下の顔に恐怖が張り付いていた。

「市川捨八……」

菱沼喜十郎の口からこの名が洩れた。

「用心をしたつもりでしたが……」

影二郎が看取った曾根崎亀六と村田三郎兵衛の朋輩、市川捨八も、喜十郎の接触に命を取られたようだ。

「迂闊に過ぎました」

喜十郎の後悔の言葉が終わらぬうちに橋の前後を固められた。

「出おったか」

黒き影は沈黙したままだ。

影二郎は四方に注意を配った。

おこまは片膝をついて、四竹を左右の手に二つずつ持った。

喜十郎は、影二郎と背中合わせに後方の敵に対処して、右手を刀の柄に添えた。

「まやかし芝居の続きか」

影二郎の声と同時に橋の欄干下両側に水煙が上がり、その中から舞い現れた女たちがいた。

左右の二人ずつ、四人の女の手が振られ、鉄菱が三人に向かって投げられた。

背中合わせの影二郎と喜十郎は橋板を転がった。

おこまは、四竹を投げ打ちながら飛んでいた。

飛翔する二人の女が悲鳴を上げて、水中に落下していった。

影二郎も片膝をついて起き上がると、一文字笠の竹骨の間に差し隠された唐かんざしを抜き差しに投げていた。

うっ
三人目の女が橋上に転がり落ちた。

喜十郎は、橋上に飛び降りた四人目の女に詰め寄ると、抜き打ちに斬りつけた。

女は後方へ宙返りするとくるくると舞い続け、黒い闇に消えた。

「今宵はおそめの通夜、おとなしくしておればよいものを」

影二郎は橋板に転がった女の薄物の衣装の端を足で踏み付け、太股に突き立った唐かんざしを抜き取った。

「殺せ」

幼い声が言った。

「おそめの仲間か。若い身空でなぜ死に急ぐ。芸は若宮八幡の小屋だけにしておくことだ。外に出ればぼろも見えるわ。行け」

影二郎の命に残った娘が消え、闇から新たに白き影が姿を見せた。

「夏目影二郎とは、幕府の走狗か」

しなやかな容姿は、越路太夫そのものだ。

「走狗になった覚えはない。そなた次第で敵にも味方にもなろう」

「吉宗によって宗春様が受けられし恥辱と憤怒以来、尾張の遊芸は潰された。そのとき以来、われら、一座を組みつつ、江戸への復讐の刃を砥《と》いできた。今宵は挨拶じゃぞ」

「越路太夫、そなたがわれらに再び立ち塞がるとき、そなたの芸は途絶えてしまうことになる。惜しいやな」

「越路の芸が絶えるか、夏目影二郎が屍を晒すか、楽しみなことよ」

その声を最後に、五条橋を囲む影が消えた。

「捨八の亡骸、どう致したもので」

「夜露に晒すのも可哀そうな。成瀬家の中屋敷に運び込むと致すか」

影二郎は、手にしていた両刃の唐かんざしで縛《いまし》めを切ると、捨八の体を肩に担ぎ上げた。

「おこま、案内せえ」

「はっ、はい」

三人は行き先を転ずると成瀬隼人正の中屋敷へと向かった。

三

天下普請で築かれた名古屋城本丸には、大天守、小天守、本丸御殿、櫓《やぐら》が三つ、多聞《たもん》櫓、いた。


埋門などで形作られ、それらが剣塀《つるぎべい》で囲まれていた。

御殿の表書院と上洛殿《じょうらくでん》は豪華絢爛を極めて、尾張徳川家の威容を余すところなく伝えていた。

城下のどこからも見ることのできる大天守の金鯱は、大判千九百四十枚、小判にして一万七千九百七十五枚が用いられ、南に雌、北に雄が配置され、その高さは八尺三寸（およそ二・七四メートル）であった。

若狭じいの流れ宿から望遠する城の本丸天守閣は、右手に清洲櫓を従えて見えた。そして、雄の金鯱がぴーんと黄金の尾を跳ね上げて光っていた。

翌朝、影二郎が戸口に立ったとき、まずその威容が目に入った。

菱沼喜十郎とおこまの親子はすでに流れ宿から消えていた。

日差しがおだやかに降る庭には今日も薪を割る規則正しい音が響いていた。

真七郎が薪割りをして、その足元には雷がいた。

若狭じいは堀川に釣り糸を垂れている。

影二郎は木株に座った。

「越路太夫の芸を堪能なされたそうにございますな」

真七郎が聞いた。

「存分に味わった」

「好みはいかがで」

「惹かれる味じゃが深入りをすると火傷《やけど》をしよう」

「夏目様なればさような心配もございますまい」

真七郎が厳しい顔そのままに言い出した。

「小才次どのを捕縛しておるのは、間違いなく御土居下御側組同心蜻蛉組にございます。ただ、幽閉先が御土居下の組屋敷なのか、城外なのか、そこまでは分かっておりませぬ」

真七郎の言葉に頷いた影二郎は、

「これまで外部から御土居下に侵入した者がおるか」

「われらの仲間が特命をうけて二百余年、だれ一人としてさような無謀を考えたことはございませぬ」

「真七郎、おれの記憶にも一夜しか止めぬ。御土居下の地図を描いてくれぬか」

真七郎が影二郎を正視して、

「お仲間を助けるためでございますな」

「誓って他の用には使わぬ。そなたの仲間を無益に殺傷することも控えよう」

真七郎がその場にしゃがむと薪の先で地面に名古屋城中を描き始めた。そして、四半刻後、それは再び地面から掻き消えていた。

「そなたとの約定、決して忘れぬ」

と言った影二郎は、

「越路太夫は御土居下の別働隊か」

と聞いてみた。

「女芸人なれば、隠密衆が入り込めぬ土地にも潜り込めます。芝居と舞踊を表芸、忍びの技を隠し技にした女忍び、御土居下の蜻蛉組と女芝居は、表裏一体の関係にございますよ」

「越路太夫は出自はどこか」

「一貫堂大乗の孫娘にございます」

「なんとのう。父はどうしたな」

「橡持《とちもち》樹三郎様は、越路太夫が生まれた直後に遠国潜入を命じられて尾張から消えて以来、姿を見かけられていませぬ」

「越路の母はどうしたか」

「樹三郎様が密命に就いて数年後に亡くなりましたそうな」

「越路太夫は父母の顔も覚えておらぬか」

「橡持様の名古屋出立は越路三歳の時でありましたそうな、おそらく記憶にはございますまい。母の顔は覚えておるようにございます」

影二郎はしばし考えに落ちた。

顔を上げた影二郎に真七郎が言った。

「その後、半ば隠居なされていた大乗様が蜻蛉組を率いられ、樹三郎様の娘の成長を見守られました。越路太夫は大乗様の手で女忍びに育てられたのでございます。若宮八幡に小屋掛けの女芝居を興行しつつ、お役に就いたのは六年前のことにございますよ」

影二郎は頷くと、

「真七郎、造作をかけたな」

と真七郎に言った。

流れ宿の飯炊きは、小さく首肯すると再び薪割りを始めた。

その夕刻、影二郎の姿は若宮八幡近くの小料理屋に入っていった。

菱沼喜十郎とおこまの親子が流れ宿を出るとき、落ち合い場所に指定した店だ。

「許せ、酒をくれぬか」

一文字笠を脱ぎ、肩から南蛮外衣を滑らすと縁台に置いた。

小女が請合い、奥に消えた。

若宮八幡から風に乗って女芝居一座のざわめきが流れてきた。

影二郎に酒が供されるかされぬうちに菱沼喜十郎が姿を見せた。

「ご苦労だな」

二人の周りには客はいない。

「影二郎様、真偽のほどは不確かにございまするが、尾張の御付家老成瀬隼人正様、江戸から犬山城に密かにお戻りの様子にございますそうな」

成瀬隼人正は、江戸にて五家をまとめ、独立運動の先鋒に立つ人物だ。それが尾張ではなく、犬山に帰国しているという。

「そればかりか、今一人の御付家老の竹腰山城守様も犬山に出向かれている様子にございます」

「尾張の御付家老二人ともが犬山城下とな」

尾張の国家老二人が城下を空けるなど異変といってよい。

「それに伴い、金鉄党の面々も一貫堂大乗様が指揮なされる蜻蛉組の本隊も犬山へ走っている様子にございます」

「われらは名古屋においてけぼりか」

「小才次を助け出さねばなりませぬでな」

「それだ。真七郎が小才次を捕らえたのは、蜻蛉組と探り出してきた」

「狙いが一本に絞れましたか」

そこへおこまが現れた。

今日のおこまは鳥追い姿で胸前に三味線一丁を吊るしていた。城下を歩き回っていたか、白い顔にうっすらと汗が滲んでいた。

「影二郎様、小才次どのが宮宿で姿を消した夜、堀川から御深井堀《おふけ》に忍び舟が入るのを見た者に出会いました。堀川の対岸の土手をねぐらにしているおこもさんにございますよ」

「真七郎は、御土居下の組屋敷に連れ込まれているかどうかは分からぬと申したが、調べる要があるな」

「蜻蛉組の仕業と分かった以上、犬山の一件もございます、一刻の猶予もなりませぬ。小才次の身が危うくならぬうちに決着をつけたいものです」

喜十郎も言う。

「影二郎様、父上、御土居下に忍び込むということは御三家尾張の本丸に忍び込むということにございます」

「小才次はわれらの他に助け人を持たぬ身だ」

娘の問に喜十郎は命をかけても小者の小才次を救い出すと答えた。むろん影二郎の考えでもある。

「はい」

おこまが承服の返事をした。

「となれば、堀川から御深井堀へと入り込む小舟がいるな」

「伝馬橋付近に荷舟が舫《もや》ってございます」

「なんぞ工夫をせねばなるまいな。だが、その前に腹ごしらえだ」

影二郎が小女を呼んだ。

棟下三寸下がるという八つ（午前二時）の刻、堀川から御深井堀へと汚《お》わい舟が入り込んだ。

番士が提灯の明かりを差し出した。

「今晩は太郎吉ではないのか」

「へえっ、太郎吉が風邪で熱を出して倒れだがや、代わりのわしでご無礼します」

「早ういけ」

城中の汚物は夜のうちに外へと運び出される。汚わいの臭いが染み付いた糞樽に鼻を摘んだ番士が手を振った。

「へえっ」

汚れ手拭で頰被りした男が棹をさして、汚わい舟を満々と水を湛える御深井堀へと入れた。

ひらべったい汚わい舟は堀の真ん中へと進んだ。

月明かりが舟を照らす。

樽の間にかけられていた筵の間から二つの影が現れて、
ふうーっ
と息を吐いた。

影二郎とおこまだ。となると船頭は菱沼喜十郎だ。

清洲櫓下を汚わい舟が回ると、天守閣が夜空に聳え立っているのが見えてきた。

汚わい舟は本丸下から二の丸下へと静かに潜入して、埋門近くの石垣下に止まった。

半丁ほど離れたところに二の丸埋門下波止場と呼ばれる船着場が見えて、番士二人の影が動いていた。

「合図を送るまで待て」

影二郎は肩に羽織った南蛮外衣から小袖までを脱ぎ捨て、褌《ふんどし》一つになった。

法城寺佐常もおこまの手元に残し、頭に一文字笠を被っただけの姿になると、舟べりから堀に身を沈めた。

石垣に添ってゆっくりと泳ぐ。

雲間から見え隠れする月の明かりが水面を照らしつけたが、黒塗りの一文字笠は水面に溶け込んで判別つかなかった。

埋門下波止場は堀に濡れ縁を差し出したような船着場だ。

影二郎はその縁に泳ぎついた。

濡れ縁は石垣下に十間の幅と三間の奥行きを持っていた。

その両端に槍を持った番士が立って、真ん中までゆっくりとした歩調で往復していた。

番士二人が真ん中で出会い、背を向け合った。

影二郎は、一文字笠を脱ぐと船着場の板に片手をかけて待った。

番士が近付いた。

影二郎は一文字笠を水面に押し出した。

小さな波紋が生じて、空気を揺らす。

動きに気付いた番士が船着場に膝を下ろして水面を見下ろした。その首に影二郎の手がかかると腕が忍びやかに巻きつき、
くいっ
と締め付けた。

意識を失わせればよいことだ。巻いた腕の力加減をしながら締め上げると番士はくたっと体を伸ばした。

もう一人の番士が反転した。

その瞬間、異常に気付き、走り寄ってきた。

「来蔵、どうした」

船着場の縁に長々と伸びた番士に呼びかけた仲間の首に影二郎の腕が再び伸ばされた。

二人の番士が気を失うのにわずかな時しか要さなかった。それは物音一つ声一つも立てることなく行われた。

影二郎は手を振って喜十郎に合図を送り、番士の衣服を脱がせると濡れた体の上に着始め

た。

汚わい舟が横付けされ、喜十郎も番士姿に扮装した。

おこまだけが忍び込んだままの姿だ。

「参ろうか」

影二郎は先反佐常だけは腰に落とし差しにすると二人に言った。

三人は石垣と石垣の間に伸びる堀下の石畳道を埋門へと接近した。

もはや御側組同心御土居下の護衛する一帯だ。

影二郎らは、御土居下の中核、蜻蛉組が犬山に出張っていて、名古屋城内の守りが手薄になっていることを願っていた。

石畳道を直角に曲がると、埋門が見えた。

石垣と石垣の間の高塀に設けられた埋門は格子扉で閉じられていた。

城の外からは決して見ることはできない門だ。

松明の明かりが城中から出る者を、そして、侵入する者を警戒していた。

番士の数、ざっと六、七人か。

「おこま、許せ」

影二郎がいきなり、おこまの体を抱え上げ、肩に乗せた。

おこまが心得て体をぐったりさせた。

怪しい侵入者を捕らえた風で、影二郎と喜十郎は進み始めた。

「いかがした」

埋門を護衛する御側組同心が尋ねた。

「あやしき女を捕らえました」

「なにっ、女じゃと」

埋門が開かれ、同心と番士たちが姿を見せた。

「組頭、ほれ、女にござる」

影二郎はおこまの体を同心の胸元に投げ出した。思わず同心が両腕で抱きかかえ、おこまの腕が同心の首に絡んだ。

「あやしげな……」

同心の言葉は途中で消えた。

番士たちが慌てて、おこまの体を組頭から引き剝がそうとした。

その瞬間、影二郎と喜十郎が手槍を木刀代わりに番士の輪に飛び込んで、縦横無尽に暴れ始めた。

騒ぎはおこまがひょっと同心の体から飛び降りて、その体がくたくたと崩れ落ちたときには終っていた。

「行くぞ」

埋門を潜り、番屋を抜けると石垣の一角に切込みがあって、階段が城中へと続いていた。

影二郎を先頭に石段を駆け上がる。

尾張藩の危機存亡の際に藩公が忍駕籠で下る石段は幅一間と広かった。所々に常夜灯が点され、三人の足元を照らしていた。

影二郎の顔に夜風があたった。

三人が出たのは、二の丸の一角で、西北に本丸の石垣が聳えていた。

藩公は本丸下に穿《うが》たれた秘密の通路を護衛の十八家衆に囲まれて、この二の丸埋門まで逃れてくるのだ。

影二郎は真七郎が教えてくれた絵地図を思い出しながら、本丸石垣とは反対の石垣へと入り込んだ。

二の丸の隅にひっそりあるのが御土居下の組屋敷だ。

迷路のように曲りくねった石垣と鬱蒼とした樹木の間をうねうね走ると、三人は監視の目に晒されていることに気付かされた。

尾張藩の御土居下の隠密衆が影二郎らの侵入を見逃すわけもない。

予測されたことだ。

影二郎らの動きは止まることはなかった。

組屋敷を囲む塀が見えた。

どういうわけか、両開きの戸は開きっ放しだ。

「どうなされますな」

喜十郎が走りながら聞く。

「相手はすでにわれらの侵入を察知して招いておるのだ。受けぬわけにはいくまい」

影二郎らは、長屋門の前で足を止め、仕掛けを探るように見て、まず影二郎が抜けた。続いて、おこまが、そして、しんがりを喜十郎が潜った。

三人は尾張藩の隠密、御土居下御側組同心の屋敷に潜入していた。

目指す書付蔵は右手だ。

「われら御土居下の隠密は、尾張の正史のどこにも存在せぬ集まりにございます。ですが、われらが尾張の影仕事をこなしてきたことに変わりなし、二百余年の間に無数のご先祖が亡くなられ、死んでいかれました。これらの奉公をわれら一族、密かに書き止めてございます。それが書付蔵、その地下に捕囚やら一族の罪人を幽閉する牢がございます」

われらと自らを隠密の一人に加えた真七郎は、こう影二郎に言うと自ら描いた地図を消したのだ。

影二郎が走り出そうとしたとき、長屋門の扉が音もなく閉じられた。

これで三人は御土居下に閉じ込められたことになる。

「まずは小才次の居場所を確かめることじゃあ」

構わず影二郎は組屋敷と組屋敷に囲まれた通りを蔵へと走った。

屋根の上を影が飛んでいく。

組屋敷の真ん中に真七郎が教えてくれた書付蔵はあった。そして、忍び装束の同心が一人待ち受けていた。

「御三家尾張が始まって以来、御土居下に余所者《よそもの》を入れたことはなし。そなたらも覚悟の前と思えるが生きては返さぬ」

「御土居下を騒がすつもりはなかった。だがな、蜻蛉組によってわれらの仲間が捕らえられ、御土居下に連れ込まれたと証言する者がおる。われらは小才次と申す者を助け出したいだけのことだ」

「だれが申したか知らぬが、この蔵に江戸者を入れたことはない」

「そなたは」

「御側組同心神原卓《かんばらすぐる》」

「それがし、江戸は浅草の住人夏目影二郎」

「われらの務めである。御土居下に忍び入ったものはその足で城外に出ることは適わぬ」

神原卓が手を上げた。すると四方の屋根に黒い影が立ち上がった。

影二郎らは、総勢三十余人の御土居下の隠密に囲まれたことになる。

「神原どの、小才次はしかと蔵にはおらぬか」

「仲間の身許が分からぬでは死んでも死にきれぬか。ならばわが目で確かめよ」

神原が蔵の前からどいた。

おこまが走って蔵の戸を開き、影二郎と喜十郎が入った。

尾張藩の隠密の記録、二百余年分の帳簿が詰まった蔵の中は重く澱んでいた。

書付蔵の中は三層になっていた。

喜十郎が二階への階段を登り、おこまが一階を調べて回った。影二郎は地下への石段を降りたが牢はがらんとして、人影はなかった。

影二郎はじめじめした地下牢から一階へ戻った。

「どうやら間違いを犯したようにございますな」

喜十郎が影二郎に言った。

「徒労であったか」

「小才次どのはどこへ連れ込まれたのでございますか」

「おこま、それを考えるにはわれらが死地を脱したときのことよ」

影二郎は蔵の中を照らす行灯《あんどん》を壁から取ると、

「喜十郎、ご先祖二百年の記録が大事か、われらを仕留めることが先か、試してみようか」

「さてさて、それがしなれども迷いますな」

と答えた喜十郎が棚からまだ書き込まれていない書付や反故紙《ほご》を出して、床に投げ出し始めた。

影二郎は、明かりをおこまに渡して蔵の戸口に立った。

「神原どの、そなたを信じるべきであったな」

「あとは死だけが残された」

「われら、尾張城中で死ぬかどうか迷うておる」

「戯《ざ》れ事《ごと》を考えて時を稼いでも無駄のことだ」

「まったくおぬしの申す通りかな」

影二郎の背後で火の手が上がった。

「なにを致すか」

神原卓が慌てた。

「そなた、われらを書付蔵に招いたは大きな失敗《しくじり》じゃぞ。われら、そなたら一族の活躍が記録された書付蔵にて焼死致すことに決めた」

「な、なんということを」

屋根の上に微動もせずに待機していた影の者たちが慌て出した。

火が大きくなった。

「水を持て、消火が先ぞ!」

神原が手下たちに叫んだ。

屋根の影が動いた。

「さて、参るか」

影二郎は言うと、後ろの二人を見た。

四

夜明け前、三人は若狭じいの流れ宿《ぐ》に戻ってきた。

真七郎が風呂を焚いて待ち受けていてくれた。影二郎らの侵入をどこかで見ていたのだろう。

「これはなによりのもてなしじゃな。まずおこま、そなたが湯を使わせてもらえ」

遠慮するおこまを流れ宿のかたわらに建てられた湯殿に追いやった。

「小才次どのは城中におられなかったようにございますな」

「くたびれ損であった。われらの務めには付き物のことよ」

「それにしても御土居下に忍び込んで平然としておられるそなた様は、途方もないお方にございますな」

「そなたとの約定ゆえ、一人も殺してはおらぬ」

「どうやって入り込み、どうやって逃げられました」

「真七郎、少々書付蔵の反故紙が燃えた程度、大した被害ではあるまい。詳しく知りたければ、そなたの昔の朋輩に聞いてみよ」

と笑った。

影二郎が湯に入り、囲炉裏端に戻ったとき、酒の仕度ができていた。

「さてさていま一度、小才次の行方を考え直す時がきたな」

「影二郎様、なぜ小才次どのは御材木場などに行かれたのでございましょうか」

「それだ」

そのとき、若狭じいが大根の古漬が盛られた丼を持ってきた。

「じい、答えを出してくれぬか」

「なんで流れ宿のじい様がそなたらの問に答えられようか」

「そなたは名古屋の城を毎朝、毎夕と見ておるのだ。小さな異変も見逃すまい」

若狭じいが声もなく笑った。前歯は上下とも抜けて、端に三本ばかりがまばらに残っているだけだった。

「仲間が宮宿の御材木場で姿を消したか、そのわけなんぞ知らねえだがや。お侍、どうして御材木場が宮にあるか考えたことがあるか」

影二郎は、かつて天領の飛驒高山に秀信の密命を帯びて出張ったことがあった。

天領飛驒のお留め山から切り出された材木は、木曾川を通じて美濃太田に運ばれ、そこで材木商人の手によって尾張を経由して江戸へと移送され、巨万の富を生んでいることを承知していた。

尾張の財政もまた木曾の美林、尾張藩のお山から切り出される木曾五木によって保たれているのだ。

「木曾林は、飛騨川から木曾川にて伊勢の海に下り、堀川河口宮宿の御材木場に集められるのでございますよ。それが近年、数も少なくなれば質も落ちているという噂だがや」

「尾張藩中に頭の黒い鼠がおるのか」

「さてそれは流れ宿のじい様では分かりかねる」

「若狭じい、そなたの下には大道芸人から門付けまで城下の噂を聞き込んでくる耳の大きな人間どもが集るではないか」

「噂話をせよと申されるので」

「風聞には正鵠《せいこく》を射ておる話が混じっておるわ」

「鳥越の親方の客分の頼みだ、じい様の世迷言だと忘れてくれみゃあか」

「よかろう」

「尾張の御材木は、犬山城下で筏の数改めと組み直しが行われてきた。それが数年前から成瀬様のご支配下から尾張藩御材木役所の手に移ったそうだ」

「おもしろいな」

「おみゃ方にはおもしろいかもしれんが、流れ宿の主には一文にもならぬ話だ」

「忘れておった」

と影二郎が言い出した。

「われら、夜露を凌がせてもらった上に飲み食いまでさせてもろうて、旅籠賃も支払っておらぬ」

影二郎は、懐から切餅一つを出して若狭じいの膝元に滑らせた。

「客人、なんの真似だがね。流れ宿の喜捨にしてはどえりゃあ、額が張るだねえ」

「銭の持ち合わせのなき旅人を泊める流れ宿だ、さほどの実入りがないことを影二郎も承知している。懐に他人の金を持った男の気まぐれと思うてくれ」

影二郎の言葉に、

「流れ宿の費えにしろというだがね、ならば有り難く貰っておこみゃあか」

若狭じいが二十五両の小判包みを懐に入れて、囲炉裏端を立った。

「成瀬隼人正が五家を結集して独立運動を展開するには、江戸でばらまく莫大な資金が要《い》ろう。どこからその金が出ておるかと思うていた」

「影二郎様は尾張の国老が藩の御材木を横流ししておると申されるので」

「さてその真相は、犬山に行かねば分かるまい。ともあれ小才次が姿を消した場所が御材木場というのが気にならぬか」

菱沼親子が頷いた。

「影二郎様、いよいよ小才次どのの行方だけが私どもの前に残されました」

おこまが当面の気がかりを思い出させた。

「おこま、蜻蛉組の息がかかった場所はもはや一つしか残っておるまい」

「若宮八幡にございますか」

「まさか」

喜十郎が呟いた。


夕暮れ、南蛮外衣に一文字笠の夏目影二郎は、若宮八幡の境内に入った。

今日も女芝居を興行する越路太夫の一座は、盛況を見せていた。

影二郎は改めて小屋の外観を眺めた。

間口およそ十二間、奥行き二十間。板葺き屋根ながら四面は板と白壁で塗りこめられていた。

正面の屋根には尾張藩の許しを得た証の櫓が置かれ、周囲には幕が張り巡らされて、越路太夫の紋の双つ揚羽が染め抜かれていた。

影二郎は内部を思い浮かべていた。

間口八間半の舞台の中央には、華舞台が見物席に突き出して、奈落から迫《せり》が設けられていた。

本土間、向桟敷、羅漢台、上桟敷、下桟敷と分かれていた。

むろん楽屋は影二郎らの知るところではない。

なかなかどうして堂々たる芝居小屋だ。

この二百四十坪の敷地うちに小才次が囚われの身になっているかどうか、賭けであった。

「お侍さん、いりゃあせ」

木戸口の呼び込みが下足札を叩きながら、影二郎を呼んだ。

影二郎は土間の入場料を支払って、小屋に入った。

今日も満席で、影二郎は横手へと回り込んだ。

すでに菱沼喜十郎とおこまは小屋に入り、満席の見物の中に身を潜めているはずだ。

監視の目が四方から影二郎を射すくめた。

わああっ
という歓声が沸き、見物の男たちが華舞台へと殺到した。

越路太夫が薄物で華舞台へ進んできたのだ。

その騒ぎに紛れて、影二郎は、人込みから人込みを伝い、桟敷裏の暗い通路に入り込んだ。

幕間《まくあい》、見物人が厠にいくときなど使われる通路だ。

影二郎は暗がりを利して、舞台の裏手に回った。すると奈落に下りる階段が口を開けていた。

せいぜい一尺五寸ほどの階段だ。

影二郎はするりとその中へ身を滑り込ませた。

奈落のあちこちに小さなかんてらの明かりがあるばかりで、闇が支配する一帯だ。

監視の目が消えていた。

いきなり動いた影二郎の行方を摑み損ねているようだ。

頭上に走り回る気配があった。

影二郎は一文字笠と南蛮外衣に身を包んで奈落の闇に紛れつつ、小才次が幽閉されている場所を探して歩いた。

ぶん廻し（回り舞台）に迫出しの機能《しかけ》がでんと奈落に鎮座している以外、小才次を繫ぎとめておく場所はありそうになかった。

舞台で大太鼓が鳴らされて、ぶん廻しが男衆の力技で回り始めた。

影二郎は、監視の目が奈落に現われ、影二郎を再び捕捉したのを感じた。

黒子衣装に面当てまで黒布を垂らした男たちが五人、影二郎を取り囲んでいた。

「大目付の走狗めが奈落の底を見物か」

「御土居下も見せてもろうた。残るは一つ」

「奈落まで忍び込んだは褒めてもよい。だが、夏目影二郎、そなたの死に場所ぞ」

黒子衆が短刀を抜いた。

天井が低く、柱が林立する奈落では二尺五寸三分の刃渡りの先反佐常も南蛮外衣も使えなかった。

影二郎は、一文字笠の縁から唐かんざしを抜いて右手に構えた。

黒子衆が包囲網を縮めた。


おこまは、越路太夫が天井から吊るされた縄一本に身を託して、ぐるぐる回転するのを平土間から見上げていた。

越路太夫の左手と左足が綱を保持し、体は見物席の上に浮きながら回っていたのだ。そして、その右手には松明が持たれていた。

薄い衣装が広がり、悩ましくもしなやかな太股が見物席からあらわに見えた。

男たちは息を飲んで見守っている。

回転の速度が上がった。

縄が下がり、越路太夫がゆっくりと見物席に近付いてきた。

松明の炎が口に寄せられた。

越路太夫の口から白いものが松明に向かって吐き出された。

炎が大きく上がり、線状に伸びた炎がおこまの顔に向かってきた。

見物の男たちが立ち上がり、少しでも越路太夫を近くから見よう、体に触れようとする混雑の中でおこまの逃げ道はなかった。

だが、炎の襲来に、

わああっ

と悲鳴を上げた男たちが炎を避けようと左右に散った。

その瞬間、おこまの体が自由を得た。

懐に差し込んであった扇子を広げて、炎に向かって投げ打った。それは水に変じて襲いかかった。

虚空で越路太夫の炎と水嵐亭おこまの水煙がぶつかった。

白い煙が立ち昇り、

「よくも越路の炎舞《ほむらまい》から逃げやったな」

と声を上げると越路太夫は縄を離して、虚空に飛んだ。

そこには別の縄が揺れて、それに飛び移っていた。

小屋の天井のあちらこちらから娘たちが縄を頼りに手に炎を上げる刃を構えて、降りてきた。

「江戸の女忍び、ここが死地ぞ！」

見物の衆はいつもと違う展開に戸惑いながらも見物するか逃げ出すか迷っていた。

「それ！」

越路太夫の命に娘たちの手から炎を上げる剣がおこまの身に向かって投げられた。

同時におこまの手から四竹が放たれた。

さらに見物席に隠れていた喜十郎の手からも小柄が飛んだ。

「逃げよ、もはや女芝居ではないぞ！」

喜十郎が警告の声を発した。

だが、満席の観衆たちの多くは未だ越路一座の見世物と思い、

やんや

の喝采を送り続け、越路太夫の名を叫んでいた。

何本かの刃は四竹と小柄に撥ね上げられて、虚空に消えた。だが、三本の刃が平土間のおこまに突き刺さろうとした。

その直前、おこまの身が見物の男衆の頭上を横に飛んで、逃れていた。

ぐえっ！

炎を上げる刃が見物の一人の胸に突き立つと、全身が炎と化した。さらに残りの二本が平土間に突き立ち、炎を上げげた。

「おそがいだがね！」

「こりゃ、ちいと違うでや」

「逃げみゃあ」

の声があちこちから上がり、騒乱が始まった。

影二郎は、飛び込んできた二人目の黒子の首筋を唐かんざしの両刃で刎《は》ね斬っていた。

奈落に血の匂いが、

ぷうーん

と漂った。

頭上の舞台でも騒ぎが起こっていた。

影二郎は、唐かんざしを翳しつつ、今しも舞台に競り上がろうとする迫に飛び乗った。すると頭上から太鼓と笛、三味線と鉦の音が激しい勢いで響いてきた。俗に、

どんどん

と称される人を捕り手が囲むときに鳴らされる囃子《はやし》だ。

同時に逃げ惑う見物の悲鳴も調べの合間に響いてきた。

影二郎の視界にゆっくりと御園座の騒乱が見えてきた。

天空の縄にぶら下がった越路太夫が本舞台と向こう桟敷の間を振り子のように揺れながら、おこまに向かって炎を吐き続けていた。

御園座の芝居小屋はあちこちで火が燃え上がり、おこまの放つ水がそれを消そうと奮闘していた。だが、越路太夫には娘たちが従い、火の勢いがはるかに強かった。

影二郎は突き出した華舞台の中央に立った。

「越路、そなたの相手はこの夏目影二郎だ」

振り子の先端の錘《おもり》のように揺れる越路太夫の口から大きな炎が伸びて、影二郎に襲いかかった。

影二郎の手が南蛮外衣の片衿にかかり、引き抜かれた。

華舞台の上に黒羅紗と猩々緋の花が咲いた。

外衣の両端に縫い込まれた二十匁の銀玉が遠心力を発揮して、大輪の花を咲かせたのだ。

そして、大きな花びらの先端が越路太夫の口から噴き出した炎を吹き消した。

笑い声が越路から洩れた。

影二郎は南蛮外衣を足元に捨てた。

「夏目影二郎、これでも得意の顔でいられるか」

囃子の調べが、太鼓だけの打込みに変わった。

すると天井から黒いものがゆっくりと降りてきた。

ぐるぐる巻きにされた小才次だ。

やはり小才次は名古屋城下の若宮八幡の女芝居の御園座に幽閉されていた。

小才次の顔は歪んで紫色に変じ、口の端から血が垂れていた。さらに片足がだらりとして足に怪我を負っていた。

影二郎のかたわらに降りてくる小才次目掛けて、越路太夫の振り子が軌道を変えようとしていた。

その手には長刀鉾《なぎなたぼこ》が構えられていた。

越路太夫の振り子が円を描くように軌道を修正すると小才次に向かい、長刀鉾の切っ先が伸びていく。

「影二郎様！」

おこまの声が響き、娘の一人が伝っていた縄に身を絡ませ、越路太夫と同じ軌道を反対側から飛んでいた。

その手には、三味線の柄に仕込まれてあった直刀が持たれている。

炎の太夫と水芸の芸人、二人の女が虚空で相見《まみ》えようとしていた。

そして二人の女の真ん中をいも虫のように小才次がのろのろと下りおりていた。

越路太夫の長刀鉾が一瞬早く小才次の体を捉えようとしていた。

影二郎の手から唐かんざしが投げ打たれたのは、その瞬間だ。

両刃の唐かんざしは中空を斬り裂いて、小才次を吊るす縄目を切った。

小才次の体は、固い土間へと落下していこうとした。

その体を長刀鉾が一閃したが、わずか届かなかった。

影二郎は華舞台から平土間に飛ぶと、落ちてくる小才次の体を抱き止めた。

「よう頑張った」

影二郎の声に小才次が小さく呻いて応じた。

そこへ菱沼喜十郎が駆け寄ってきた。

「喜十郎、小才次をそなたに任す」

「はっ」

畏まった喜十郎が抱き取り、影二郎は頭上を見上げた。

今や御園座のあちこちから炎が上がっていた。

越路太夫とおこまは、それまでお互いがいた天井の一角に座を占めて、再びぶつかり合おうとしていた。

影二郎は華舞台に飛び戻ると、南蛮外衣を摑んだ。

猛炎の中、女芸人の意地をかけて二つの振り子が虚空へ円弧を描いた。

長刀鉾がおこまの体を一瞬先に襲った。

手にする得物の長短の差だ。

おこまは、三味線に仕込んでいた直刀で反りの強い長刀鉾を受け止め、辛うじて身を守った。

だが、長刀鉾は反転して、おこまの命綱をぷっつりと切り落としていた。

おこまの体は虚空をくるくると舞うと、本舞台へ叩き付けられるように飛んだ。

おこまの口から、

はっ

という気合が洩れて、猫のように中空で回転した。

春風が吹き抜けたようなおこまの動きであった。本舞台に足から飛び降りると膝をしなやかに使い、衝撃を和らげて着地した。

越路太夫はそのとき、向こう桟敷の高みにいて、再び攻撃の態勢を整えていた。

両足を縄に絡めると片手の長刀鉾を差し出し、華舞台に立つ影二郎目掛けて勢いをつけた。

囃子は大薩摩に変わっていた。

笑い声が響いた。

越路太夫が飛翔に移った。

影二郎の右手の動きに南蛮外衣は蘇った。大きく自らの頭上に舞い上がらせ、捻りを加えた。

唸りを生じて越路太夫の体が飛ぶ。長刀鉾を閃かせた振り子が不動の影二郎を襲う。

南蛮外衣が大きな花を咲かせて、それに抗した。

反りの強い長刀鉾と銀玉を縫い込んだ南蛮外衣が虚空で絡み合い、片方の銀玉が長刀鉾を叩き落すと、もう一つの銀玉が越路太夫の体を打った。

あっ

という叫びが上がった。が、それでも越路太夫は縄に縋って反対側の天井裏へと飛翔を続け、御園座の天井の梁《はり》に飛び移った。

「夏目影二郎、今宵はそなたに花を持たせようか」

越路太夫がそう言い残すと炎の中に姿を消した。

芝居小屋の至るところから炎が上がっていた。

小才次を従えて三人が御園座の裏口を出ると、流れ宿の飯炊き真七郎が立っていた。

「心配してくれたか」

「はっ、はい」

影二郎の問にどこか狼狽した風に真七郎が答えた。

「そなたに頼みがある」

「なんでございますか」

「小才次の身をそなたに預けたい」

傷ついた小才次を連れて犬山へは行けなかった。

「承知しました」

と答えた真七郎が、

「犬山に行かれますので」

と聞いた。頷く影二郎に、

「犬山城下で異変が起こるまでには時間もございます」

「どこぞ見物せよと申すか」

「木曾のお山から藩の御用材が流されます。それなど見物なさるのも一興かと存じます」

「信濃境まで足を延ばせというか」

真七郎が頷き、影二郎がしばし考えた後、笑みを浮かべた顔で言った。

「越路太夫が生きる道を考えてみようか」

影二郎の謎めいた言葉に真七郎が厳しい顔で頷いた。

第五話　暴れ木曾川流し

一

名古屋城下から犬山への街道を夜陰に紛れて踏破した夏目影二郎、菱沼喜十郎とおこまの親子の三人は、真七郎の言葉を信じて犬山城下を迂回すると木曾川ぞいに中山道を信濃境へと辿った。

〈木曾の桟《かけはし》
太田の渡し
碓氷《うすい》峠がなくばよい〉

太田宿を越えて中山道の難所、飛驒川を合流した木曾川の、太田の渡しで三人の足はようやく止まった。

影二郎らの合羽には夜露がびっしりと落ちていた。

美濃路は、まだ冬の名残りの冷たい風が吹いていた。

浅春の道端の桜はまだ蕾《つぼみ》であった。

「よう歩いた。渡しの向こうで一服致そうか」

雪解け水を飲んだ木曾川を乗り切った影二郎らは、江戸から数えて五十一番目の太田宿と五十番目の伏見宿の間にあった茶店に立ち寄った。

茶店といっても飯も食べさせれば、うどんも蕎麦も酒も出す店だ。

影二郎と喜十郎が茶店の前を流れる小川で顔を洗う間におこまが店に入り、朝餉と酒を注文した。

「おこま、そなたも夜露を流せ」

男二人に代わっておこまが外に向かう。

囲炉裏の火が影二郎たちをほっと蘇生させた。

「お待ちどおでございますだ」

絣木綿《かすりもめん》に赤い襷《たすき》をかけた小女が燗のついた大徳利と大ぶりの杯を運んできた。

「これはなにより」

影二郎と喜十郎はおこまのことを気にしながらも酒を注ぎ合った。

「酒を前にすると堪《こら》え性がのうていかぬ。作法を心得ぬのはいつものことだ、おこまには無礼しようか」

男二人は、熱燗の酒を喉に落とした。

「甘露でございますな」

「酒なくては旅の興趣も半減するな」

二人が二杯目を注ぎ合ったとき、おこまが囲炉裏端に戻ってきた。

「名古屋から夜道を五、六里は参りましたか」

おこまが言いながら、座った。

「一騒ぎの後の夜旅だ、さすがにくたびれたな」

影二郎はおこまに杯を差し出した。

「影二郎様と父上と旅をしますと酒が進みます」

「人には付き合いというものがあるでな」

「父上、影二郎様に付き合っての酒と申されるので」

「まあ、そんなところだ」

親子が笑い合った。

菜の花の煮びたしが運ばれてきた。

「美濃路の春は遅いと思うてましたが、やはり春はきておったのでございますな」

と笑みを浮かべておこまが影二郎に聞いた。

「影二郎様、真七郎どのは、われらになにを見せたいのでございましょうかな」

「天領の飛騨の御用木よりも尾張の山は厳しく取り締まられてきたと聞いたことがある。檜、椹《さわら》、鼠子《ねずこ》、高野槙、翌檜《あすなろ》の木曾五木こそ、尾張の藩政を支える一つじゃそうな。それがなんぞ異変を起こしているということであろう」

「お待ちください」

とおこまがいい、

「なぜ真七郎どのは、われらにかように親切なのでございますな」

「そういえば影二郎様は、真七郎に越路太夫を助ける道を考えるなどと、奇怪な会話を交わしておられましたな。いったい流れ宿の飯炊きの正体は何者ですか」

喜十郎が問い、親子の視線が影二郎に集まった。

「尾張藩の御側組同心、御土居下の隠密であった真七郎は奉公の最中、足を不自由にして身を退いたというな、そこがまず解せぬではないか。生涯影の者であるべき隠密が御城の外に出て、自由に生きておるとはどういうことか。真七郎はこれまで何度か襲われ、仲間の助けで切り抜けてきたというがそれほど御土居下の命は甘いものか」

「真七郎は未だ御土居下の者と申されるので」

喜十郎が問う。

「おれは真七郎が越路太夫の父親、椽持樹三郎と見た。つまりは一貫堂大乗の婿よ」

「な、なんと申されますな」

喜十郎が驚愕し、おこまが目を剝いた。

「樹三郎は、二十余年前に御用を帯びて埋門を出た。だが、数年後、御用を終えて名古屋に戻ってきたときには、足を不自由にしてもはや隠密奉公は務まらぬ身になっていた。そこで外に出たというのだが、尾張藩隠密にそのような我儘が許されるか。真七郎が岳父の一貫堂大乗に弾き出されたと見たほうが納得できぬか」

「そのことゆえに真七郎は、いや、椽持樹三郎は、お城近くの流れ宿で生かされているのでございますか」

「なんといっても越路太夫の父は椽持樹三郎だからな。樹三郎も名古屋城下から離れることができなかった。堀川越しに御土居下が望める流れ宿で、娘の成長を陰ながら見守ってきたのではないか」

「大乗はなぜそのようなことを」

「おこま、よくあることよ。実の娘が亡くなったとき、婿を、椽持樹三郎をわが後継者として認めたくなかった。いや、自らが御土居下の頭領に一日でも長くありたかったのかも知れぬ。樹三郎が探索仕事に出たことをよいことに、じわじわと御土居下の実権を取り戻し、蜻蛉組なる隠密の中の隠密集団まで作り上げて御土居下を掌握してきたのではないか」

「越路太夫はむろん父親のことを承知ではありますまいな」

「死んだと思うておろう」

「それで影二郎様は、越路太夫の生きる道を考えてみようと申されましたので」

杯の酒を飲み干した影二郎が頷いた。

次の日の夕暮れ、三人は伏見、御嶽《おんたけ》、細久手、大湫《おおくて》宿を走破して大井を前に木曾川に流れ込む阿木川を前にしていた。

山で切り取られた木曾五木が一本二本と流れていく。

影二郎は渡しを待つ土地の女に聞いてみた。

「あのように一本一本流されていくものか」

「へえ、木曾川とぶつかる河原で筏に組まれるのでございますよ。でもよ、近頃は川流しが少ねえな」

女は阿木川の上流に視線をやった。

山をゆっくりと夕闇が覆っていた。

影二郎の視線の先を見た女が言った。

「南に二里半参りますと信州岩村城下だがね」

「西の大垣、東の岩村といわれた岩村か」

「へえっ」

女が頷いた。

美濃、信濃、三河と国境を接する岩村は、軍事、交通の要衝として知られ、戦国の世、武田信玄、織田信長、徳川家康らが激戦をした地であった。

今では西尾分家の岩村藩三万石松平能登守の居城がある。

影二郎は対岸に視線を戻した。

大井宿は、江戸から四十六宿目、尾張名古屋に向かう下街道、秋葉道、岩村海道の分岐点であり、美濃十六宿でも一番賑わいのある宿場だ。

木曾五木の集積場としても街道の分岐としても人物、物産の出入りが多く、それゆえに栄えた宿場であった。

今しも渡し舟が川の中ほどにかかり、空が夕焼けに染まっていた。

「今晩は大井泊まりにございますな」

そう問うおこまの口調には疲れも見えた。

「朝から美濃路を七、八里は歩いたでな」

影二郎が答えたとき、渡し舟が着いた。

最初に降りてきたのは、足拵《ごしら》えも厳重な役人四人だ。さらに旅人や野良帰りの百姓衆が続いて、影二郎らが乗り込んだ。

役人たちは河原から土手に上がったところで足を止めた。そして大井宿に向かう渡しを見ていたが、何事か言い合って、再び河原に下りてきた。

大井宿には本陣、脇本陣のほかに四十余軒の旅籠があった。

影二郎たちが投宿したのは、宿場外れにある秋葉屋だ。武家や大店の主などは間違っても泊まることのない、安直な旅籠だった。

旅籠に入るには遅い刻限だった。が、三人は相部屋ではなく二階の角部屋を取ることができた。

早速湯で汗を流した影二郎と喜十郎が階下に降りた。

板の間と広間に大きな囲炉裏が二つもあって、泊り客が思い思いに火のかたわらに陣取っていた。

「すまぬが仲間に入れてくれぬか」

喜十郎が板の間の囲炉裏端の先客に挨拶し、先客の一人に藁座布団を差し出されて二人は座した。

相客は秋葉参りの信徒、行商人、大道芸人、比丘尼《びくに》、百姓衆だ。

影二郎は大徳利で酒を頼んだ。

「後から入り込んだ詫びだ。酒が好きなれば付き合ってくれ」

喜十郎が先客たちに茶碗を配った。

「こりゃあ、すまねえ、お侍」

鼠取りの薬売りの男が如才なく茶碗を受けて、礼の言葉を発したのを切っ掛けに酒が配られ、飲み合った。

酒が入れば、その日の旅の出来事が囲炉裏端の話題に上るのは自然の流れだった。

湯から上がったおこまが囲炉裏端に姿を見せたとき、木曾路から下ってきたという秋葉参りの老人が、

「昨日のことだ。水戸様のご家来衆の行列がよ、えらい勢いで十曲《じっきょく》峠を下っていっただよ」

「そりゃあ、天下の中山道だ。水戸様の行列とて旅をされよう」

御用で太田にいくという土地の庄屋の手代が応じた。

「御用の旅となれば、東海道が相場だ。いや、それよりなにより水戸様のご家来がなに用あって中山道を道中するだね」

水戸は常陸《ひたち》の城下町、言われれば中山道に用事などありそうもない。

「街道の噂では犬山に急ぐという話だがね」

「犬山になあ」

囲炉裏端に言葉が途切れ、

「犬山の殿様は、尾張藩国家老の成瀬隼人正様だがね。そこへ御三家水戸のご家来が訪ねるというのか、不思議なこった。第一、犬山の殿様は江戸におられるだろうによ」

秋葉参りの老人の話は喜十郎が名古屋で探り出してきたことを裏付けていた。

「成瀬様は尾張のご家来というに、尾張藩と仲がよくねえという話ではないか」

旅芸人が言い出した。

「成瀬様はただのご家来とは違うだなも。家康様の命で尾張の国家老に就かれただがや。そりゃあ、家来であって家来でねえだ。ともかくよ、名古屋城下では、江戸を慮《おもんぱか》ってあれはだめ、これは駄目と制限ばかりで商いもままならねえが、犬山城下はまるで反対だ」

「犬山の城下はそれほど賑やかだか」

酒が回って囲炉裏端は噂話で盛り上がる。

「酒を造るもよし、市もよし、ついでに賭場もよしというわけだで、諸国から渡世人やら遊び人が入り込んで、金をどえりゃあ使うだよ。犬山の勘定方の金蔵はいつも山吹色に光っているそうだ」

「そりゃあ、なんとも景気のいいことだ」

「大きく言やあ、犬山城下では成瀬隼人正様が胴元で金を吸い上げておられるだがね」

「それだけではねえ」

と言い出したのは恵那峡《えなきよう》から村に戻るという中乗りの一人だ。

「なんといっても犬山は飛驒材、木曾五木の集る河岸だ。木曾川が一雨降ってよ、水かさ増せばよ、成瀬様の懐が潤う仕組みだ」

「どういうことだ」

「川流れの御材木が流れてよ、犬山藩の貯木場に流れ込むのよ」

「なにっ！　成瀬様は尾張藩の御用木をちょろまかしておられるだかね」

「大きな声ではいえねえが、それにはさ、幕府の御用木も紛れているのさ」

「驚いたねえ」

　と応じた鼠取りの薬売りが、

「尾張様はご家来でもある成瀬様の気ままを許しておられるだか」

　と聞いた。

「さすがに成瀬様は別格の家柄だなも。さすがの御三家も強くはいえねえだがや」

「いや、おれの聞いた話はちぃと違う。なんでも御目付やら隠密衆が犬山城下に入りこんで、成瀬様の家来衆とぶつかり合っているという噂だがね」

「そのせいだべか」

　と美濃の太田宿の材木問屋で働いていたという中乗りが言い出した。

「どうしなさった」

　庄屋の手代が聞く。

「いやさ、ここんところ急に御材木の切り出しが少ないだよ。おらの仕事も上がったりでよ、村に戻るところだ」

「御材木の川流しが少なくなったのは、いつからだ」

　影二郎が口を挟んだ。

「二月も前からだねえ」

と答えた中乗りは、

「春先は一番稼ぎ時さねえ、それが反対に上がったりとはどういうことだ」

とぼやいた。

「そんで犬山城下だけが潤っておるというか。おらも見物に行くべえか」

「馬鹿言うでねえ、怪我でもしてみゃか、わやだがね」

表戸ががたりと開けられて、陣笠をかぶった宿場役人が入ってきた。

秋葉屋の囲炉裏端は急に静かになった。

「御用改めである、神妙にせえ」

宿場役人に従った土地の御用聞きが宣告した。

「お役人様、今宵はまたなんぞございましたか」

秋葉屋の番頭が走り出てきて、上がりかまちで平伏して宿場役人を見た。

「番頭、引っ込んでおれ」

にべもない宿場役人の一瞥《いちべつ》にあって、番頭が黙り込んだ。

中年の御用聞きが板の間に草履のままで上がり込み、十手を振り振り、
じろりじろり
と人相を改めていった。

おこまの前で御用聞きの足が止まった。

「おめえはどこから来た」

「はい。江戸は浅草奥山の水芸人にございます」

「美濃街道で商売か」

「はい。なんでも犬山城下が大賑わいとか、遅まきながら参りまして一稼ぎと考えておるところにございます」

「犬山だと」

御用聞きの十手の先がおこまの肩に振り落とされた。

おこまは顔を歪《ゆが》めもせず、平然としていた。

「ただの女鼠じゃなさそうだ。番屋に引っ立ててその体に問おうか」

「親分さん、無理無体をおっしゃっちゃいけません」

「いや、怪しい」

美濃路の十六宿を縄張りにした恵那の伝三が子分たちに顎で合図を送った。

捕縄を手にした子分が一人、板の間に飛び上がってきた。

「親分さん、旅芸人に間違いございませぬ。どうか今宵のところはお目こぼしを」

宿の番頭が伝三の体に縋り、袖に金包みを放り込んだ。

「番頭、なんの真似だ。名古屋城下から目付衆直々のお出張りの最中だぞ。怪しげな振る舞いをしやがると、おみゃも土牢に放り込むぞ」

伝三が啖呵《たんか》を切り、開け放たれた通用口から道中羽織の武家が姿を現した。

御目付梅村丹後の組下か。

さっと顔面を引き攣《つ》らせた番頭が上がりかまちに額を擦り付けた。

その肩口を草履で蹴り倒した伝三が、

「女を連れていけ」

と捕縄を握った子分を急がせた。

子分がおこまの肩に手をかけた。

その手首を逆手に捻り上げたおこまが片膝を囲炉裏端につくと、無音の気合で投げた。

虚空できれいに一回転した子分が土間に飛ばされて、背中から落ちた。

「やりやがったな！」

伝三が十手を振り翳して、おこまに殴りかかった。

影二郎の片手が伝三の体重がかかった足を掬《すく》い上げ、囲炉裏端に転がした。

伝三が顔を囲炉裏端にうちつけて悲鳴を上げ、それでも飛び起きようとした。

その背を影二郎の片膝が押さえ、囲炉裏の灰に立っていた火箸を抜くと、伝三の盆の窪に当てた。

「おのれ、正体を出しおったな」

最後に入ってきた尾張藩目付が叫んだ。

渡し舟に乗っていた武家の一人だ。

「これでは屋根の下に泊まるということもできぬな。喜十郎、おこま、退去の仕度をせえ」

菱沼親子が二階への階段を走り上がった。

囲炉裏端の面々は、思わぬ展開に声もなくその場の様子を見守っていた。

「お役人、騒ぐとこの御用聞きの急所に火箸が突き立つぜ」

鏡新明智流の達人の膝の下に押さえ込まれた伝三は、
びくり
とも動けなかった。

「おのれ！」

目付と宿場役人が刀を抜いた。

小者たちが六尺棒を構えた。

「影二郎様、お待たせ致しました」

おこまの声が階段の中途でした。

すでに水芸人の旅仕度で、その手には阿米利加国の古留止社製の輪胴式短筒が構えられていた。

異国の大男が使う大型短銃を両手撃ちに工夫して修得したおこまの銃口がゆっくりと宿場

役人の陣笠の鉢金に向けられた。

「ご禁制の短筒など旅芸人が持ち合わせるわけもあるまい。偽短筒ごときに脅かされるでない、女をまず抑えよ」

と目付が命じた。

宿場役人が動こうとしたその瞬間、秋葉屋に、
ずどーん！

という轟音が響いた。

わあああっ
囲炉裏端にいた泊り客は、陣笠の鉢金が吹っ飛ばされて、宿場役人が腰を抜かしたのを呆然と見た。

菱沼喜十郎が影二郎の荷を、一文字笠に南蛮外衣、それに豪剣法城寺佐常二尺五寸三分を運んできた。

影二郎は、伝三を押さえていた片膝を抜いて立ち上がると先反佐常を帯に差し込み、南蛮外衣を肩に羽織ると一文字笠を被った。

「偽の短筒かどうか、相分かったな」

旅仕度に戻った影二郎が囲炉裏端に小粒を投げて、

「番頭どの、騒がせ賃じゃ」

と言うと、

「さてさて退散致すとするか」

と退去の合図を命じた。

二

数日後、夏目影二郎ら三人の姿は、木曾街道、別名南北街道の付知川《つけち》ぞいに見られた。

尾張の領地の北の端に位置し、裏木曾とも呼ばれる一帯だ。

昼下がりの刻、腹を空かせ、疲れ切った三人が歩く付知川にはちょろちょろした水しか流れてなかった。これでは材木を流すどころではない。

一刻後には日も暮れよう。

大井宿を追われるように木曾川に出た三人は、役人の追跡の目を逃れて上流部を目指すことにした。

木曾五木の川流しが急に減っているということを渡しで出会った女にも中乗りにも聞かされて、それを確かめにいこうと決めたのだ。

だが、名にしおう木曾路の山は深く、里は少なかった。

「なんぞ食べさせるところはないものか」

中津川から下呂《げろ》に抜ける木曾街道に出たがここも旅する人の影は少なく、茶店一軒見つからなかった。

「ありませぬな」

喜十郎もうんざりした声を上げた。

「なんとかせぬと餓死致しますぞ」

喜十郎が言ったとき、右手の山裾の百姓家が目に入ってきた。

藁屋根から煙も上がっていた。

「お待ちを」

おこまが山の小さな田圃の間に走る畦道《あぜみち》を小走りに駆けていった。

影二郎と喜十郎は、立ち止まって額の汗を拭いた。

二人の顔には無精髭が生え、疲労が見えた。

食べ物ばかりではない、まともな屋根の下に寝ていなかった。

寒さに悩まされ目を覚まされながら洞窟や炭焼き小屋に仮寝してきた。

一旦姿を消していたおこまが庭先に姿を現して手を振った。

「おおっ、これでなんぞ口にできるぞ」

「ほっとしましたな」

大の男二人が口々に言いながら、山家へと歩いていった。

「ばば様がひえ飯を炊いてくれるそうにございます」

「地獄に仏とはこのことかな」

影二郎らは山から落ちる水で手足を洗って、古びた百姓家に入った。

家じゅうが囲炉裏の火で燻されて、柱や梁が黒ずんでいた。建てられて何百年も過ぎた古い家だった。

囲炉裏端では老婆が火を掻き立てて粗朶《そだ》を焼《く》べていた。

灰の上には五平餅が何本も立てられたばかりだった。

「おみゃあ様方か、まんず上がりなせえ。山の講が終わったばかり、五平餅を作っただ」

五平餅はうるち米を固めに炊いて、すり鉢ですり潰し練り潰して杉板の串に小判形に貼りつけて焼いて食べるのだ。

祭りなど、ハレの日の食べ物である。

「これはおいしそうな」

「影二郎様、どぶろくも頂きましょうな」

「あるのか」

おこまがにっこりして頷き、男たちが破顔した。

「それに今晩泊めてもいただけるそうにございます」

「なんと運のよいことよ。おこま、おばば様に宿代を先払いしておこうではないか」

影二郎が財布から一両小判を出しておこまに渡した。

おこまがどぶろくの甕《かめ》を引き出す老婆に差し出すと、

「姉様、山の中で小判なんぞを見せられても釣りもねえだよ」

「いや、おばば様、私どもを助けてくれた命料にございます。釣りなど頂く気はございません」

「なんと気前がいい客人ではねえか。なればどぶろくを好きなだけ飲みなされ」

甕ごと渡されたおこまが柄杓《ひしゃく》でどぶろくを丼に注いだ。

「影二郎様、父上」

おこまから丼を渡された二人の顔から笑みがこぼれ放しだ。

影二郎が濁り酒を口に含むと木曾の山の匂いが漂ってきて、喉に落すと甕で適度に冷された酒から風雅な味わいがした。

「なんともよいな」

「山歩きしてきた後には堪えられませぬな」

三日振りの酒だ。

二人は先ほどまでの消沈を一口のどぶろくで忘れていた。

「たくわん漬にらっきょう漬じゃぞ。旅の人の口に合うかな」

「それがし、らっきょうが好物でな」

喜十郎は老婆が皿に漬物を山盛りにして出してくれたのを早速摘み、

「うまいな」

と嘆息した。

「じい様は山に入っておるそうで、そろそろ戻って来る刻限だそうにございます」

おこまが遠火に翳された五平餅を裏返しながら言った。

「二人暮らしか」

「いえ、倅が尾張藩山廻り支配下の杣人《そまびと》に雇われ、山小屋に入っておるとのことです」

「ほう、藩の樵《きこり》か」

おこまが泊まる手配までしたのはそういうことがあったからか。

囲炉裏端に五平餅の味噌だれの香ばしい匂いが漂う。

「影二郎様、木曾路には旅人は見かけられませんが、尾張藩の役人方の姿がなんとも多うございますな」

三人はこの数日の山歩きで拵えも厳重な山役人やら、尾張か、犬山から派遣されてきたらしい藩士たちの姿を遠くから見ていた。中には鉄砲隊を連れた一団もいた。

「奇妙なことは川の水も枯れておることだ、御用材も少ないな」

「山でなにが起こっているのでございましょうか」

「さて、明日にもそのことが判明しようが、相手は簡単には山に入らせてはくれまい」

戸が開いて背中に背負子《しょいこ》を負った老人が戻ってきた。

この家の主だ。

老婆が、

「お戻りか」

と言葉をかけ、

「世話になっております」

と上がりかまちに出向いたおこまも挨拶した。

「旅の方かね、今、手足を洗ってくるでな」

とおこまに言葉を返しながら背負子を下ろし、再び外に出ていった。

時折り旅人を泊めることもあるのであろう、驚いた風もない。

おこまが見ると、下ろされた背負子には蕗《ふき》のとう、芹《せり》、蕨《わらび》など春の息吹が括りつけられていた。

老人が戻ってくると囲炉裏端の主の座についた。

「主どの留守に世話をかけておる」

「山の中は相身互いにござえますよ」

老人はおこまが差し出す濁り酒の丼を受け取ると、うれしそうに口をつけた。

「これがなによりの楽しみだ」

「われらもご同様、どこにいようと酒あれば極楽だな」

「金殿玉楼もいらぬ、山海の珍味もいらぬ。一椀の濁り酒にらっきょうがあれば、羽化登仙に悠々と遊べます」

影二郎も喜十郎も心から応じ、影二郎が聞いた。

「主どのの仕事は木曾木の手入れか」

「へえっ、先祖代々加子母《かしも》村の庄屋様から山を任されておるだ」

「ならば聞きたい。なぜこの季節、川流しが少ないな」

「そのことけえ。庄屋様にもおらにも分からねえだよ。犬山の山廻り役人が見えて、川流しはしばらく止めよと命じられただよ。この川筋だけではねえ、木曾川に流れ込む川という川はみなそうだ」

「成瀬家の山廻り役人がこの辺りの山を監督致すのか」

老人が首を横に振った。

「いやさ、昔から尾張藩の木曾山は御勘定所材木改役が見回って取り締まられるだ。それが犬山から別の山廻り役人が上がってきてな、不思議なことを言い出されただ」

「老人、犬山の成瀬様は尾張藩の家老でしたな、山では六十二万石の御三家尾張藩よりも三万五千石の家老の命が大事にされるのか」

喜十郎が聞いた。

「御三家尾張も敵わぬものは、隼人の強欲、山城威張りとな、巷《ちまた》で歌われるくらい、隼人正様と竹腰山城守のお力は強いでな。犬山から山に入ってこられれば、木曾の山衆は、廻れ右して命に従うだ」

もう一人の御付家老の竹腰山城守の上位に上げられる成瀬隼人正の力は、名古屋城下を離れて、木曾に入れば入るほど強いようだ。

「それにしても尾張の本藩がよう黙っておられるな。木曾五木は、尾張藩の大事な財源であろうが」

影二郎が聞いた。

「お城のことはよう分からぬ。だがな、尾張から慌てて御勘定所のお偉い様やら目付衆までが山に入ってこられただ。山を歩けばさ、城下よりもお侍の数が多いだよ」

それは影二郎たちが見てきたことだ。

成瀬隼人正は、主家の尾張藩に逆らってまでなにをしようというのか。

「止められた御材木がどこぞ山に積まれておるのだな」

「切り出し場のどこにも檜やら椹がごろごろしてるだ」

と答えた老人の顔が曇り、心配があると言い出した。

「なにかな」

「倅たちのこっだ。尾張藩のときはよ、十日に一度は里に下りてこれただ。それがもう二月いものじゃな」

「へえ」

「犬山の山役人支配下になってのことだな」

も戻ってこねえ」

「天下の銘木、木曾の五木の美林も見てみたいし、倅どのたちがどうしておるか、確かめた
「おまえ様方も変わり者だな。余所者が木曾の山に入ってみよ、猪と間違われて鉄砲で撃たれるぞ」

老人が真顔で注意した。

「ほれ、五平餅が焼けただぞ」

老婆の注意におこまが串を抜いた。

搗《つ》き練られたうるち米にえごま、胡桃《くるみ》を入れ、味噌だれを塗られて焼かれた五平餅を江戸育ちのおこまが一口食して、

「おいしい」

と嘆声を上げた。

翌日、影二郎たちの姿が付知川上流部の木曾木切り出し場を見下ろす斜面にあった。

恵那郡付知峡の山中には異様な緊張が支配していた。

一夜の宿を許してくれた主の伍作がどうしても山に入るなれば、と付知峡の切り出し場への道案内に立ってくれた。

「それはありがたいが、迷惑ではないか」

という影二郎に、

「おまえ様方と話してな、倅の延吉の身がいよいよ心配になっただ。おらの目で確かめたい」

半日かけて谷から尾根の杣道を辿ってようやく尾張藩御材木切り出し場の一つに到着した。

付知峡には谷間を利用してせき止められた水が溢れ、山の斜面には木曾五木が山積みに見られた。また流れを止めて水を貯めた池にも材木は浮かんでいた。

延吉ら尾張藩雇いの杣人たちは樵小屋に押し込められている様子で、小屋の前には鉄砲を持った小者が二人、番をしていた。

山廻り役人の番小屋も樵小屋のかたわらにあった。

川辺では山から切り出された材木を調べて回る山役人が見えた。

菅笠に野袴、腰には大小を差してはいたが、普段は城中の机の前に座っていそうな感じの下級役人だ。

筆と竹尺を手に御材木の品質等級を決めているようだ。

「伍作どの、あの者たちは犬山藩の山役人だな」

先ほどから黙り込んだ伍作に影二郎が聞いた。

「そうだ、犬山の山役人だ」

「尾張藩の山役人はどこへ行かされたのでしょうかな」

喜十郎が樵小屋を見ながら呟く。

そのとき、樵小屋の扉が開けられて、男たちが姿を見せた。

「延吉もおるぞ」

杣人の中でも一際体格のよい若者を伍作が指した。

「なんで鉄砲なんぞを持った見張りがおるだ」

伍作が不安の声を上げた。

杣人二十三、四人は鉄砲を持った見張りに監視されているのだ。

延吉たちは山から落とされた材木の転がる山裾で作業を始めた。

「だいぶ疲れておるな。普段はあんな働き振りではねえ」

伍作が呟く。

山に生きる男たちだ、危険も過酷も承知していた。それがどこか気が緩んだ様子でのろのろとした仕事振りだ。

「切り出した材木の中でも上々材を抜き出しておるだな」

山役人が印をつけた材木を延吉たちは堰《せ》き止められた水辺に落としていた。

「御用材からよきものを間引いてどうする気でございましょうかな」

喜十郎が首を捻った。

先ほど山役人が等級をつけた中から品質のよいものが選ばれて、延吉たちの手で水辺に集められているようだ。

「さてさて」

影二郎にも答えが分からない。

「影二郎様、あれを」

おこまの声に影二郎らは視線を上げた。

対岸の稜線に人の影が走った。

陣笠を被った山役人に指揮された忍び衆だ。

「蜻蛉組のようじゃな」

影二郎たちには馴染みの御土居下の隠密だが、木曾の奥山でなにをしようというのか。

気配も感じさせず、整然と植えられた檜の美林の斜面を滑り降りていく。

蜻蛉組の忍びたちは背に短弓を背負っていた。

江戸は高田四家町の辻で犬山藩の使番二人を射殺した短矢の飛び道具だ。

尾張藩の一団は用材を運ぶ延吉たちのいる山下を目指しているように思えた。さすがに尾張藩の御側衆の隠密集団だ、山に入ったからといって動きが鈍ることはなかった。

尾張藩の山役人は蜻蛉組から大きく遅れていた。

「お侍」

伍作が不安の声を上げた。

「まあ、待て。ちと様子を見ようか」

影二郎がいったとき、蜻蛉組の一人がふいに足を滑らせ、山の斜面から転落していった。

蜻蛉組の面々の動きが止まった。

頭分の合図で檜の陰に身を隠すと、短弓を素早く構えた。

彼らの行く手に何者かが待ち受けているのだ。

短弓に矢を番《つが》えた蜻蛉組が行動を再開した。

侵入者を囲むように斜面が丸く揺れて、地中から濃緑色の衣装の一団が姿を見せた。

「あれは」

おこまが初めて見る影に声を上げた。

「犬山藩の山忍びにごぜえます」

伍作が言った。

「成瀬隼人正どのは忍び集団も持っておられるか」

「へえっ。木曾の山のことならわれら同様に知っておられますよ」

無言の裡に戦いの火蓋が切られていた。

円に囲んだ犬山藩の山忍びは口に三尺から四尺の長さの筒を当てていた。吹き矢が武器なのだ。

　これに対して蜻蛉組は短弓で応戦した。

　影二郎たちは対岸で飛び交う短矢と吹き矢の応酬にじっと見入った。

　ふいを突かれた蜻蛉組は、防戦に回っていた。

　反対に地中に半身を隠しての山忍びは地の利も使って、確実に蜻蛉組の動きを封じて、一人また一人と倒していた。

　自暴自棄になった尾張藩の山役人が剣を翳して立ち上がると山忍びに襲いかかっていった。

　だが、数歩も走らぬうちに吹き矢を面上に突き立てられ、斜面に転がった。

　蜻蛉組の頭の口から口笛が鳴らされた。

　短弓の飛び道具を捨てた一団が檜に飛びつくと木の上に移動した。

　影二郎たちの目には、蜻蛉組が檜の葉陰に身を隠したように見えた。

　その直後、蜻蛉組は、むささびのように木の上から山忍び目掛けて滑空を始めていた。

　手には刀が煌いていた。

　蜻蛉組は肉弾戦に移して活路を開こうとしていた。

　山忍びたちも吹き矢を投げると剣を構えて応戦した。

　戦いは四半刻も続いたか。

蜻蛉組の頭分が退却の合図を送り、怪我をした仲間を引き連れて、山の稜線へと引き上げていった。

戦いの気配が急速に消えた。

すると斜面の下では何事もなかったように御材木を選ぶ作業が再開された。

「お侍、延吉たちの身が心配だ。なんとか助け出す手立てはあるめえか」

戦いを目の当たりに見せられた伍作が影二郎の顔を見た。


山の日暮れは早い。

影二郎たちは夜を待って、堰き止められた流れの近くの風下まで降りてきた。だが、それ以上は、山忍びに気付かれる心配があった。

四人はばば様の握ってくれた麦飯の握りで昼飯と夕餉を兼ねた食事を終えた。

影二郎は瓢簞《ひょうたん》に入れてきた濁り酒を水代わりに飲んで、夜が更けるのを待った。

延吉たちはいったん樵小屋に入れられ、食事を与えられたようだ。だが、月明かりが付知峡を照らし始めた五つ（午後八時）過ぎには、再び作業に戻された。

「なにをさせる気だ」

伍作が呟く。

山から犬山藩の山忍びが降りてきた。

「急げ、手を抜くと怪我を致すぞ！」

犬山藩の山役人が命を下して、夜の作業が始められた。延吉たちの手で昼間のうちに選び抜かれた良材が水辺で筏に組み直された。

「昼間すら危ない川流しにございますだ。それを深夜のうちに川流しをするのでございましようかな」

伍作が呟き、

「どうやら日中、御材木の川流しが少ないからくりはこのへんにあるのかも知れぬぞ」

影二郎が答えていた。

満々と水を湛えた堰内では、筏が次々に組みあがっていく。

深夜九つ（十二時）、準備を終えた筏の上に山忍びの面々が二人一組で乗り組んだ。

山役人と延吉たちが水を止めた堰の左右に木槌を持って構え、堰の一部を壊し始めた。

水音が高くなり、付知峡の夜陰を響かせて、堰が崩れ落ちた。すると山忍びが乗った筏が
一基また一基と激流に乗って川流れを始めた。

「成瀬隼人正様は、夜中に川流しをしてなにをなさる気でございますか」

おこまが影二郎に聞いた。

「主家の財産を堂々と盗み出しておられるのであろうよ。尾張藩の川流しなれば、昼間でも
よいのだからな。おそらく夜明け前に犬山城下であの材木を回収される算段であろうかな」

「そんなことをなぜなされますので」

「まず五家の大名家昇格を主導なさる成瀬家の運動資金の出所が木曾五木の横流しであろうな」

「なんとも驚き入った次第かな」

「その資金の大半が江戸のどなたかの懐に入る仕組みだ」

影二郎の脳裏に一人の人物が浮かんでいた。

付知峡は再び静けさを取り戻していた。

延吉たちは再び樵小屋に閉じ込められた。

一仕事終えた山役人たちは隣の番小屋で酒盛りを始めた様子だ。

二つの小屋からは煙が静かに立ち昇っている。

「喜十郎、おこま、見物だけでは山案内の伍作どのに相すまぬ。一汗かくか」

と影二郎が立ち上がり、斜面を下り始めた。

三

影二郎たちは水が堰き止められた付知峡を上流で渡ると番小屋へ下っていった。

番小屋の山役人が寝についていて半刻が過ぎていた。それでも延吉らを収容した小屋の前には、二人の鉄砲を持った番士が不寝番に就いている。

（さてどうしたものか）

と考える影二郎におこまが、

「ここは任せて下さいな」

と背中の荷を下ろした。

胸の前にかけた三味線を背に回したおこまは、ふらふらとした歩きで番士の前によろめき出ていった。

木曾路を踏み外し、山に迷い込んだ旅の女が遭難した風情だ。

その演技に番士二人はまんまとひっかかった。

「女、どうしたな」

無警戒に近付いた番士の一人の鳩尾に倒れかかったおこまの拳が鋭く打ち込まれた。その不意打ちは仲間の番士には見えないように巧みに行われた。ずるずると番士とおこまは、絡み合って倒れた。

おこまは幼少の時から忍び百芸を密偵の父親の喜十郎から叩き込まれていた。

「竹松、なにをしておるのだ」

もう一人の番士が二人の倒れた場所に歩み寄った。

ぐったりと倒れこんでいたおこまの手が番士の片足を掬い上げて倒すと、首筋に手刀が打ち込まれた。

伍作が、

「なんという姉様だな」

と呆れ返った。

「喜十郎、われらも働かんでは酒を呑む口実が立たんぞ」

影二郎と喜十郎が番小屋に走り、おこまはその間に番士の鉄砲を流れに放り込んだ。

「伍作様、参りますぞ」

おこまと伍作は、まず閂《かんぬき》を引き抜いて樵小屋の戸を開いた。すると二人は顔に夜中じゅう燃やされる囲炉裏の火の火照りを感じた。

寒い山中にいた二人だ、なんとも気持ちのよい暖気だった。

「延吉、どこにおるだがね」

伍作がちろちろした囲炉裏の火を頼りに呼ばわった。

その瞬間、伍作の横手から飛びかかろうとした者がいた。

おこまはその動きを見逃さなかった。伍作の体の前に身を割り込ませると拳を鳩尾に叩き込んでいた。

どさり
と樵小屋にいた三人目の番士が倒れる音に、犬山藩の山役人の支配下にあった杣人たちがごそごそと起き上がった。

「父つぁん、どうしたがや」

一際体格のよい延吉が父親の伍作を見て、驚きの声を上げた。

「どうもこうもねえ、いつまでたっても山を降りてこねえで、迎えに来ただ」

「尾張藩から犬山藩の山役人に代わってよ、自由がきかねえだ」

「鉄砲なんぞに見張られて、夜中に川流しする連中を相手の山なんぞ、あぶなくって仕方がねえ。皆も山を降りて里に帰《け》えれ」

「じい様、二月分の給金はどうなる」

伍作の知り合いの樵が言い出した。

「多蔵、命あっての物種だ」

「それもそうだが、かかあに餓鬼が銭を待っているだ」

多蔵が嘆いた。

「父つぁん、犬山藩が追っ手を出すまいか」

別の仲間が聞いた。

「元々尾張の山だ、犬山の殿様も里に戻ったおめえらに無理はしめえ」

「ならば、帰ろうかな」

「おうおう、川流しに行った忍びどもが戻らぬ前に山を降りるだ」

樵小屋の中では急いで山を下る仕度が行われた。

そこへ影二郎と喜十郎が顔を出した。

喜十郎の両手には番小屋にあった銭箱が抱えられていた。

「給金には足りまいが皆で分けよ」

影二郎の言葉に歓声が湧き起こり、樵の頭分が銭箱の中身を調べて等分に分けた。

「お侍、一人頭、三分と二百文ばかりだが、もらっていってよいか」

「そなたらの働き賃だ。遠慮せずともよい」

「ありがとうごぜえますだ」

銘々が懐に金をしまい、三人、四人と組になって樵小屋を出ていった。

付知峡の杣小屋に残ったのは影二郎ら三人と伍作に延吉の親子だけだ。

「どうするだねえ、父つぁん」

自前の斧を手にした延吉が影二郎らを気にしながら聞いた。すると伍作が、

「お侍方はどうする気だ」

と影二郎にこれからの行動を問うた。

「川流しに出た連中が戻ってきては面倒だ。まずは対岸に引き上げようか」

夜中にいた対岸の山の斜面に戻ろうと影二郎が提案し、五人は付知峡を堰伝いに渡った。

「犬山の殿様はなにを考えておられるだ」

伍作が倅に聞いた。

「父つぁん、わしらは山にいただがや、なーにも知りゃあせん。だがよ、明日の川流しは、木曾川に流れ込む川という川で一斉に御材木を流すというだがや、途方もねえ話だ」

「どこまで流されるだ、犬山までの川流しか」

「さあてな」

延吉はそこまでは知らなかった。

「延吉、川流しは夜か昼か」

「夜明けとともに流すと聞いただがね」

影二郎の問いに延吉が答えた。

「成瀬隼人正どのがなにを考えておられるか、明日の夜明けになれば判明いたそう」

「ならば一旦里に下りますか」

と伍作が影二郎を見た。

半刻も山を下った頃、谷間から悲鳴が聞えた。

谷を覗いた延吉が、

「な、仲間が」

と叫んでいた。

影二郎らも見ていた。

夜明け前、先行して里に降りた杣人の多くが犬山藩の山忍びに捕まえられて、また元の樵小屋へと連れ戻されていた。その一人が逃げようとして、山忍びの刀に背中を割られて、付知川に転落したところだった。

捕まえられているのは川筋を里に降りようとした十二、三人だ。山道を辿った十人ほどは逃げ延びたことになるか。

「お侍」

延吉が青い顔をして、振り向いた。

「間違いを犯したようだ、助けに戻ろう」

と影二郎が即座に決断した。

「じい様、延吉、そなたらはこのまま里に降りよ。われらは付知峡に戻って杣人を助ける」

「いや、おらも残るだ」

延吉が言い出した。

「よし、なればこう致そう。おこま、じい様と一緒に家に戻り、夕刻までに付知峡に戻ってくれぬか。山の中のことだ、食べものとてないからな」

「畏まりました」

影二郎の命を察したおこまは背の道具箱と三味線を父親に渡して身軽になった。

付知川を見下ろす山の斜面で三人と二人に別れた。

付知峡の積み出し場に連れ戻された延吉の仲間たちは山役人の安堵と怒りを綯《な》い交《ま》ぜにした怒声に迎えられた。だが、逃亡を糾明される時間はなかった。

連れ戻されたのは半数だ。

木曾川に一斉に流される川流しの準備が迫っているのだ。

不運にも延吉の仲間はすぐに作業に戻された。

斜面に転がる材木が川に落とされていく、その作業は延々と休む暇もなく続けられた。途中から山忍びたちも加わった作業は日が翳っても止むことはなかった。

「お待たせしました」

おこまが再び付知峡に姿を見せたのは、夕暮れの時刻だ。

背中には、風呂敷包みが背負われて、手には大瓢簞が提げられていた。

「ご苦労であったな」

「延吉さんのお仲間はどうしてますか」

「戻ってきて以来、働かされ通しだ。山忍びどもも一緒に動いておるで助け出す機会が見つけられぬ」

影二郎は、夜の闇が峡谷を覆うとき、救助の策も立とうと考えていた。

「なれば、腹拵えをしてくださいな」

麦飯の握り飯にぜんまいの煮付けに切干し大根の酢もみ、それに濁り酒をおこまは運んできていた。

おこまが山道を往復して運んできた食べ物と酒で腹を満たした。

腹は満たされたが、夜になって寒気が増して四人を襲う。

積み出し場では赤々とした焚き火が何箇所も焚かれていた。

今夜は夜通しの作業のようだ。

堰き止められた峡谷の水面に材木が落とされていく。それらは筏に組まれるのではなく、一本一本のままだ。

「かす材ばかりだがや」

延吉がこれまで見向きもされなかった材木もすべて水に浮かべられているといった。

「延吉、山役人が選び出したのは、木曾五木の中でも良材ばかりだな」

「へえっ」

「あのかす材に混じっていないのか」

「一本もあらすか」

「すでに川流ししたということか」

「いやさ、ほれ、谷の奥に残っておるのが木曾美林の極上だがや」

延吉は流れの止まった上流を指した。そこには長さ七十尺から八十尺、幹の径が三尺から四尺の檜や椹の大木が見えた。

作業は夜半を過ぎても続けられた。

斜面にはもはや一本の御材木も残っていない。

杣人と山忍びが最後に向かったのは、良材が置かれた峡谷の奥だ。そこで良材の檜を始め、木曾五木の材木は三本の筏に組まれた。

空の白み具合で七つ（午前四時）の頃合かと見当がつけられた。

「延吉、最後に山で切り出し作業をしたのはいつのことだ」

「一月も前のことだ。この付知峡谷には成木はねえだよ」

堰の前に山役人が集ってきた。

「われらも降りようか」

影二郎たちも峡谷の奥に向かって下り始めた。

「影二郎様、延吉さんの仲間が筏に乗せられます」

おこまの言葉を待つまでもなく、仕事を終えた杣たちは組まれた筏に二人ずつ乗せられていた。そして、犬山藩の山忍びが棹を握った。

山役人たちが堰の扉を打ち壊し始めた。堰き止められていた水が流れ出した。

「おこま、また水遊びじゃぞ」

おこまが悲鳴を上げた。

これまでの御用旅で西海の荒海や信濃川に出向き、幾たびとなく千石船やら川舟に乗せられていた。

武芸百般の水芸人おこまだが水上の乗り物ばかりはどうも苦手だった。

だが、そんなおこまの気持ちにはおかまいなしに事は迫っていた。

影二郎は斜面を駆け下りていく。

菱沼喜十郎が続き、延吉も従った。

おこまばかりが付知峡に残るわけにもいかない。

筏に組まれた御材木は六つ、次々に流れに乗って出ていった。

その真ん中には杣二人が座らされていた。

南蛮外衣を翻した影二郎が斜面を飛び下って、岩場から最後の筏に跳躍した。

犬山藩支配下の山忍びが操る筏に飛び降りた影二郎に、山忍びの一人が手にしていた棹を巡らして殴りかかった。

そのために筏が大きく揺れた。

腰を沈めた影二郎の南蛮外衣が翻り、棹を絡め取ると山忍びの体を引き寄せた。

手から棹を離した山忍びの脇腹を再び虚空に舞った南蛮外衣の銀玉が叩いて、流れに落としていた。

「棹を取れ」

影二郎は山忍びから奪った棹を杣の一人に投げた。

「へえっ」

突然天から降ってきた影二郎らに驚きながらも杣が棹を摑み、揺れる筏を立て直そうとした。

影二郎は後方を振り向いた。

すでに筏には喜十郎と延吉が飛び降りて、もう一人の山忍びと戦っていた。そして、最後に岩場からおこまが蹴出しを翻して筏に飛び降りてきた。

大力に任せて延吉が山忍びの棹をぐいっと摑み、喜十郎と力を合わせて川面に叩き落とした。

「延吉!」

仲間が喜びの声を上げた。

「長次、唐三郎、筏を立て直すぞ!」

延吉がてきぱきと指示を出して、長次と唐三郎が先乗りと後乗り、前後ろについた。

そのせいで激流を下る筏が安定した。

付知峡谷から木曾川の合流部までうねうねとした流れは十里ほど続く。

影二郎は前を行く筏を見た。

白み始めた微光に五つの筏が疾風のように駆け下っていた。

影二郎たちの乗る六つ目の筏とは、一丁ばかりの間合で先行していた。

こちらの筏が小競り合いのせいで速度が落ちたせいだ。

影二郎が筏の前方で棹を差す長次に、

「そなたらはどこに連れていかれようとしていたのか」

と聞いた。

「お侍、いきなりだがね、なーも分からねえだがや」

喜十郎とおこまの親子は、筏をしっかりと縛っている蔓を握り締めて、体を安定させていた。

影二郎は再び南蛮外衣に身を包んで水飛沫を避けつつ、筏の前方を睨んでいた。

激流が岩場の間をぶつかり流れ、付知川は山間をうねうねと曲がって続いていた。

長次の棹が巧妙にも右に左に振られて岩場を突き、筏は流れの中央を保持しながら滑り下る。

「追いつけぬか、そなたの仲間を取り戻したいでな」

そう言い掛ける影二郎のかたわらに延吉がやってきた。

その背には樵の道具の大斧が担がれていた。

「お侍、長次は中乗りの腕じゃあ、裏木曾でも知られた男だ。今に追いつくだがね」

と請合った。

影二郎たちが乗る長さ七十余尺、幅十余尺の筏が延吉の言葉通りに前の筏との間合を段々と詰めていった。

前方をいく筏の山忍びが後方からくる筏の異変に気がついた。だが、そこは激流を下る筏の上だ。どうにも抵抗のしようがない。

さらに間合が詰まった。

前の筏に乗る杣たちも影二郎や延吉らを乗せた筏の追走に気がついて、手を振ってきた。

間合が十間を切り、山忍びは、杣の一人に棹を代わらせた。そして、自らは、長柄の鳶口《とびぐち》を構えた。

長次は巧みな棹さばきで前方を行く筏の横へと並びかけた。

鳶口が長次の体を叩こうとした。

その瞬間、延吉の斧が山忍びの乗る筏の蔓に叩きつけられた。

一瞬で、筏の後尾を束ねていた蔓がばらばらに断ち切られ、檜と檜の大木の間に水が入って隙間ができた。

山忍びが足を滑らせて檜の隙間に身を挟み、次の瞬間には、大木の間に押し潰されて、恐怖の悲鳴を上げた。

「そおれ、こっちに飛び移らんか」

尻を激しく振り始めた丸太の上で体の平衡を取っていた杣が丸太から筏へと飛んできた。

さらにもう一人の杣が飛び乗ってきて、五番目を走る筏には、山忍び一人になった。

一人になった山忍びは棹を捨てて、背に背負っていた吹き矢を構えた。

長次が自らの筏を一人の山忍びが乗る筏にぶつけたのは、その瞬間だ。

ばらばらになって尻を振っていた筏は、真ん中と頭の部分で結ばれていた蔓が音を立ててぶち切れ、筏は一気に崩壊して三本の丸太になった。

あああっ
悲鳴を残して山忍びが激流に姿を消した。

付知峡谷から十里、大門、本町、白沢、松原、鳥屋脇と過ぎながら、向田瀬にかかった。

四番目の筏を長次の筏が捕らえた。

すると筏を操る山忍びの一人が杣二人に刃を突きつけて、牽制しているのが見えた。

「お侍、どうするだがや」

「かまわぬ、横手に並べ」

長次の棹が激流を捉えて先行する筏に並びかけた。

そのとき、流れの頂に筏が乗ったか、前方が跳ね上がり、おこまが悲鳴を上げた。

その瞬間、影二郎の手から南蛮外衣が翻り、大きく開いた猩々緋と黒の花を咲かせ、銀玉が縫いこまれた裾が山忍びの額を叩いて流れに転がした。

荒れ狂う筏に延吉が飛び移り、仲間の杣二人に、

「なにしとる、筏を立て直さんといかんが」

と叱咤した。

呆然としていた二人がその声に棹を取り、筏を制御した。

さらに三番目と二番目の筏に近付こうとすると山忍びが杣の体を盾にして、吹き矢を構えて威嚇した。

「どうするだねえ、お侍」

「瀬の流れの速きところがあれば、一息に挟撃せえ」

「合点だ！」

長次が叫び返した。

二月の山暮らしに溜まり溜まった不満があった。それが反撃の機会を与えられ、猛々《たけだけ》しい勇気になって表れ出た。なにより延吉や長次らは木曾の山と流れを知り尽くしていた。

「この先に付知川一の流れがあるだがね、そこへ挟み込むだがや」

「頼もうか」

半里ほど間合を開けて、四つの筏は激流を走り下った。すると前方に白く波打つ瀬が見えてきた。その瀬の先では、左右の岩場から水が滝のように落ちかかっていた。

「行こみゃあ！」

「おう！」

長次が叫び、影二郎の乗る筏の杣が呼応した。

長さ七十余尺径三尺余の大木三本を束ねた筏二基が速度を上げて、前方を行く二つの筏を左右から挟み込むように囲んだ。

影二郎が五体を虚空に飛ばして、一基の筏に飛び乗った。

山忍びも応戦するように影二郎が飛ぶ虚空へ身を飛ばした。

影二郎と山忍びは付知川の激流の上で擦れ違うことになった。

すでに剣を抜き差していたのは山忍びだ。

影二郎も虚空に身を飛ばすと同時に法城寺佐常二尺五寸三分を抜き撃っていた。

鏡新明智流の鬼が放った一撃だ。

山忍びの剽悍《ひょうかん》な斬撃を圧倒して胴を抜き打ち、流れに落としていた。

影二郎が相手の筏に着地したとき、もう一つの戦いが一息に終結していた。

山忍びが吹き矢を喜十郎らに射かけようとしたその寸前、付知川に殷々《いんいん》とした銃声が鳴り響いた。

影二郎が見るまでもなく、おこまが両手撃ちで放った古留止社製の輪胴式連発短筒が火を放った音だった。

それが二基の筏を制圧した合図になった。

その直後、影二郎たちは虚空から降りかかる滝の水に打たれていた。水の奔流の攻撃から抜けたとき、残る筏はあと一つになっていた。

だが、その姿はどこにも見えなかった。

長次らは必死で仲間が囚われの筏を追った。

半刻後、流れが大きく蛇行して緩やかになった。

(もはや木曾川に流れ込んだか)

と影二郎らが諦めの気持ちになったとき、延吉が叫んだ。

「お侍、見なせえや。治郎平たちが手を振っておるでよ」

川の流れが広がり、緩やかになった河原に筏がつけられ、二人の杣が手を振っていた。

「山忍びはよ、ちゃっと逃げ出しただがや」

濡れ鼠の延吉らから歓声が上がった。

四

影二郎たちの筏が停止した付知川の河原は、木曾川の合流部から半里ほど離れた上流だった。

延吉らは、仲間との再会を喜び合った。

「お侍方、二度も助けられたなも、礼の言いようもねえだがや」

杣たちが頭を下げた。

「延吉、一刻も早く家族の下へ帰ることだ」

そういう影二郎に、

「おらたちはこれからどうなるだ」

「尾張藩の動き次第だ。そなたらは名古屋や犬山の駆け引きに惑わされることもあるまい。家に戻って時を待て」

「へえっ」

と答えた長次が、

「お侍、おまえ様方は明日も川流しか」

と聞いた。

「そうなろうか」

「なれば、お礼代わりに筏を組み直しておくだがや」

と杣たちは檜材の筏を組み直してくれた。さすがに木曾の杣が力を合わせた作業だ、瞬く間に一基の力強い筏が組み上がった。

「これはなかなかの奔馬かな」

影二郎の嘆声に送られて、長次たちは家路に着いた。

残ったのは延吉一人だ。

「そなたは戻らぬのか」

「お侍、明日の川流しにお侍方だけでは心もとない。川を知ったおらがいた方が具合もよかろう」

「手伝ってくれるというのか」

「木曾の杣にも意地があるだがね。たーけたことがいつまで続くか最後まで見届けまいか」

影二郎が頷くと、

「なれば、どこぞに今宵のねぐらを探さねばならぬな」

と延吉に言いかけた。

「付知川はおらが在所だ、案ずるでねえだがね」

延吉は、影二郎らを河原から上がった、津屋の里の百姓家に連れて行き、

「新平叔父は、うちの母っ様の血筋だがね」

と紹介した。

搔い摘んで話を聞かされた新平は、

「旅の方、延吉の命の恩人はうちの恩人だがね。手足洗うて、囲炉裏端に上がって濁り酒なり呑んでくだされ」

と勧めてくれた。

「影二郎様」

一夜の宿が決まったところでおこまが言い出した。

「木曾川筋を調べてみようかと思います」

「ならば姉様、おれが道案内に立つまいか」

延吉がおこまに同行を申し出た。

「影二郎様と父上はお休み下さい」

と言い置いて二人が姿を消した。

「喜十郎、二人だけを斥候に出して、体を休めておるわけにもいくまい。木曾川見物に参ろうか」

と影二郎が誘いかけた。

木曾川は、飛騨山脈の南、鉢盛《はちもり》山（六千四百余尺）の南斜面から発源し、鳥居峠で信濃川に流れ込む奈良井川と分水し、木曾山脈の西側に沿って、南南西へと流れ下る。

信濃から美濃に入った流れは、比高九百尺の恵那峡、蘇水《そすい》峡など切り立った岩場の間を曲がり流れて峡谷を形造る。さらに美濃領に入り、飛騨川を合流して水量を増し、濃尾平野の北から西を回って、伊勢湾に流れ込む。

この高低差のある暴れ川は、全長四十九里余に達する。

影二郎は南蛮外衣を風に靡かせて、木曾五木の川流しの御材木が両岸の水辺を埋め尽くす光景を眺めていた。

影二郎が立つ高みからは付知川が木曾川と合流する河原が見通せた。

「なんとも凄い光景にございますな」

影二郎に従う喜十郎が呆然と呟く。

筏も材木も夕暮れの時を迎え、動きを止めていた。それが見渡す限りの木曾川の川辺を埋め尽くしていたのだ。

河原のあちこちで煙が上がっていた。

川流しに携わる中乗りたちが夕餉を食している煙だ。そして、それを犬山藩の山忍びたちが監視していた。

どうみても尾張藩の命に従った川流しとも思えない。

「成瀬隼人正どのはなにを考えておられるのやら」

影二郎も応じながら、考えていた。

御三家尾張藩に楯突いて、これほどの造反をする以上、成瀬隼人正には強い黒幕が控えているということだ。

御三家筋に対抗できる人物は幕閣の中でも限られた人物であろう。

影二郎の脳裏には、その男の風貌が思い描かれていた。

（さてさてあのお方は、この影二郎になにをさせようというのか）

大目付の常磐秀信が影二郎に命じたことは、尾張領内でなにがおこっているか見定めて秀信に復命することだ。あとのことは、水野様がご判断なさることと秀信は付言したが、老猾《ろうかい》な老中首座が影始末人夏目影二郎に求めるのはそのように甘いことではあるまい。

沈みゆく西日が弾けたように空を濁った茜色に染めた。すると木曾川の流れも血の帯に染め替えられた。

それは巨きな大蛇が息絶えた姿のようでもあった。

だが、明日の夜明け前には蘇生して、再び木曾川を流れ下るのだ。

そのとき、なにが起こるのか。

「戻ろうか」

喜十郎に影二郎が声をかけた。

新平の家に戻ると、おこまと延吉はまだ帰っていなかった。

囲炉裏端に鉄鍋がかかり、鹿肉と野菜が煮込まれていた。

喜十郎は、新平の庭で見つけた古竹を譲り受けると土間に持ち込み、手製の弓を造り始めた。

菱沼喜十郎は、道雪派の弓の達人だ。

鉈《なた》で竹を裂き割り、小刀で削ると手際よく弓と矢を造り上げた。むろん本物の弓師が造った弓ではない。だが、ちょっとした飛び道具にはなった。最後に弦を張るばかりまで仕上げ

たところで新平が、

「おみゃ様方、うちのどぶろくは自慢の酒だ。まんず試しみゃあか」

と言い出した。

「馳走になろうか」

喜十郎は後片付けを済ませると造り上げたばかりの弓と矢を持ち、囲炉裏端に上がってきた。

「子供騙しにございますがな」

菱沼喜十郎が影二郎に笑いかけた。

「弘法《こうぼう》筆を選ばずと申すからな、そなたなれば遣いこなせよう」

新平になみなみと注がれた丼を差し出されて、二人は口に含んだ。

野趣が口の中で走り回るような風合いだ。

「なかなかの出来だな」

「どぶろくは造り手の人柄、気性が出るだがや」

新平が自慢したとき、おこまと延吉が戻ってきた。

「ご苦労だったな」

影二郎に労《ねぎら》われて二人が囲炉裏端に加わった。

「大井宿まで走ってみましたが、川辺はどこも御材木で埋め尽くされ、途切れるところがございません」

影二郎たちが山上から望遠した光景でもあった。

新平が戻ってきた二人に濁り酒の注がれた丼を手渡した。

延吉が一口にくいっと飲んで、喉の渇きを潤した。

「影二郎様、街道にて耳にしましてございます。やはり江戸定府家老の成瀬隼人正正住様が犬山にお戻りになっておられるそうにございます」

未曾有な川流しを命じられるのは、尾張藩の御付家老にして犬山城主の成瀬正住だけであろう、予測されたことだ。

「それだけではありませぬ。五家の残りの当主が犬山に顔を揃えておられるというのです」

「御三家御付家老の五人が顔を合わせておるというのか」

「はい。紀州の安藤様、水野様、水戸の中山様、それに尾張の竹腰様を犬山の成瀬様が接待なされておられるという話にございます」

秋葉参りの老人が十曲峠で耳にした水戸様の家来が美濃に向かったというのは、やはり水戸家の御付家老の中山備前守の行列であったか。

「いよいよ怪しき気配をみせてきたな」

頷いたおこまが、

「それにもう一つ尾張藩の動きにございます。金鉄党の面々が明日の川流しを襲うという噂がしきりに川筋に流れております」

影二郎は沈思した後、

「ここは尾張のお手並みを見せてもらおうか」

「延吉、腹が減ったか。今、鹿鍋ができるだがね」

叔母のきくが鉄鍋に味噌を入れると囲炉裏端に香ばしい匂いが漂った。


夜明け前、木曾川の両岸を埋めていた木曾五木の良材が、筏に組まれて一斉に流れを下り始めた。

影二郎らも延吉の先乗りで長次たちが知恵を絞った檜の筏を流れに押し出した。

それは七十余尺、幹径四尺の檜材四本をしっかりと筏に組み直したものだ。その先端や後尾には馬の手綱のような蔓材の握り手がつけられていた。

まさに木曾川を下り流れる巨大な駿馬だった。

朝風を受けて、巨大な四本筏は流れに乗った。

無数の筏には松明が点され、薄闇の中、光が走り下る光景はなんとも荘厳だった。だが、再び筏の上の人となったおこまには美しい光景を見る余裕はなかった。

川幅一杯に流される木曾五木の檜、椹、翌檜、高野槙、鼠子の巨木があちらでもこちらでもぶつかり合って不気味な音を響かせて、おこまの心魂を震え上がらせるのだ。

「おこま様、心配ねえだがや。延吉の腕もなかなかのものだがね」

四本筏の先頭に立って棹を振るう延吉が後ろを振り返り、おこまに笑いかけた。

おこまは筏の中央部に板を組み、筵を敷いた座に座って、両手で命綱を握り締めていた。

そのかたわらには喜十郎が乗り、影二郎は四本筏の後尾に南蛮外衣を靡かせて棹を握っていた。


夜が白んできた。

すると水面が見えぬほどの巨木が、
ごつんごつん
とぶつかり合いながら、流れ下る壮大な光景が一層はっきりと見えてきた。

「おこま、なかなかの見物だぞ」

影二郎が笑いかけたが、おこまは青い顔で頷いただけだ。

夜が明けると同時に木曾川に流れ込む大小の支流から雪解け水に乗った御材木が流れ込んできた。

堰き止められていたものが一斉に切り放たれたのだ。

一気に水かさが増し、速度が速まった。

川の両岸の風景が後方に飛び退り、迫り来る岩場に巨木がぶつかって、へし折れる不気味な音が絶え間なく木霊した。

「恵那峡に入りますぞ！」

大井宿付近の木曾川の川床は海抜およそ六百尺あった。それがおよそ七里下った八百津《やおつ》では二百七十尺に高度を下げた。

それだけに川流しの見せ場となるのだが、寸余の隙間もなく流れを埋めて下る風景は、川下りに慣れた延吉も肝を冷やした。

「おこま様、目を瞑《つぶ》りみゃあか」

延吉が叫ぶ前におこまは固く両眼を閉じて、お題目を唱えていた。

「そおれ、瀬が来たぞ！」

四本筏の先端が持ち上げられ、その勢いで延吉の体が虚空に跳ね浮くのが後尾の影二郎には見えた。その片手は蔓の手綱をしっかりと握っていた。

「おりゃおりゃ！」

筏の上に飛び降りた延吉が棹を振るって迫り来る岩場を突いた。

影二郎も延吉と呼吸を合わせて、筏を制御し、ぶつかってくる丸太を撥ね除けていった。

さらに四本筏の速度が上がった。

もはや延吉もおこまに話しかける余裕などない。

目まぐるしく展開する川の流れ、迫り来る岩場、瀬に持ち上げられた巨木を避けることで手一杯だった。

いよいよ暴れ木曾川がその本領を発揮してきたのだ。

延吉の前方では岩場にぶつかって筏から投げ出される中乗りや山忍びたちの姿が見えた。いったん筏から投げ出されれば、岩場に体をうちつけ、巨木にはさまれて死ぬ運命は免れなかった。

影二郎は、背に殺気を感じた。

振り向くと先を尖らされた巨木の筏が四本筏目掛けて突っ込んでこようとしていた。

筏の上には犬山藩の山忍びたちが乗っていた。

昨日の残党か。

影二郎は、

「延吉、後ろから山忍びが襲い来るぞ!」

と叫んで教えた。

ちらりと後方を振り向いた延吉が、

「どえりゃあことだがね」

と叫び返した。

だが、延吉にも影二郎を手伝う余裕はない。

菱沼喜十郎が手製の弓と矢を持って影二郎のかたわらに走ってきた。

七十余尺の四本筏の後尾は、左右に大きく揺れていた。

「影二郎様、お願い申す」

影二郎が片膝をついて弓に矢を番える喜十郎の腰を支えた。

後方から迫り来る筏は、瀬に乗り上げたか、尖った先端を虚空に持ち上げ、さらに十数間の距離に迫った。襲来する筏は暴れ川と一体となって威嚇しているように見えた。

先端が水に落ちて七間ほどに間合を詰めてきた。

筏を操る山忍びが喜十郎の飛び道具に気付いて、身を翻そうとした。だが、手製の玩具と見たか、笑い声を上げた。

その瞬間、他の筏に触れて、山忍びがよろめいた。

喜十郎の矢が放たれたのは、まさにその瞬間だ。

荒れ狂う木曾川の流れの上を飛んだ矢が狙い違わず、先乗りの山忍びの胸に突き立ち、
あっ
という叫びを残した山忍びは流れに落ちた。そして、その身を次々に流れ来る材木が飲み込んだ。

先乗りを失った筏が大きくぶれ動いて、影二郎らの四本筏の横手に先端を出した。

延吉が自らの四本筏の尻を振らせた。

四本筏の後部が三本組の筏の前部を横手から直撃した。

大きく跳ね上がった筏が右手の岩場にぶつかり、ばらばらに壊れ落ちた。

「まずは一難……」

影二郎が安堵の言葉を洩らす。

それでも壮大な川流しは続いていた。

高低差二百七十尺の流れを筏と巨木の群れは、激走し、大湫宿の外れの奥渡に差しかかろうとしていた。

前方で銃声と悲鳴が上がった。

両岸の岩場に鉄砲や弓を構えた侍たちが待ち構えて、筏を操る山忍びに襲いかかっていた。

「影二郎様、尾張藩の金鉄党が姿を見せたようにございますぞ！」

喜十郎の言葉を待つまでもなく、御土居下の隠密集団、蛸蛉組とは違っていた。

「延吉、姿勢を低くせえ！」

影二郎は、南蛮外衣を手に延吉のかたわらに走り来ると仁王立ちになった。

喜十郎は四本筏の中央に戻り、娘のかたわらで手製の弓を構えた。だが、こんどの敵は遠くの岩場にいた。

相手が本物の弓や鉄砲では対抗のしようがない。それでも道雪派の弓の名人としては、黙って筏に乗っているわけにはいかなかった。

そんな父親を見たおこまも古留止社が造り上げた最新式の連発短筒を構えた。

行く手で再び一斉射撃が起こり、犬山藩の山忍びや中乗りがばたばたと倒されていった。

延吉が姿勢を低くして操る筏は、待ち伏せする金鉄党の面々の射撃、弓部隊に半丁と接近していた。

「筏が砕けるかどうか、行ってみゃあ！」

延吉の叫びとともに金鉄党の火戦のただ中に飛び込んでいった。

銃声が起こり、矢が飛来した。

その瞬間、木曾川に大きな猩々緋と黒の花が咲いた。

影二郎の頭上に南蛮合羽が広がったのだ。

それは飛び道具の狙いを妨げ、飛来する矢玉を弾き飛ばした。

菱沼喜十郎とおこまの親子も迎撃した。

喜十郎の矢は、岩場の下に当たって落ちた。一方、おこまの放った銃弾は、下知する金鉄党の頭分の太股に当たり、岩場に転がした。

矢が次々に四本筏に突き立った。

延吉の巧みな筏さばきが待ち伏せ部隊の猛烈な攻撃から抜け出させた。

影二郎が南蛮外衣をたくし込みながら、

「喜十郎、おこま、怪我はないか」

「ございませんぞ」

父親が叫び返し、娘が、

「川流しはいつまで続くのでございますか」

と悲鳴を上げた。

「おこま様、御嶽宿は左手の奥だがね。伏見、太田とくれば、もはや犬山はすぐそこだ」

とのどかな声で延吉が応じた。

金鉄党の襲撃に犬山藩の山忍びや中乗りは三分の二に数を減らしていた。無人になった筏が流れの速度を緩めた木曾川をゆっくりと流れ下っていた。

その夕刻、傷だらけの影二郎らの四本筏は、飛騨川が流れ込む太田の渡しを越えた。すると前方に白帝城の異名を持つ犬山城が小さく見えてきた。

木曾五木の丸太はそのまま犬山城の真下を通過して、濃尾平野と流れていく。だが、筏に組まれた良材は、犬山城下の貯木場へと導かれ、無人になった筏も犬山城の藩士たちが総出で集めていた。

「延吉、われらも筏を乗り捨てるときがきたようだぞ」

影二郎の言葉に延吉が犬山城の対岸の伊木山下の葦原へと誘導していった。

織田信長が血族の織田信清の守る犬山城を攻めたとき、対岸の伊木山に対《たい》ノ城を築いて攻略した。

永禄八年（一五六五）八月のことだ。以後、信長の美濃攻めは本格化した。

四本筏から真っ先に葦原に飛び降りたのがおこまだ。

ふーう

と息を吐いたおこまが、対岸を振り返り、

「なんと美しき城にございましょうかな」

と嘆声を上げた。

木曾川の北麓、水辺から百二十尺余の小高い丘に築かれた平山城である。

尾張藩の御付家老成瀬隼人正一族に与えられた城は、国持大名の城ではない。

だが、木曾川の切り立った丘に聳える天守は、本丸、樅《もみ》の丸、桐の丸、松の丸の曲輪《くるわ》をひな壇に並べた堂々たる構えだ。

その城下《しろした》に木曾五木が吸い込まれて消えていった。

「さて、流れ宿など探そうか」

影二郎の言葉に四人は、筏を捨てて葦原を歩き出した。

第六話　重ね鳥居辻勝負

一

対岸の白帝城からは川流しの緊張と亢奮が消えて、虚脱と弛緩《しかん》が綯い交ぜになって木曾川に漂い流れてきた。

祭りの余韻というものであろう。

此岸の対ノ城には未だ殺気と闘争の気配が漂っていた。

影二郎らは流れの縁を下流へと向かった。

対ノ城から数丁下った木曾川に一本の支流が流れ込んでいた。

影二郎の目は、その上流から夕暮れの空にたなびいて昇る一筋の煙を見逃さなかった。

影二郎の足はそちらへと向いた。

河原に見えたのは、金を持たない旅人たちが一夜の宿を乞う善根宿、流れ宿《ぐ》だ。

犬が遠吠えで影二郎らを迎えた。すると流れ宿から一つの人影が姿を見せて、手を振ってきた。足元に斑《ぶち》の犬が飛び跳ねていた。

「小才次さんですよ！」

おこまが喜びの声を上げた。

蜻蛉組の手で捕らわれた小才次は、女忍びの越路太夫の一座に囚われていた。

影二郎によって助け出されたが、怪我を負った小才次を御用旅には伴えなかった。そこで名古屋の城下外れ、若狭じいの流れ宿の飯炊き真七郎に預けられていたのだ。

「今日あたりは影二郎様らが姿を見せられると思うていましたぞ！」

叫び返す小才次の言葉にも力が漲って、怪我の回復ぶりを示していた。

「元気のようじゃな」

「一人のうのうとしておりまして相すまねえことでした」

「真七郎はどうしたな」

小才次は真七郎としか知らない。

影二郎は真七郎を岳父の一貫堂大乗から追放された椽持樹三郎、越路太夫の父親と睨んでいた。

「一緒に犬山に来ましたぞ。ただ今は犬山城下を見回りにいっておられます」

ということは越路太夫も、一貫堂が率いる蜻蛉組も犬山に入っているということだ。

「あちらもこちらも旧友ばかり、久方振りに犬山にて再会いたすことになったか。ならば、前祝いに犬山名物の忍冬酒など仕入れてきたいものじゃな」

踵を返しかけた影二郎に、

「影二郎様、抜かりはございませぬよ」

と小才次が胸を叩いた。

「ただし忍冬酒は薬用酒にございますれば、甘うございます。影二郎様の口に合うまいと思いまして名古屋から伏見の酒を一樽担いで参りました」

「でかしたぞ、小才次」

影二郎は小才次に延吉を紹介した。

互いの面魂を見合っただけで古くからの友のように笑みを交わして打ち解けた。

「まずは宿へ」

斑の犬が巻き尾を振る流れ宿に小才次が案内した。

広い板の間に囲炉裏が二つ、一つには先客が五、六人いた。

「相客をさせてくれぬか」

影二郎の挨拶に流れ宿の女主のきよが、

「お侍は浅草の親方の知り合いだなも、待っちょりましたがねえ」

と土間から言いかけた。

れた。


「夏目影二郎だ、世話になる」

「若狭じいからもしっかり世話をせよとつなぎが入ってますよ」

影二郎らは囲炉裏端に陣取った。

小才次が早速名古屋から担いできたという樽を持ち出した。

五升は入りそうな樽が囲炉裏端に据えられ、隣の囲炉裏端にも茶碗が配られて、酒が注がれた。

芳醇な香りが板の間に流れた。

茶碗酒をもたされた相客たちが目を丸くして黙っていた。

「あとで酒代を取ろうとは申さぬ、ちときつい旅をしてきた祝いを致す。付き合ってくれぬか」

影二郎の言葉に一座もほぐれて、茶碗に口をつけた。

「おこま様には忍冬酒を用意してございますよ」

二日前に犬山入りをした小才次はいろいろと用意していた。

「ほう、これが犬山名物のお酒にございますか」

忍冬酒は、慶長二年（一五九七）の創業で二代目の和泉《いずみ》屋当主、小島弥次左衛門が秀吉の朝鮮出兵に従軍した折りにかの地から教えられて持ち帰った秘伝の薬用酒だとか。

「ああ、これは香りもよし、美味しい」

とおこまがしみじみと言ったものだ。そして、延吉に眼差しを向けて、

「延吉さんの腕を疑ったわけではございませんが、四本筏の上では生きた心地はしませんでしたよ。おこまは、水の上だけはからっきし駄目なんです」

「おこま様、おれも餓鬼の頃から親父に連れられて杣につき、幾たびとなく川流しもしてきたがね、今日ばかりは肝も金玉も縮みっぱなしだがね」

と正直恐怖を吐露して、豪快に笑った。

「いやさ、この数日、犬山城下の貯木場は御材木で一杯にございますよ。ですがそれは序の口、今日の川流しには驚きの一言にございましたな。なにしろ次から次へ御用木が流れてくる。それが尾張に向かう丸太と犬山の城下に引き込まれる筏で溢れかえり、中乗りの棹さばきにご在所の人々が両岸に群がって歓声を上げて、見物なされる。中には七十尺の檜と高野槙が生き物のようにぶつかって先端が川から飛び出る光景はいやはや、物凄い見物にございました。怪我人も沢山でたようで大騒ぎです」

小才次が応じた。

影二郎らが川流しの間に経験してきたことだ。

「小才次、城主の成瀬隼人正正住様が江戸より戻っておられるというのは確かか」

「はい。それればかりか、紀州、水戸、尾張御三家の御付家老五家の揃い踏みで、天守から川流しを見物なされたそうな」

「木曾川沿いに流れる噂はほんとであったか」

「江戸や美濃太田の材木問屋の番頭らもこの川流しの見物に呼ばれて、城下《しろした》に集められた木曾五木の大半がすでに取引きされたということでございますよ」

「川流しのからくりは、五家独立に打上げ花火の資金集めであろうな」

影二郎が呟き、小才次に付知峡での見聞と木曾川の川下りの模様を告げた。

「おこま様が嘆かれるのも仕方のないことでございますな」

小才次が苦笑いした。

「小才次、そなたが宮の御材木場に行ったのは、川流しされた御材木を調べるためか」

「へえ、博労《ばくろう》や中乗りが集る居酒屋で御材木場に行けば、尾張藩の御材木の良し悪しが分かると聞かされまして、調べにいった途端、蜻蛉組と女忍びに囲まれまして不覚を取りましてございます」

「こう犬山城下で木曾五木の良材を引き抜かれては、尾張に下る御用材は等級が下ったくず材ばかりになるのは当然だ」

頷いた小才次が、

「真にもって奇妙なことにございます」

尾張藩の国家老の専横を不思議がった。

御三家相手にこれほど大胆な横流しはそうそうあるものではない。それは偏《ひとえ》に成瀬家の格別な存在と、幕閣の有力者がその背後についていることを示していた。

「ともかく女芝居の女どもに手もなく囚われて恥ずかしゅうございました」

「越路太夫は、並みの女忍びではないわ。男といえども一人では立ち向かえぬ相手よ」

「まったくで」

小才次が苦笑いした。が、その笑みの間から、

(こんどこそ……)

という復讐の思いが垣間見えた。

夕餉を終えても真七郎が戻ってくる様子はなかった。

小才次が立ち上がり、

「ちと様子を見て参ります」

と影二郎に言い出した。

「おれも夜のお城下見物に参ろうか」

「ならば」

と従おうという気配を見せる菱沼親子に、

「筏下りで疲れておろう。そなたらは休めるときに体を休めておけ」

と命じた。

「年寄り扱いは心外にございます」

と憤然とした様子を見せた喜十郎が直ぐににやりとした笑いに変え、

「正直、ちと疲れました。それに夜の散策に大勢でぞろぞろというのもおかしなものにございます。影二郎様のお言葉に甘えて、おこまとそれがし、休ませてもらいましょうかな」

と素直に受けた。

南蛮外衣に一文字笠、先反佐常の落とし差しの影二郎は、小才次が操る小舟で木曾川を渡った。

舟の中にはもう一人、供がいた。

二人が流れ宿を出ると黙って従ってきた斑犬の武蔵《たけぞう》だ。

月光の下に白帝城、またの名を三光寺城と呼ばれる犬山城の天守が聳えていた。

天守は三層五重、東西五十四尺余南北四十五尺余とさほど大きくない。だが、木曾川の水面から百二十尺余の丘に聳え建つ様子は、威風堂々としていた。

「影二郎様、尾張の金鉄党や蜻蛉組は、対ノ城下の寺に分宿しております」

小才次の言葉に影二郎は、先ほど感じた殺気を納得させた。

「犬山城下の警備はどうしておる」

「はい。成瀬隼人正様がお戻りの上に紀州、水戸の五家の方々を迎えてもおられます。城下の警備はものものしくも厳しゅうございます」

「中心になっておるのは、御番頭か」

「町奉行支配下に若獅子組なる警護隊がございまして、昼夜、城内外の警戒にあたっておられます。頭分は、犬山藩剣術指南の五代《ごだい》音三郎恒春《つねはる》と申されるなかなかの偉丈夫にございます。五代は、剣は中条流、棒術は未明流の達人とか。巡回の折りには、小者に六尺余の古樫の棒を持たせて歩かれておられまして、さすが尾張の金鉄党も蜻蛉組もまともには手が出せまいと評判にございます。今宵は間違いなく城下の警備を陣頭指揮しておられましょう」

小舟は鵜飼《うかい》の渡しからだいぶ下流につけられた。

若獅子組の巡回の目を避けるためだ。

武蔵がまず舟から飛んだ。

小才次は影二郎を岸辺に上げると葦原に舟を隠した。

「犬山城下はほぼ城の南に外堀に囲まれるように整然と町割りがしてございまして、上本町、中本町、下本町、名栗町、鍛冶屋町、練屋町、横町、魚屋町、熊野町、寺内町、鵜飼町、外町の十二町から形作られております」

小才次は怪我をして御用の役に立たないことを取り戻そうとしたか、犬山城下のことを短い日にちに調べ上げていた。

河原から町の辻に上がると奇妙な鳥居が目に入った。

辻に二つの鳥居が十字に重なって立っていた。

「犬山名物、重ね鳥居にございます」

小才次は木曾川の氾濫から城下を守る鳥居だと言った。

影を引いた二人と一匹は重ね鳥居の下を潜り、材木通りを古町に向かって歩いていった。

外堀を渡り、侍屋敷の連なる大本町を横切り、上本町と中本町の辻に出た。

城中では賑やかに酒宴が催されておるのか、歌舞音曲の調べとざわめきが風に乗って流れてきた。

「本日の川流しによって、成瀬様の懐に莫大な金子が入ったとみえるな」

「城下の噂では、木曾川に一雨降れば、隼人正様の金蔵に千両箱が一つ増えると申します。今日の川流しは格別なれば、江戸の材木商がいくら支払ったことやら、見当もつきませぬ」

「小才次、幕府の屋台骨などとうに緩んでおるわ、今さら五家が大名になったところで、なんの得があるというのだ。隼人正どのも山城守どのも目を覚まされて、ただ今専念なさるべき奉公を考えられればよいものを」

影二郎は、遠く江戸高田四家村で射殺された下士の二人の死が無駄ではなかったかと考えはじめていた。

犬山城下はあちこちで酒宴が開かれて、活況を呈していた。

これは御三家六十二万石の大都名古屋にも見られなかったことだ。

それは材木売買で儲ける成瀬家の懐の豊かさを示すものであった。

米価高騰の折り、尾張本藩では酒造りを制限するか、禁じていた。だが、ここ犬山では自由な酒造りが行われ、名古屋を始め他国にどんどんと売り出していた。さらに犬山城下では、定期的な交易市が開かれ、賭博も密かに奨励されていた。

となれば城下に金も落ち、人の流入も盛んになり、活気に満ちる。その一方で、近隣の百姓たちは博奕にうつつを抜かして、田地田畑を取られ、逃散《ちょうさん》するものも現れてくる。

そんな犬山藩の放任政策の成果を如実に映したのが夜の町の賑わいだ。

だが、どこにも真七郎の姿はなかった。

「城下ではなく、対ノ城を探すべきであったかな」

影二郎が呟いた。

いつの間にか、影二郎らは魚屋町筋の札の辻に立っていた。

高札には、

〈川流しにつき、当分の間、川の通行を禁ずる〉

という布告が張られていた。

ふいに明かりが影二郎たちの体に当てられた。

「若獅子組の夜回りにございます」

小才次の声が緊張した。

「その方らは何者か」

光の向こうから誰何の声が響いた。

夜回りは槍を下げた若党を含めて六人だ。士分は三人と見分けられた。

「酔狂にも川流しを見物に参った旅の者だ」

「なにっ、犬山藩ご奨励の川流しを酔狂と申したか」

光の輪が縮まった。

「なんぞ異論か」

「見れば怪しき風体かな、番屋にて取調べを致す。同道なされませ」

若獅子組の夜回りの組頭佐野村秋道が命じた。

「こちらは風流な散策の途次、用がないようであってある。付き合い申し兼ねるな」

「われら、藩の夜回りでござれば、職務を全うせねばなりませぬ」

佐野村が言いかけ、夜回りの面々が動こうとしたとき、

「佐野村様、お待ちください！」

という声が屋根の庇辺りから響いた。

武蔵が屋根に向かって吠えた。

影二郎が見上げると、川流しで馴染みになった山忍びの黒い影が一つあった。仲間はまだ姿を見せてない。

「そやつ、川流しに紛れて犬山潜入を計った幕府の隠密にございますぞ。われらの仲間、こやつのために大勢倒されてございます」

「なにっ！」

若獅子組の面々に緊張が走った。

「なかなかの手練《てだ》れにござれば、山忍びがまずは先陣を切らせてもらいましょうか」

通りの屋根に黒い影が姿を見せた。

その数、およそ十二、三か。

「小才次、別れ別れになったならば、舟にて落ち合おうぞ」

影二郎は小才次に囁き、

「承知」

と小才次が応じて、懐の匕首《あいくち》に手をかけた。

剣槍を構えた若獅子組の輪が広がった。

犬山城下札の辻に緊迫した静寂が支配した。

沈黙を破ったのは、武蔵の吠え声だ。

「小才次、地に伏せよ！」

影二郎の命に小才次が転がった。

夜風を吹き矢が飛来する音が響き合い、影二郎の片手が南蛮外衣の衿を引き抜いて、捻り上げた。

札の辻に南蛮合羽が漆黒と猩々緋の花を咲かせて波打ち、飛び来る吹き矢をことごとく撥ね飛ばしていた。

「なんという手妻か」

佐野村ら夜回りの者が呻き、飛び道具を捨てた山忍びが虚空に次から次と身を躍らせた。

札の辻は時間差をおいて回転する山忍びで満ちた。

その手には山刀や直剣が煌いて、影二郎を目掛けて襲いかかってきた。

影二郎の手に捻りが加えられ、南蛮外衣が再び生を得て、大きな円を描きつつ影二郎の手から離れて飛翔した。

影二郎と小才次と武蔵の姿は広がった南蛮外衣の下に隠れ、山忍びは狙いを狂わされた。

小才次が武蔵を連れて、辻の角を占める呉服屋の軒下に駆け込んだ。

影二郎も旋回する南蛮外衣の下を移動しつつ、法城寺佐常二尺五寸三分を抜き上げて、峰に返していた。

南蛮外衣が力を失い、小才次が身を潜めた軒下に落ちた。

その直後、辻の真ん中に山忍びたちが次から次へと着地してきた。

薙刀を刀に鍛造し直した反りの強い豪剣が山忍びの一団に襲いかかったのは、その瞬間だ。

いかなる鍛錬にも耐えた忍びも虚空から着地したとき、隙を見せる。体は着地の衝動に耐えようと膝を屈して衝撃を和らげ、次の行動に備えるためだ。

影二郎が狙ったのは、その一瞬だ。

ぴしりぴしり

という峰に返された先反が肉を打つ音が響いた。

江戸は南八丁堀アサリ河岸の桃井春蔵道場で修行した鬼の剣が右に左に振るわれ、山忍びが一人またひとりと倒れ込む。

それでも犬山藩の山忍びは執拗にも影二郎の剣の前へと果敢に攻め込み、叩き伏せられていった。

一陣の風が吹き終わったとき、札の辻には呻き声が満ちていた。だが、峰に返された剣での打撃、打ち身か骨折の者ばかりだ。

最初に声をかけた若獅子組夜回りの面々は、圧倒的な戦いの行方に声もなく立ち尽くしていた。

それでも剣を構えて、影二郎に立ち向かおうとした士分が一人いた。

組頭の佐野村秋道だ。

「その覚悟やよし」

影二郎は佐野村の行動を褒めると、

「そなたに頼みがある」

と相手の動きを封じた。

「老中水野忠邦の使い夏目影二郎、今宵は挨拶代わりに犬山城下に参上したと成瀬正住どのに申し上げよ。佐野村、忘れるでないぞ」

影二郎がわざわざ老中水野忠邦の名を出したのは、成瀬正住の反応を窺おうと考えたからだ。

「な、なんと」

剣を構えた佐野村が呻いた。

幕府老中の使いと名乗った者に、

(どう処していいか)

迷ったのだ。

「まずはこの者たちの手当てが先じゃぞ」

影二郎は先反佐常を鞘に納めた。

「小才次、参ろうか」

小才次の手には南蛮外衣があった。

影二郎が札の辻に背を向け、小才次が従い、武蔵が続いた。

佐野村秋道は、壮絶な剣捌《さば》きを見せた男の背をただ呆然と見送っていた。

そして、札の辻の闘争を離れた場所から凝視していた影、若獅子組頭領の五代音三郎が、

(おのれ、幕府の狗め)

と呟いて、闇に姿を消した。

二

影二郎らは夜半の月を見つつ木曾川を小舟で渡り、流れ宿に戻ろうとしていた。

白帝城の宴はようやく終わりを告げたか、今は月光の下に静かな影を見せていた。

武蔵は舳先で体を丸めていた。

「影二郎様、御三家御付家老がわざわざ犬山城下に集った理由は、大名昇格運動がいよいよ大詰めを迎えたとみてよろしいのでございますか」

「未曾有な川流しは尾張の成瀬隼人正、竹腰山城守、紀州の安藤飛驒守、水野対馬守、水戸の中山備前守五家の結束の証、おのれらの力を誇示する春の見世物だったのではないか、さらには江戸での運動資金もできた。その上、幕閣のどなたかが後押しを約された。それぞれが大名になる同床の夢を犬山城で結ぼうとなされておられる」

影二郎は高田四家の辻で奪われた密書がだれのものか、はっきりと見えていた。

（狼狽なさるはずだ）

武蔵がむっくりと起き上がった。

対ノ城付近から猛然とした殺気が生まれて川岸に向かったからだ。

「小才次、尾張本藩はそうそう五家の夢を結ばせるわけにもいくまい」

黒い殺気は木曾川の右岸で渦巻いた。

「尾張が動くのでございますか」

ふいに川岸に一本の松明が点された。それは瞬く間に二本から三本へと増え、次第に数を増していった。するとそこに十数隻の船が用意され、船頭も船戦《ふないくさ》に備えた仕度で乗り込んでいた。

木曾川の川渡りに用意された船には、それぞれ十数人の武装した若侍らが決死の覚悟で乗っていた。

先頭の船の舳先に御三家尾張徳川を示す三つ葉葵の家紋入りの提灯が掲げられた。

「尾張藩の藩士方の中核は金鉄党にございますな。ですが、指揮なさるのは御目付梅村丹後様のようにございます」

小才次の目は、船団の中央の船に陣笠を被って座る梅村を見ていた。彼の手には成瀬家ら五家の存亡と幕閣のどなたかの浮沈を決める密書があった。それを武器に一気に犬山を攻めるつもりか。

白帝城にも緊迫が走り、明かりが点された。

立ち騒ぐ声が風に乗って、影二郎の小舟にも伝わってきた。

城下《しろした》の貯木場付近に明かりが点され、迎撃する家臣たちが部署についたようだ。

貯木場は、木曾五木の銘木で一杯になっていた。その大木を利して犬山側は防御線を敷いていた。

尾張本藩の襲撃部隊から鯨波《とき》の声が上がった。そして一隻、また一隻と川中へと漕ぎ出され、突き進んできた。

松明の明かりに立てられた槍の穂先が煌いた。

もはや尾張六十二万石と成瀬家三万五千石の矜持《きょうじ》と意地がぶつかるのは避けられそうになかった。

尾張の攻撃船団は川の真ん中に差しかかった。

影二郎は、船団を挟んだ上流部に小舟が浮かんでいるのをみていた。

着流しに深編笠、三枝謙次郎と名乗った、細身の人物だ。そして、そのかたわらに座すのは、名古屋城下外れの流れ宿の飯炊き、真七郎こと椽持樹三郎であった。

尾張藩の船団は、木曾川をほぼ渡り切り、犬山側の貯木場に接近した。

その流れに突き出された貯木場の船着場に一人の武家が立った。

「それがし、成瀬隼人正家臣、家老水野瀬兵衛にござる。かような刻限、尾張藩の御家紋を掲げて徒党を組み、犬山城下に押しかけられるはどなた様にござるな」

船団の一隻から陣笠の武士が立って応じた。

「水野どの、それがし、尾張藩御目付梅村丹後にござる」

「ほう、名古屋からわざわざ犬山城下までお出張りとは異なことにございますな。成瀬家は尾張徳川家の御付家老にして、犬山領を神君家康様から安堵された城主にござる」

犬山は小なりといえども尾張と同格の独立国と水野が言い切った。

「申されるな、水野どの」

水野の言葉も梅村の返答も火を噴くように川面に響いた。

「家康様がどのようなお心で成瀬家を尾張に差し遣わされたかは遠い昔のこと、真実を知る者はなし、今では成瀬隼人正様は尾張徳川の一家臣に過ぎぬ。そのことを忘れて、近頃の成瀬一族はちと専横に過ぎる」

「専横とはなにを指して申されるや」

影二郎は犬山城の天守に人影が立ったのを認めた。

城主の成瀬隼人正正住だろう。

「天守に立たれる影を成瀬隼人正様と見た。江戸定府の家老が尾張藩に無断で犬山に帰られた、尾張に謀反を企まれるつもりか」

さすがに水野の返事はすぐに戻ってこなかった。すると梅村が畳みかけた。

「水野どの、先日来の木曾五木の川流し、一体なんの真似にござるか。木曾御材木は尾張藩の貴重なる財源、それを犬山城下ではかってに貯木場に取り入れておる。この行為、泥棒に等しき所業かな」

「なんと成瀬家を泥棒呼ばわりなされたか」

「おう、それがし、御三家尾張の御目付の職を務める以上、家臣の不正は、ご家老であれ厳しく糾弾するのが務めにござる。水野どの、そなたが立っておられる御材木は尾張藩のもの、切り出し山の検印もござればこれより取調べ致す。さよう心得られえ」

「お断り致す。先ほどから申し上げるように成瀬家は尾張家の家臣とはかたちばかり、将軍家により領地を頂き、自治を任された、いわば大名並みの家柄にござれば尾張とは同格にござる。よって他国の御目付の城下への立ち入りは、一切これを許さず」

水野が再び明言した。

「水野瀬兵衛、御家に楯突く気か」

「おのれ、御目付風情が成瀬家家老を呼び捨てに致すか」

「押し通る」

梅村丹後の手が上げられた。

尾張藩の船中から一筋の矢が射掛けられ、水野の太股に突き立った。

「おのれ、やりおったな!」

瀬兵衛が膝を屈し、犬山側の警護隊である若獅子組の間から、

「犬山領を侵す不埒ものである。遠慮はいらぬ、斬り伏せよ!」

の命が飛んだ。

叫んだのは巨漢だ。

供の者に古樫の棒を持たせているところを見ると若獅子組の頭領、五代音三郎恒春であろう。

それが戦の合図になった。

尾張の船団は貯木場へと突入しようとした。

そのとき、貯木場から犬山側の警護隊を乗せた船が押し出してきた。

双方、十数隻の船から長柄の槍が突き出されての槍合戦が始まった。

穂先を揃えた尾張本藩側の攻撃に犬山側の船が攻め立てられ、船から貯木場に転落させられた。

緒戦は襲撃部隊が攻め込んでいた。

実戦の中心になるのは茜部伊藤五相嘉に指揮された尾張藩の青年武士団の金鉄党の面々だ。

その多くは禄高百石から二百石の若者たちで、両番とよばれる大番、馬廻りの戦闘集団である。

彼らは成瀬正寿、正住親子の越権専断を目の当たりにしてきた連中だけに積年の憤怒に駆られていた。

その攻撃を正面から敢然と受けて立ったのが、犬山側の若手家臣団により結成された若獅子組だ。

舳先を揃えて貯木場に突進した尾張藩の襲撃部隊は、犬山側の船べりにこちらの舷側をぶつけて合わせ、斬り合いに持ち込んだ。

数はほぼ同じ百余名だった。

だが、押しまくった緒戦の勢いが止められると、水利を知った犬山藩の若獅子組が川中へ押し返した。

突き崩された尾張藩の船から水面に転がり落ちていく者が続出した。

「五代様の棒使いに尾張藩の攻撃が止みましたぞ」

櫓を保持しながらも小才次が思わず呟く。

「それ押し戻せ、一人残らず木曾川の藻屑にしてしまえ！」

五代の六尺の棒が、
ぶるんぶるん
と夜気を裂き、その度に一人また一人と顔面を、腰を打ち砕かれて水中に落下させられた。

「あやつの下に船を着けよ！」

金鉄党の頭領茜部が叫ぶと朱塗りの大槍を扱《しご》いて、

「あいや、五代音三郎どのと心得たり。それがし、金鉄党の頭領、大番組茜部伊藤五相嘉なり、いざ尋常の勝負！」

と叫んだ。

「近頃名古屋城下でのさばっておるそうじゃな。五代音三郎の棒を見事受けられるか！」

船と船とが接近し、茜部の槍が突き出され、その千段巻きを五代の棒が見事に叩いて、木っ端微塵に砕け飛ばした。

「あっ！」

茜部が叫び、折れた槍を捨てた。

「それ！」

と五代が再び虚空に古樫の棒を振りかぶったとき、尾張藩の別の船が五代の乗る船の舳先に突っ込んできた。

船が揺れて、棒を振り上げていた五代音三郎が船底に尻餅をついた。

その間に茜部の船がするすると後退して、態勢を整え直した。

両軍は槍から剣へと持ち替え、肉弾戦に入ろうとした。

両軍の間に三枝謙次郎の乗る小舟が割って入った。

三枝は舟の中央に仁王立ちになり、舳先に座る橡持樹三郎が股の間に挟み込んだ大花火の筒口に火種を放り込んだ。

筒口から火花が散り、木曾川の川面を明るく染めた。続いて轟音が殷々と流れに木霊して響き、夜空を焦がした花火が木曾川と犬山城を明るく浮かび出させた。

「この争い、尾張徳川家を為にするものぞ。江戸で一人ほくそ笑むお方がおることを考えたか！」

三枝謙次郎の凜然とした声が響いた。

「引け、双方引け！」

三枝の制止にも拘《かか》わらず、尾張藩も犬山側の船団も引こうとはしなかった。

「なれば、この三枝謙次郎の屍を乗り越えて参れ！」

木曾川に重い沈黙が漂った。

尾張藩御目付梅村丹後の手が回され、尾張藩の船が、
すいっ
と川中へと引き上げていく。

同時に犬山の船団が貯木場へと後退していった。

川の流れに残ったのは、三枝謙次郎の小舟とそれを遠くから見る影二郎の小舟だけになった。

三枝謙次郎の視線が天守に上げられた。

天守の影はしばらく身じろぎもしなかった。が、ふいに踵を返して姿を消した。

謙次郎の目が下流の影二郎の小舟へと移された。

だが、そのとき、影二郎は小才次に命じて戦いの場を離れさせていた。

木曾川から流れ宿のある支流に戻った小才次は、舟を葦原に繋ぎ止めた。

「影二郎様、三枝謙次郎様とはどなたにございますな」

「おれも一度、そなたが勾引《かどわか》された夜に宮の渡し場で会っただけだ。はっきりとは知らぬ。だが、尾張の意を呑んだお方であることは間違いあるまい」

そう答えた影二郎の前を武蔵が流れ宿を目指して走り出した。


翌朝、影二郎が目を覚ましたとき、菱沼喜十郎もおこまも小才次も流れ宿には姿が見えなかった。延吉も付知川の村へと戻って、その姿はなかった。

影二郎が囲炉裏端に座ると女主のきよが、

「昨夜は向こう岸でえらい騒ぎがあったそうな。犬山のご家来衆に死人も出た、大勢の怪我人もおるというぞ。おそがい話だがや」

「対ノ城におられる尾張藩一派はどうか」

「えらく静かだねえ」

そう答えたきよは、麦飯と青菜が具の味噌汁、瓜漬の朝餉を用意してくれた。

影二郎が朝餉を終えて、外の日向で寝転ぶ武蔵のかたわらで煙管《キセル》に火をつけたとき、喜十郎が戻ってきた。

「影二郎様、成瀬様を省く五家の方々、予定を早めて犬山をお発ちになりましてございます」

「同盟の結束を固め終えたと考えられたか」

「いえ、昨夜の夜戦に尾張の本気を知らされて動揺なされた方もおられたとか、城下の噂にございます」

「なんと肝の小さな御付家老様よ、それで本藩に楯突く所存か」

影二郎が吐き捨てた。

「影二郎様は船戦の一部始終をご覧になられたとか」

「見た」

と答えながら、なぜ三枝謙次郎は、

(両軍が激突する前に止めなかったか)

あるいは、

(なぜ途中で制止したか)

を考えていた。

影二郎は明確な答えが見えないままに菱沼喜十郎に昨夜目撃した戦いの経緯を告げ、最後に言った。

「そなたに話してな、三枝様の行動が理解ついたように思える」

「とはどういうことでございますな」

「予定を早めて犬山を出られた五家の動きがそれを示していないか。そなたが拾い出してきた城下の噂が当たっておるのだ」

「………」

「尾張本藩は犬山潰しが本気であることを御目付と金鉄党が組んだ尾張決死隊の攻撃で示された、そなたらの企みをいつまでも黙視はしてないぞとな。犬山城下での戦いを見られた五家の衆は、江戸のどなたかが大名家創立を約定しようとどうしようと御三家の尾張、紀州、水戸本家から反撃があることに肝を冷されたはずだ」

「それが昨夜の戦いの意味にございますか」

「死戦を前にした両軍に三枝謙次郎どのが割って入られたのは、あくまで尾張徳川内の内紛として始末されようとした結果ではあるまいか。また今ひとつ意味があるとすれば、血気盛んな金鉄党や若獅子組の、たまり溜まった不満と怒りを、両派をぶつけ合わせることで殺《そ》ぎとられたのではないか」

「それほどの深慮遠謀となりますと、三枝謙次郎様はなかなかの軍師にございますな。となればいよいよご身分が気になるところでございますな」

「それを待っておるのじゃが、なかなか連絡《つなぎ》は来ぬな」

「三枝様から影二郎様にお呼び出しがございますか」

「来る、きっと来よう。両派を戦わせた最後の理由は、老中水野忠邦の使いのおれに見せるためだからな」

影二郎は煙管の灰を叩き落とすと立ち上がり、

「喜十郎、留守をしておれ。おれの方から出向いて、三枝どのと面会いたそうか」

「どちらにおられるかご存じで」

「さてな、城下をぶらついておれば、なんぞ引っかかるやもしれぬて」

着流しに一文字笠、腰に法城寺佐常を差した影二郎は、鵜飼の渡し場へと向かった。

札の辻は、夜とはまるで別の顔を見せていた。

人の往来が頻繁で、荷を積んだ馬や車がひっきりなしに行き来して活況を見せていた。さらに外堀の水上にも行きかう荷船や百姓舟があふれていた。

軒を連ねる店先には豊かにも他国からもたらされた品々が並べられ、路上でも近郷近在から野菜などを運んできた百姓たちが市を開いていた。

犬山城下には宗春の時代に吉宗に屈して、以後逼塞《ひっそく》した名古屋とは比べようもない、生きした流通と消費が見られた。

昼間から赤い顔をした遊び人もいた。だが、格別に犬山藩の町方役人が小言をいうわけでもない。

天保期、これほどの城下は見られなかった。

いかに木曾五木の横流しによる利益が大きいか、町並みと人と物資の往来が物語っていた。

またこの繁栄があるがゆえに成瀬正住も五家を結集して、御三家に対抗しようという企みを起こしたといえるのだ。

一文字笠に日差しを受けた影二郎は、魚屋町をぶらぶらと歩いていった。するとあちらこちらから影二郎を監視する目がまとわりついてきた。

夏目影二郎自ら若獅子組夜回りに老中水野忠邦の使いと名乗ったうえに、そのことを城主の成瀬隼人正正住に告げよとも言っていた。

犬山方が影二郎を監視下におくのは当然なことだ。

だが、影二郎の動きを問い質すものはいなかった。

懐手をした遊び人風の男が影二郎に歩み寄ってきた。

「旦那、ちょいと手慰みしていかれませんかえ」

土地の訛りではなかった。それに風貌も挙動もどことなく江戸のにおいを漂わせていた。

「博奕か」

「へえっ、犬山の賭場はなかなかのものでね、山吹色の小判が飛び交ってますぜ。勝つも運なら負けるも運だ。さいころの目の出具合で旦那の懐が豊かにもなれば、おけらにもなる」

「客引きにしては正直だな」

「へえっ。それに尾張名古屋の客人も顔を見せられるかもしれませんや」

影二郎は、色の浅黒い男の顔を見た。

油断のない顔に愛嬌が漂った。

「案内せえ」

「そうこなくっちゃあ」

魚屋町から南に下った一角にその名も寺内町という寺町があった。

本竜寺《ほんりゆう》、西蓮寺《せいれん》、円明寺《えんみよう》、浄誓寺《じようせい》の浄土真宗四寺、日蓮宗の本光寺《ほんこう》、妙海寺《みようかい》など名刹が集る一角に荒れ寺があって、博奕場が放つ緊迫の空気が門前まで漂ってきた。

「こちらで」

門内から姿を見せた見張りに男は小粒を握らせると、

「遊ばせてくんな。なあに賭場は分かっているんだ」

と案内を断った。すると見張りが顎で庫裏《くり》を指した。

「あいよ」

男は本堂わきの内玄関から屋内に入ると、上がりかまちで、

「旦那の履物はわっしが預からせてもらいますぜ」

と影二郎と自分の草履を懐に仕舞い、こちらへと埃《ほこり》の積もった板の間の奥へと導いた。

だが、奥へ向かえば向かうほど賭場の熱気が薄れてついには本堂の裏手に出た。

「夏目影二郎様、こちらへ」

男が声を潜め、影二郎の草履を揃えた。

影二郎は無言で履物に足を乗せ、男に従った。

枯れ薄《すすき》が立ち残る庭から墓場へ音もなく進んだ男は、破れ塀を乗り越えて再び寺の外に

出た。

「こうでもしなければ、金魚の糞のようについてくる尾行はまけませんや」

「そなた、江戸者か」

「へえっ。お屋敷の雇われ中間をやってましたが、ちょいと江戸を離れなきゃならねえ事情が起こりましてねえ、小梅の助五郎、都落ちしましたのさ」

男はそういいながらも寺内町の路地を選んで影二郎を案内していった。

助五郎の足がふいに止まった。

三

李月庵《りげつあん》という名の小さな尼寺の前だ。

「夏目様、石畳を途中から右手に折れますと離れ屋がございます。明かりが点ってますから、すぐにお分かりになられます」

助五郎は門前で見張りでもする様子でその場に残った。

影二郎は、石畳を歩きながら、一文字笠を脱いだ。

離れ屋は茶会にでも使われるのか、茅葺《かやぶき》の鄙《ひな》びた佇《たたず》まいを見せていた。

明かりの入った障子に二つの影が映じていた。

法城寺佐常を腰から抜くと、影二郎は縁側の廊下に座した。

「お招きにより夏目影二郎参上致しました」

「お待ち申しておりました」

女の声が応じて、影二郎は障子を引き開けた。

紫の法衣《ほうえ》をまとった初老の庵主《あんじゅ》が三枝謙次郎を茶で持て成していた。

影二郎は目顔で三枝と挨拶を交わした。

「庵主の李清《りせい》にございます」

影二郎は尼に頭を下げた。

「江戸無頼の夏目影二郎にございます、よしなに」

「夏目様は、謙次郎様とは面識がございましたな」

「宮の渡しでお会いしたことがござる」

影二郎は敢えて昨夜の船戦で見かけたとは言わなかった。

「一度だけの面識にございますか。ならば、年寄りが口利きをいたしましょうかな」

李清尼はそう言いながらも影二郎のために茶を点《た》てる仕度にかかった。

「三枝謙次郎様の弟君は、尾張支藩高須《たかす》三万石当主の松平義建《よしたつ》様にございます。尾張藩が十二代藩主に熱望した高須家の慶勝様は甥にあたられます」

影二郎は謙次郎の下げた印籠の家紋、松平六つ葵の理由を納得した。

慶勝は尾張藩の金鉄党を始め、多くの藩士たちが十一代斉温の亡き後、新しき藩主にと期待した賢君であった。

「謙次郎様の本名は松平義理《よしまさ》様でございます。義建様は異母弟にございまして、母方の三枝姓を名乗られておられます」

影二郎も常磐秀信が外で生ませた庶子、謙次郎もそうだという。

「高須のご兄弟の仲のよさは尾張でも評判、謙次郎様は陰から高須家を、親藩の尾張家の安泰を願ってこられたお方にございます」

尾張藩と犬山方が一目おくわけが影二郎にも理解ついた。

「夏目どの、そなたの連れの一件、なんの役にも立たなかったな」

「金鉄党の仕業ではございませなんだ、仕方ないことにございます」

二人が言い合った。

李清尼が影二郎にも茶を供してくれた。

「馳走になる」

影二郎が茶碗を持ち上げると謙次郎が、

「庵主様、この夏目どのの父上は大目付常磐豊後守秀信様でな、夏目どのはそれがしと同じ妾腹じゃそうな」

「それで謙次郎様と気がお合いになる」

「気が合うとばかり喜んではおられぬ。ただ今は父上を助けられ、老中首座水野忠邦様の懐刀と申してよい。尾張の生殺与奪の権を握っておられる、空恐ろしき人物なのだからな」

謙次郎は影二郎の身分を明らかにした。

「謙次郎様とよう似ておられますな。お二人なれば、話も合いましょう。後ほど酒《ささ》などお持ちしますで、それまでごゆっくりお話しなされ」

庵主が離れ屋を去っていった。

「此度の争いの遠因を探れば、家康様の深慮遠謀にいきつく」

「戦国の名残りの世は兄弟が信じあえぬ時代にござれば、家康様が尾張初代の義直様に傅役をつけたは仕方なきこと」

影二郎の言葉に謙次郎が応じた。

「それがしにとって直臣か陪臣かなどどうでもよきことでござる。だが、成瀬隼人正を始め五家は、徳川幕府創誕のときから二百余年を経ても将軍家直参に拘《こだわ》りを持ち続けてきた。いや、大名に列することを終生の願いとしてきたようだ」

「謙次郎様、愚かと申せば一言、だが、戦国の御世から武士は、禄高を、家格を上げることに命を賭してきた者たちにござれば、致し方なきことにございます」

「夏目どの、尾張から禄を貰いつつ、江戸を向いて策動していては奉公とは申されまい」

謙次郎が言い切った。

「かような諍いの種を度々生じさせる年寄り二家、尾張藩にとって迷惑の種にござる」

「謙次郎様、尾張藩には二家を公辺にお返しせよという声が上がっているそうな」

「かような時代、幕府は五家を改めて受け入れられますかな」

「徳川幕府は屋台骨から緩んでござる。五家を受け入れ大名に列するなど、騒ぎの種を江戸に持ち込むだけ……」

「さよう、尾張、紀伊、水戸は新たな騒動に巻き込まれる。夏目どののお考えとはだいぶ異なろう」

「ほう、それがしの考え、謙次郎様にはお分かりにございますか」

「さてな、分かっておると答えれば、不遜に過ぎよう。だがな、そなたはそれがしと同じ妾腹ゆえ、世の中の理《ことわり》を裏からも斜めからも見る御仁と推量つけました」

影二郎が笑みを浮かべた。

「謙次郎様は尾張藩の意を呑んで動いておられるお立場、影二郎にもとくと理解つき申した。われらは今、なにをなすべきか、そのことを話しましょうぞ」

謙次郎が姿勢を改めて頷いた。

「尾張は御三家筆頭、将軍家にいったん事起これば、真っ先に助勢にかけつけるお役を負ってござる。この事、徳川幕府が続くかぎり、不変の誓約にござる」

影二郎が小さく頷いた。

「そこへ楔《くさび》を打ち込むような所業、いささか迷惑至極」

謙次郎は五家の背後に控えて、御三家から独立の言質を与えた人物に警告を発していた。

「此度の騒ぎ、尾張は厳しい処遇を成瀬隼人正に与える所存にござる。このこと尾張徳川の総意、尾張藩の諍いにござればな」

謙次郎は江戸を無断で離れ、犬山城下に五家の御付家老を集めた一件と大掛かりな川流しを一国家老が行った一件の二つ、尾張藩内で処理するといっていた。

「夏目どの、このこと、江戸は承知頂けるか」

謙次郎が厳しい眼差しで影二郎を見た。

「三枝様、一つだけ願い事がございます」

「それを聞くことが承知の条件か」

「さよう」

影二郎は謙次郎の顔を正視して答えた。

「聞こう」

「江戸は高田四家の辻で成瀬家の使番が襲われ、密書を尾張藩御目付の手に奪取されましたな。その密書、この夏目影二郎の手にお戻し頂けますかな」

「夏目どのは、密書の内容を承知か」

影二郎は顔を横に振った。

「なにっ、知らずして密書に拘られるか」

「内容は知らずとも幕閣のどなたの尻拭い、との見当はつき申す」

謙次郎が笑い出した。が、すぐに厳しい顔に戻し、

「あの手紙、尾張の生命線でもござる。御目付の梅村丹後もなかなか手放しますまい」

影二郎は頷くと、

「そこを謙次郎様のお力にてお頼み申す」

「念を押す。幕府は不問に付して頂けますかな」

「老中首座の陰嚢《ふぐり》いささか握ってござる」

「それは重畳。数日、時をお貸し下され」

二人の男の笑い声が李月庵の離れ屋に響き、庫裏の李清尼が膳を運ぶように尼たちに命じた。

「明朝、成瀬隼人正様に面会いたす。城下《しろした》の木曾五木を尾張へ運ぶ手続きもござればな」

厳しい顔に戻った謙次郎が尾張藩の正式な使者として、江戸を無断で離れた定府の重臣と会うことを影二郎に告げた。

「それと今ひとつ、尾張藩の御目付梅村丹後を省き、金鉄党、御土居下の隠密衆の面々、すでに尾張へ戻した」

尾張藩の武闘部隊は犬山城下から消えたことを三枝が告げたとき、廊下に膳が運ばれてく

る音がした。

犬山城下を抜けた夏目影二郎は、材木町から木曾川の河原へと降りようとしていた。

材木通りが岸辺の道と交差する辻の真ん中に奇妙な鳥居が見えた。

大小二つの鳥居が十字に交わって、辻を見下ろすように建っているのだ。

暴れ川の木曾川を鎮める重ね鳥居という。

本来、鳥居は神が降臨する神域と人間界を分かつ標《しるし》である。だが、木曾川河原の重ね鳥居は、二重に合わせることでその辻そのものが神域であることを示していた。

影二郎は二つの鳥居が重なる辻の真ん中で、

(どうしたものか)

と迷った。

五つ(午後八時)過ぎの刻限、渡しは終わっていた。

(どこぞで舟を探すか)

と考えたとき、異変に気付いた。

いつの間にか、殺気に囲まれていた。

犬山の若獅子組か、あるいは山忍びか。

孤影を引いた影二郎は重ね鳥居を照らす常夜灯の薄明かりで周囲を透かし見た。

殺気の輪が影二郎を囲んでいた。

ふいに頭上から笑いが落ちてきた。

影二郎が見上げると重なった鳥居の笠木の上に越路太夫が立っていた。

笠木とは両端が反り上がった、一番上の横柱だ。

薄物の衣装を着た両手に両刃の剣があって、影二郎は頭上を越路に押さえられたことになる。

「そなたらは、名古屋に戻されたと聞いたが」

「越路を虚仮《こけ》にした男はだれであれ、許せぬ」

越路の声が夜の河原に響いた。

「そう気が強うては男も寄ってこまい」

明かりが一つ点された。

松明を掲げた蜻蛉組の忍びを従え、四尺四寸の矮軀《わいく》の一貫堂大乗が影二郎の降りていこうとした河原の道に立っていた。

「御土居下は名古屋に戻された。だがな、蜻蛉組はそなたへの遺恨を晴らすまではどこへも行かぬ」

「老いたり、大乗。そなたの役目を忘れたか。尾張藩主の危難のとき、お身をお守りするのがご奉公ぞ。蜻蛉組などという影の中の影集団を作りおって、私欲のために動くは、もはや御側組同心御土居下の頭領の行動にあらず」

「言うな、幕府の走狗め」

大乗の手が上げられたとき、重ね鳥居を囲むように二重の松明の輪が影二郎を囲んでいた。

その上、鳥居の上から越路太夫が影二郎の動きを抑えていた。

「夏目影二郎、尾張忍び二重火伏せりの罠に堕ちたり！」

越路太夫の高笑いが響いた。

影二郎は法城寺佐常二尺五寸三分を抜いた。

薙刀を刀に鍛ち変えたせいで切っ先の反りは、優美かつ壮絶な弧を描いていた。そして、その豪壮な刃は、囲まれた炎を映してめらめらと燃えていた。

影二郎は先反佐常を八双に立てた。

松明の内輪がぐるぐると影二郎の周りを回り始めた。今ひとつの外輪が反対方向の回転を始めた。

炎が帯と化し、相反する光の流れが影二郎の視界を眩惑した。

影二郎の両眼の瞼が細く閉じられ、周囲の変化を見落とすまいと集中された。なかんずく頭上の動きを注意した。

光の輪から離れて影二郎の頭上を飛び越える者がいた。それがひとつから二つ、三つへと増えていく。

影二郎は今や五感の力を殺ぐ光の渦にすっぽりと包まれていた。

その渦は大きく小さくうねりながら、影二郎をさらに幻覚の世界へと誘った。

幻想と錯覚に襲われつつも真の敵が頭上にあることを影二郎は忘れてなかった。

騒乱の中、殺気が走った。

光の輪を潜り抜けた短矢が四方から射掛けられた。

影二郎の体がゆるやかに舞った。

先反佐常の切っ先が煌き、短矢を次々に切り落とした。

影二郎の体の乱れに乗じようとした蜻蛉組の本隊は、四本目の短矢が切り落とされたとき、動いた。

影二郎の背後から火がひとつ、頭上へ飛んだ。

虚空へ前転する襲撃者は、片手に松明、もう一方の手に剣を握って、影二郎のうなじを斬りつけた。

影二郎の体がその場に沈み、相手を頭上から前方へやり過ごすとその視界の先に現れた襲撃者の肩口を深々と撫で斬っていた。

うぅっ
押し殺した悲鳴が斬撃の合図になった。

影二郎の四方から攻撃が仕掛けられた。

影二郎は光の輪の中央に立ちつつ、先反佐常を一閃また一閃させた。

その度に蜻蛉組の面々が一人ふたりと倒されていった。

戦いの進行とともに松明の明かりがひとつ二つと消えていく。

明かりの量が半減したとき、一貫堂大乗の口から夜鳥の鳴き声にも似た命が響き、光の輪は重ね鳥居の外に退いた。

影二郎は、頭上に風を感じた。

越路太夫の姿はいつの間にか笠木の端にいて、虚空へと身を投げた。

両手に剣を構えた越路太夫の体が振り子のように影二郎を襲った。そして、その体は独楽のようにくるくると舞い、薄物の衣装が虚空に広がって二振りの剣を隠した。

影二郎は、襲いくる越路太夫の玄妙にも猛烈な勢いで回転する体に向かって、すっくと立ち、法城寺佐常を左の肩に背負うように持った。

ひらひらと舞う薄物がまず影二郎の鬢《びん》に触れた。

直後、越路の一本目の剣が右回りに襲いきた。

先反佐常の物打ちが一本目の剣を斬り飛ばした。すると越路太夫の均衡が一気に崩れ、回転が微妙に変化すると影二郎のかたわらを斜めに飛びぬけて、虚空へと舞い上がっていった。

影二郎が体勢を立て直す間もなく新たな襲撃が横手から来た。

小さな背丈の一貫堂大乗が長柄の矛を構えて、影二郎に襲いかかってきた。

五尺に満たない老人は、底知れぬ腕力を保持していた。

影二郎は、長柄の矛の内側に飛び込もうとした。そうはさせじと機敏にも矛を引き付けた大乗が刃を巡らして、先反佐常を受けた。

がつん
という重い打撃が影二郎の腕を痺れさせた。

佐常を取り落とさなかったのは、矛の刃を受けた瞬間、影二郎が柄を握る掌の力を一瞬解き放って、衝撃を和らげたからだ。そうしておいて、小指だけに力を戻し、佐常が飛ばされることを避け得たのだ。

両者は体を入れ替えつつ、再び向き合った。

大乗の矛は横手に移動し、影二郎の脇腹を襲おうとしていた。

痺れる手で影二郎は佐常を保持し直すと、脇構えに移していた。

二人は同時に双方の胴を狙って動いた。

長柄の重い矛。

夜気を圧倒的な力で押し潰す斬撃だ。

薙刀を鍛ち変えた反りの強い豪剣。

伸びやかで大きな胴撃ちに遠心力が加わった。

二つの得物は互いの軌跡を描きつつ、交錯した。

一瞬早く相手の脇腹に到達したのは影二郎の佐常だ。

大乗の脇腹を深々と斬りつけると大乗の手から矛が虚空へ飛んで、くたくたと小さな体が揺れ、その場に立ち竦んだ。

「じぃ！」

影二郎はすれ違いながら、虚空から湧き起こった悲鳴を聞いた。

越路太夫の絶叫だ。

「おのれ、夏目影二郎！」

再び越路太夫が振り子と化した。

縄を体に巻きつけ、両足で支えた越路は、自転しつつ両手に構えた一剣一撃にすべてをかけた。

円弧を描いて滑りくる襲撃に影二郎は腰を沈めた後、虚空へと垂直に飛んでいた。そして、その手には先反佐常が上段に振りかぶられてあった。

円弧と垂直。

女と男は地上四尺余りの高さで相見え、剣と刀を出し合った。

影二郎の狙いすました一撃が自転する越路の剣を掻い潜って、縄を断ち切った。

越路太夫の体が縄から弾き飛ばされたように重ね鳥居の辻に転がり、その手から剣が飛んだ。

それでも越路は立ち上がろうとした。

だが、着地した影二郎が素早く馳け寄り、中腰の越路の肩口に佐常を叩き込んだ。

いつの間にか峰に返されていた佐常で肩口を叩かれた越路太夫は腰砕けに地面に突っ伏した。

顔を上げた越路太夫がなんとか反撃の策を巡らそうとした。

だが、辻は夏目影二郎に制圧されていた。

「殺せ」

その言葉が洩れた。

「尾張藩御側組同心御土居下が軽々に死を口にしてよいものか」

「隠密とて恥は承知だ」

「越路、影の者は恥も誉れも無縁の存在、恥を忍びつつ再起を企てるのが影の者の奉公ぞ」

歯軋《はぎし》りが洩れた。

「越路、尾張藩の松平斉荘様をお守りする修行のし直しを致せ！」

越路太夫は答えない。

「そなたを鍛え直す師をおれが指名する、見よ」

影二郎は河原に火吹き竹を杖に立つ人物を差した。

越路がゆっくりとそちらを見た。

「そなたの父、橡持樹三郎じゃぞ」

「越路に父はおらぬ、母はおらぬ！」

肺腑を抉《えぐ》る言葉が越路太夫の口から叫ばれた。

「十余年前、御用から戻った樹三郎を御土居下から厄介払いに追い立てたは一貫堂大乗だぞ」

「嘘じゃあ！」

「嘘か真実か、そなたら父娘に流れる血が教えてくれよう」

「おのれ、夏目影二郎」

立ち上がって摑みかかろうとする越路太夫の首筋を峰に返された佐常が打ち、くたくたと越路が崩れ落ちた。

「橡持樹三郎、娘を連れていけ」

「はっ、はい」

火吹き竹を杖にした父親が娘の下に歩み寄り、影二郎は反対に河原へと下っていった。

影二郎はおこまに揺り起こされた。

「橡持樹三郎様がお見えです」

夜半に別れたばかりの樹三郎が流れ宿に姿を見せたとは、考えがつかないままに床から起きた。

日差しの具合はどうやら昼前のようだ。

囲炉裏端には菱沼喜十郎と椽持樹三郎がいた。

「越路になんぞ異変か」

平伏した樹三郎が、

「昨夜、尾張藩御目付の梅村丹後様、犬山城下の祥雲《しょううん》寺にて襲われ、殺害されましてございます」

「下手人は犬山藩か」

「おそらくは若獅子組の五代音三郎とその手の者かと」

「愚かなことを」

「影二郎様、江戸にて奪いし密書、再び犬山藩の手に落ちましてございます。そのことを三枝様はご懸念なされておられます」

影二郎も言葉を失った。

「三枝謙次郎様は必ずや密書は取り返す。しばし時を貸してほしいとの伝言にございます」

「承知した」

「また昨夜半、成瀬隼人正様、急ぎ江戸にご出立なされました」

なにっ、と驚きの言葉を発した影二郎は、

「梅村丹後殺害と連動してのことであろうな」

と吐き捨てた。

「三枝どのにすべて承ったと申し上げよ」

樹三郎が影二郎に会釈すると辞去の動きを見せ、思い直したように平伏すると、

「娘のご処置、椽持樹三郎、生涯忘れませぬ」

と礼を述べた。

「越路はものも申しませぬ。古き仲間にそれがしのことを聞かされて、頭を混乱させておるようにも思えます」

「二十余年、名乗り合わなかった親子だ。打ち解けるにはしばし時間がかかろうか」

「はい」

「そなたが尾張藩の御土居下頭領に就くか」

「いえ、私はただの流れ宿の飯炊きにございます」

「待て。そなたは高須藩主松平義建様の異母兄、三枝謙次郎どのの手伝いを続けてきたのではないか」

「それがしの二十余年前の御用は高須藩に絡んだことにございました。そのとき、まだ幼き謙次郎様と知り合うてございます。以来、謙次郎様とは付かず離れずの交わりを許されて参りましたが、それだけのことにございます。もはや、御土居下に戻ることはございませぬ。

ただ……

「……ただなにか」

「越路を一人前の御側組同心の女頭領に鍛え直す手伝いはしとうございます」

橡持樹三郎が頭を下げると不自由な足で板の間から土間に下りた。

四

夏目影二郎らは、橡持樹三郎の報告を受けた後、犬山城下を立った。

昼下がりの刻限、木曾路に向かったのは影二郎の他、菱沼喜十郎とおこま親子に傷の癒えた小才次の四人だ。

成瀬隼人正正住一行は影二郎らに先行すること半日、夜半に犬山を出立していた。

夜を徹した旅である。

正住は夜明けとともに乗り物から馬に乗り換え、先を急いでいた。そのせいで旅に慣れた影二郎たちもなかなか犬山城主の一行を見ることはなかった。

その夜、御嶽宿に泊まった。

次の日の夕暮れ、中津川本陣に投宿した成瀬隼人正の一行に追いついた。

中津川宿には成瀬らの他に京へ上がる所司代一行が泊まっていた。そこで一つ先の落合宿に先行することにした。むろん中津川におこまと小才次を残し、様子を窺わせることも忘れなかった。

美濃十六宿の最後の宿場の落合宿は犬山城下からおよそ十六里、中津川宿とは一里と離れていない。

影二郎が成瀬一行を追い抜いて先に進んだには理由があった。

成瀬正住が奪取した密書を取り返さんとする三枝謙次郎の影をどこにも見かけなかったからだ。

それに落合宿の先は美濃路と木曾路を分かつ難所の十曲峠が待ち受けていた。

もし事が起こるとすれば国境では、と影二郎の勘は教えていた。

先行した影二郎と喜十郎が投宿した旅籠の軒には喜十郎の古びた菅笠がかけられ、二人が泊まっていることを告げ知らせていた。

囲炉裏端に落ち着いた影二郎に喜十郎が聞いた。

「影二郎様、今度の御用ばかりは、秀信様の命が奈辺にあるのか、この菱沼喜十郎、見当がつきかねます」

「父上の命がはっきりせぬのは水野忠邦様のお気持ちをどう受け止めていいか分からぬからよ。そなたが理解つかぬのは当然のことだ」

「ならば、水野様の真意はどこにあるのでございますな」

「さてな、それをこの影二郎も摑みかねておるところ」

影二郎は腹心の喜十郎にも曖昧な返答しか与えなかった。それは密書が老中首座を危険に陥らせると推測されたからだ。

「われらの御用の結末をどうつければよいので」

喜十郎が当惑の声を洩らした。

「権謀術数を武器に幕閣の中枢を占められた老中の考えなど分かるものか」

そう答えながら忠邦の野望と利欲を腹の中で影二郎はあざ笑っていた。

江戸は高田四家町の辻で成瀬隼人正の使番、曾根崎亀六と村田三郎兵衛の懐から奪い取られた密書は、犬山から江戸にもたらされたものではなく、水野忠邦が成瀬隼人正に与えた密書だったのだ。

今、その事を影二郎ははっきりと承知していた。

さて、時の老中が成瀬隼人正を始め、五家に与えた約定とはなにか？

むろん五家の独立を約定したものでなければなるまい。

御三家尾張の手に密書が落ちたと知った水野忠邦が狼狽するのは無理もないことであった。

だが、再び密書は成瀬家の手に奪い返された。

尾張にとって密書は天保の改革を進める水野忠邦の弱みをぐいっと押さえたことを意味する。

五家側にとっては大名家昇格の保障である。

だが、これが公表されたとき、老中首座水野忠邦の座はぐらぐらと揺らいで不安定なものになる。

影二郎に与えた忠邦の、

〈心耳をば　傾けてこそ　始末旅〉

の謎が解けるというものだ。

「騒ぎを起こされた成瀬様の始末、どうなされるおつもりにございます」

「喜十郎、今度の一件は、尾張の内紛よ。内輪もめに手を出すのは夫婦喧嘩に嘴《くちばし》を突っ込むのに似たりだ。あとで馬鹿を見ることになる」

成瀬正住は今一つ当惑の種を抱えていた。

五家の大名昇格に理解を示したはずの老中水野忠邦の使い、夏目影二郎が犬山城下に潜入しているのだ。

(どういうことだ)

疑心暗鬼に駆られた成瀬正住の慌て振りを急な旅立ちが示していた。

正住は江戸に一刻も早く戻り、水野忠邦に面会して、その後ろ盾を改めて確認しておきたいところだろう。そのためにはなんとしても忠邦が与えた密書が手元になくてはならぬ。

「なればなぜ成瀬様の行列を追いかけられますな」

密書が水野忠邦のものと知らぬ喜十郎が聞いた。

「三枝謙次郎の手並みを見るためよ。それを確かめれば、此度の御用、終わったも同然じゃあ。中山道を湯治しながらのんびり江戸に戻ろうぞ」

喜十郎の顔は今ひとつはっきりしなかった。

「酒でも飲んで胸の内のもやもやを吹き飛ばせ」

影二郎は酒を頼んだ。

二人が三合の酒を鮎の甘露煮で飲み終わったとき、おこまが一人到着した。

「どうだ、三枝謙次郎様は顔を見せられたか」

おこまが顔を振って、

「どうもその気配はございません」

と報告した。

「成瀬隼人正様の一行の様子はどうか」

「そのことにございます。三枝謙次郎様が尾張の意を受けて前面に立たれたときから、どうも成瀬正住様の歯車が狂い始めたようにございます」

「夜戦を見せられ、他の四家の腰が引けたからな」

「それに正住様のお付きの者たちの間では、三枝謙次郎様が江戸におられる尾張の殿様の親書を持参しておられる、それをいつ使われるか戦々恐々としているという噂で持ちきりとか」

「ほう、斉荘様がそのような親書を三枝どのに与えられたというのか」

高須藩城主の二子松平慶勝は、尾張藩が十二世藩主に待望した人物であった、だが、藩主の座に就いたのは、江戸で幕府の意を呑んで策動した成瀬正住が押す斉荘であった。

その斉荘が慶勝の伯父の三枝謙次郎に親書を与えたとしたら尾張徳川の分裂を危惧してのことだろう。

成瀬正住にとって三枝謙次郎は厄介な存在、面会を約しながら慌てて犬山を立ったには理由があったのだ。

犬山城下であれだけの騒ぎを起こした今、水野忠邦に縋るしか成瀬正住の生きる道はない。

「水野忠邦様も罪なことをなされたものよ」

影二郎の呟きを菱沼喜十郎とおこまの親子は、訝しい顔で聞いた。だが、それを問い返すことはしなかった。

「成瀬の警護はどうか」

「江戸から随行なされた供の方とは別に、五代音三郎恒春様が率いる若獅子組の精鋭が守りを固めて、江戸までは随行なさるという噂にございます」

「さてさて三枝様の動き次第だ」

その夜、小才次が落合宿に到着したのは四つ（午後十時）過ぎのことで、中津川では明日の早立ちに備えて明かりが消されたという。

「ならば、われらも明日に備えようぞ」

影二郎の波乱の予感を示す言葉を最後に四人は眠りに就いた。

穀雨の落合宿を成瀬隼人正の一行が通過したのは、七つ半（午前五時）過ぎのことだ。次の宿場の馬籠までは、一里五丁二十一間（四・五キロ）ほどだが、途中に中山道の難所の一つ、十曲峠が待ち受けていた。

成瀬正住の乗り物を囲むように五代音三郎恒春が指揮する若獅子組の精鋭たちが随行してひたひたと進む。

一行全員が一文字笠に加賀蓑《かがみの》で身を固め、木綿足袋に武者草鞋という厳重な足拵えだ。刀の柄からは柄袋がとられていた。それは襲撃者が待ち受けていることを考えての臨戦態勢、緊張が漲っていた。

鬱蒼とした木立の中を曲がりくねった石畳が峠へと伸びていた。

時折り石畳から山間が開け、山桜が雨に打たれている光景がおぼろに見えた。

だが、行列のだれもが雨に打たれる桜を愛でる余裕はなかった。

左右の木立が石畳を包み込み、白みかけた朝が再び夜に後戻りしたように暗くなった。

雨が木立の葉群を叩いて、蓑や笠の上に落ちかかった。それが行列の人々を脅かした。

往来する旅人の影もない。

ただ成瀬正住の一行だけがひたひたと進む。

十曲峠の頂近くの石畳の上に小さな山門が見えた。山門には山桜の老木が枝を差しかけ、雨に打たれて花びらを落合の石畳に散らしていた。

臨済宗墨念《ぼくねん》寺の山門で本堂や庫裏は、さらに険しい道を一丁ほど入ったところにあった。

成瀬正住の一行三十余人が山門前を通過しようとしたのは、明け六つのことだ。正住の乗り物が山門を通過しようとしたとき、

「成瀬正住様の乗り物とお見受けする」

という声がかかった。

ぎくり
とした怯えが一行を見舞った。

山門の陰から深編笠に紋服の武士が姿を見せた。

家紋は松平六つ葵。

「どなた様か知らず、主、急ぎ旅にて失礼致す」

五代音三郎が三枝謙次郎と承知の上でとぼけると、行列を先へ進めさせようとした。

「お待ちなされ。それがし、成瀬正住様に用があって昨日より待ち受けし者だ。この機を逃すと互いの為ならず」

敢えて名乗ろうとはせずに三枝が言った。

「われら、急ぎの道中と申した。邪魔立て致すでない」

未明流の棒術の達人、五代はかたわらの小者に担がせた古樫の棒を摑んだ。

「五代音三郎、そなた、それがしの面体を確かめても殴りつけるというか」

深編笠が取られた。

「これは高須藩の三枝謙次郎様にございましたか。失礼をば致しました」

五代が一応恐れ入った言葉遣いを見せると、

「三枝様、なに用あって犬山城主の行列をお止めなさるな」

と改めて咎めた。

「五代、言い聞かせねば用は聞かぬというか」

「尾張支藩の血筋とは承知しておりますが、犬山城主の行列をお止めするお役に就いたという話も聞きませぬ」

「無役の言葉は聞けぬか、ならば申そう。それがしの行動、成瀬隼人正正住が主、尾張十二世斉荘様の依頼を受けてのものだ。それがし、懐に親書もある」

「ならば、拝見致しましょうかな」

「五代音三郎、陪臣の分際でちと口が過ぎる」

三枝謙次郎の火を吐くような言葉が十曲峠に木霊した。

顔を歪めた五代の棒の手が動きを見せ、じりじりと三枝謙次郎に迫った。

「おのれは、尾張藩御目付梅村丹後を数を頼んで殺害したと同様にそれがしの口を封じる所存か」

「成瀬家の存亡の瀬戸際、尾張支藩の妾腹がわれらの前をうろつかれても迷惑、十曲峠に骸《むくろ》を埋めることになると思え」

「おのれ、尾張藩傅役の家来風情が家康様のお心を踏みにじるつもりか」

三枝謙次郎も刀の柄に手をかけた。

乗り物の中の成瀬正住はひっそりとして無言のままだ。

そのとき、随行の中から一人の若武者が姿を見せて、

「五代様、剣をお引きください。三枝謙次郎様は、斉荘様のお使者と申されておられるのです」

と頭領の前に立ち塞がった。

若獅子組下の佐野村秋道だ。

「佐野村、そなた、頭領のおれに抗う気か」

「成瀬家は尾張家中にございます。五代様はそのことをお忘れになられておられます」

佐野村が主従の理を述べた瞬間、五代の手の棒が虚空に風を巻いて、佐野村秋道の眉間を襲った。

ぐしゃっ

と眉間が割れて、そぼ降る雨の中に血と脳漿《のうしょう》を振り撒《ま》いた。そして、佐野村の体がゆっくりと石畳に崩れ落ちた。

「な、なんと五代……」

三枝謙次郎が絶句した。

「雉《きじ》も鳴かずば撃たれまいに」

六尺の古樫がぐるりと回されて、三枝の眼前に向けられた。

覚悟を決めた三枝謙次郎が刀を抜こうとしたとき、

「五代音三郎、そなたの相手はこのおれだ。三枝謙次郎様は血に塗《まみ》れた、不浄の剣術家の相手はなさらぬ」

その声が山門の陰から響いて、一文字笠の南蛮外衣を身に纏った夏目影二郎が長身を見せた。

雨中に潜んでいたと見えて、一文字笠の縁から雨粒が滴り落ちた。そして、黒羅紗の合羽には桜の花びらがひとつ二つ張りついていた。

「三枝様、お節介をお許し下され」

「助かった」

謙次郎が正直な言葉を吐いた。

「幕府大目付の走狗が要《い》らざる真似を致すか」

五代音三郎が改めて黒光りした棒を頭上に差し上げると片手一本に回し始めた。すると雨の十曲峠の湿った空気が、
ぶるぶる
と慄えた。

それに対して影二郎は、ひっそりと立っているだけだ。

「抜け、抜かぬとおまえの頭蓋を打ち砕くぞ！」

五代音三郎が喚くと、影二郎の立つ数段上の石段に突進していった。同時に頭上で振り回される古樫の先端が影二郎の横面に襲いかかった。

その瞬間、銀玉二十匁が縫いこまれた南蛮外衣が引き抜かれて、十曲峠に大きな花を咲かせていた。

六尺の棒の攻撃を南蛮外衣が絡めとると、影二郎の手が捻り上げられた。すると古樫の重い棒が南蛮の合羽と一緒に虚空へと舞い上がった。

あっ
立ち竦む五代音三郎の下に影二郎が走り寄った。

腰間から法城寺佐常二尺五寸三分が引き抜かれて、光の帯になって五代音三郎の腹部を撫で斬るように襲った。

一瞬の早業である。

壮絶な勝敗の行方に成瀬正住の随行の者たちは身を震わした。それでも刀の柄に手をかけ、行動しようとした。

ずどーん！

雨の十曲峠に阿米利加国古留止社製造の輪胴式の短筒が火を吹いた。

おこまが虚空に向かって放った一発だ。

すると山門の桜がはらはらと散った。

「これ以上、無益な争いをするでない。その方らは、成瀬正住様と三枝謙次郎様が会談なさる間、しばし待て」

影二郎の声がして、成瀬家の随行の者たちの動きを封じた。そして、三枝謙次郎が乗り物に向かい、

「正住どの、そなたとそれがし、腹蔵なく話そうかのう」

と静かに話しかけた。

一刻半（およそ三時間）後、夏目影二郎は、墨念寺の本堂の前で成瀬正住が肩を落として乗り物に乗り込むのを見ていた。一行は犬山城下へ戻る組と江戸に向かう一行に分かれて旅を続けるのだ。

寺男が影二郎を呼びにきた。

宿房に三枝謙次郎が一人いて、火鉢の上に手を翳していた。

成瀬正住と激論が展開されたとみえ、謙次郎の顔には熱気と疲労が複雑に漂っていた。

「正住様、ご納得頂きましたかな」

「必死の抗弁をなされてな」

と謙次郎が正住の抵抗を思い出して言った。

「ですが、一に川流しの一件、二に紀州、水戸の五家の方々を城下に招じられた一件、さらには、尾張藩御目付梅村丹後を殺害せし一件等々をそれがしに責められ、最後にはご承諾頂きましてな」

「尾張本藩としては以上の三件を公には問わず、その代わり、成瀬家の独立もまた認めずというところに落ち着きましたか」

「尾張も犬山も難題を先送りしただけとも言えなくもない」

「いえ、此度の事、成瀬正住様には千載一遇の機会を逃されたは確か、ちと逸《はや》り過ぎたように思えます。そのことを正住様に教えられたのは、三枝謙次郎様のお手柄にございます」

「夏目どの、先の約定をお忘れではございますまいな」

「幕府は五家の大名昇格を後押しせず、また尾張藩の内紛に口出しせずでしたかな」

謙次郎が懐から一通の手紙を出した。

昨秋、影二郎の眼前で尾張藩の御目付梅村丹後と御土居下が成瀬家の使番から奪い取ったものだ。

影二郎は目礼すると封書を開いた。

〈犬山城主成瀬隼人正正住殿　積年の尾張藩傅役ご苦労に存ずる。此度幕閣にては尾張藩成瀬隼人正家、竹腰山城守家、紀伊藩安藤飛騨守家、水野対馬守家、水戸藩中山備前守家に対し、御付家老の職を解くとともに公辺に復され、その後、一家を立てられんことを内諾候事、そこもとにお知らせ候。正住殿にても忠邦との約定忘れまじく念押し候、水野越前守忠邦〉

不用意にも水野忠邦は成瀬家の使番に五家大名昇格の内意を示す手紙を与えていた。むろん莫大な金子が動いてのことだ。

この手紙は、水野忠邦にとって老中首座を危うくするもの、また成瀬家では、大名昇格の保障、さらに尾張では幕府と成瀬家の密計を示す証拠であった。だが、成瀬の使番から尾張に奪われ、さらには尾張の御目付の手から成瀬家へ奪還された書状は、水野忠邦、尾張徳川家、犬山の成瀬家にとって、三竦みにさせる厄介な存在になろうとしていた。

「老中も権力を弄《もてあそ》ばれると糞溜めに嵌《はま》る」

影二郎は火鉢の炭の上に読み下した忠邦の書状を載せた。

黒い煙が立ち昇り、それはやがて炎と変わって、燃え尽きた。

「三枝謙次郎様、いつの日かまたお目にかかる節もござろう」

「夏目影二郎どのと会えたことが此度の収穫にござる」

「それがしも同様にござる」

影二郎は会釈すると立ち上がった。


嘉永二年（一八四九）、尾張が待望した慶勝が尾張藩十四代を襲封して、尾張の悲願はなった。

一方、成瀬家を始めとした五家が悲願を達成するのは、この物語から二十六年後、徳川幕府が瓦解した翌年、慶応四年（一八六八）閏四月八日のことであった。

朝政御一新につき、藩格の列に加えられたものであった。

しかしながら宿願の大名昇格も明治二年二月の版籍奉還で犬山藩の名称は消えた。

大名犬山藩の名が歴史に止められるのはわずか足掛け三年に過ぎなかった。

解説

長谷部史親《はせべふみちか》
（文芸評論家）

本書『五家狩り』は、『破牢狩り』『妖怪狩り』『百鬼狩り』『下忍狩り』に続いて、光文社文庫書下ろしの「夏目影二郎《なつめえいじろう》始末旅」シリーズの五作目にあたる。それ以前の日文文庫版の『八州狩り』と『代官狩り』を算入するなら、全部で七作目ということになろうか。当然ながらこのユニークなシリーズの存在は、作を追うにつれて世に広く知れわたり、それに応じて愛読者の数も徐々に増していると推察されるので、新作の出現を今やおそしと待ちわびた方々がたくさんおられるにちがいない。

タイトルや登場人物に共通性があって、たしかにシリーズを形成してはいるけれども、本書を含めて一冊ずつが、それぞれ独立した物語として楽しめるように書かれている。かりに先行する作品を読んでいなくても、そのせいで話の内容がわかりにくかったり、あるいは充分に味わえないといったおそれはまったくない。たまたま最初に目にとまったのが本書で、どうやらシリーズものらしいからという理由でためらっているようなら、何の心配もなく手にとって読み始めていただけることを保証しておく。

文中でも説明があるとおり主人公の夏目影二郎は、もとの名前を瑛二郎といい、かつて鏡新明智《きょうしんめいち》流の桃井《もものい》道場で「鬼」の異名をとるくらい剣の腕前を誇っていた。師匠の桃井春蔵《しゅんぞう》から直々に、道場の跡継ぎにならないかとの打診を受けたこともある。しかるに影二郎は、その提案が実父の配慮によるのではないかと推測し、反発を覚えてむしろ道場から遠ざかった。彼は常磐《ときわ》豊後守《ぶんごのかみ》秀信《ひでのぶ》の妾腹の子で、継母との折り合いが悪かったこともあり、自ら名前を影二郎と変えて浪々の身のまま生きる道を選んだのである。

影二郎が実父の意をくんで「始末旅」を続けているのは、いってみれば無頼めいた暮らしの報いだった。あわや遠島送りになりかけたところを、幕府の重職に就《つ》いた父親に助けられたのである。その代わりに彼は父親の極秘の依頼に応じ、ひいては老中の水野《みずの》忠邦《ただくに》の密偵めいた役割をこなしてきた。だが影二郎は父親に全面的に屈服したつもりはなく、ましてや自分を幕府の走狗《そうく》だと見なしてもいない。権力の後ろ盾はあっても、奔放《ほんぽう》に生きる姿勢を失っていないところが、主人公の魅力のひとつだろう。

なお副題に「始末旅」の文字が見えることから自明のように、あちこちへ影二郎が旅するのも際立った特色のひとつである。たとえば既刊の『破牢狩り』で影二郎は信州方面へ足を運び、『妖怪狩り』では上州へ向かった。『百鬼狩り』で肥前唐津《ひぜんからつ》に潜入《せんにゅう》したかと思えば、一転して『下忍狩り』では遠く奥州を旅して回る。現代とちがって高速の公共交通機関など使えず、原則として自分の足で歩いてゆくのはいうまでもあるまい。そして先々で事件に遭《そう》遇《ぐう》する一方、土地ごとの風物が彩《いろど》りを添《そ》えるわけである。

影二郎の強みは、剣をはじめとする武術の冴《さ》えや、独自の価値観に基づいて行動できる自由ばかりではない。父親が幕府の重職に位置するおかげで、権力の上層部に意向を伝えることが可能な一方、無頼な暮らしに親しむとともに「影」の身であるがゆえに、彼は裏の世界へも出入りできるのだ。本書にも、浅草弾左衛門《あさくさだんざえもん》との知遇によって、各地の流れ宿《ぐやど》で世話になる様子が描かれており、それが大いに助けになるわけだが、確固たる階級社会の上から下までくまなく対処できるのは、なるほど特異な能力といえよう。

本書『五家狩り』における影二郎は、大目付である父親の秀信から指示が出る前の段階で、事件の核心に近い部分に遭遇していた。鬼子母神《きしもじん》の祭りを見物した際に、二人の武士が他の武士の一団に追われて斬られ、懐中のものを奪い去られる現場を目撃したのである。もれ聞こえた会話によれば、襲ったのは尾張藩の武士で、斬られたのが成瀬《なるせ》家の者のようだった。

このとき影二郎は双方の関係について気が回らなかったが、尾張藩といえば徳川御三家に列せられ、成瀬家はその御付家老の立場にあったのである。

ほどなく父親の秀信に伝えられた話によれば、家康の時代から徳川御三家のうち尾張には成瀬家と竹腰家、紀伊には安藤家と水野家、水戸には中山家が御付家老として定められていた。これら五家は、家格はもちろんかなりの石高《こくだか》を誇るわけだが、大名としては扱われていない。ところが歳月を経《へ》るにつれて、いろいろと水面下で暗闘が繰り返され、五家の間には不平不満がたまってゆく。そしてついに五家が、御付家老ではなく独立した大名の地位を獲得すべく、極秘に画策しているというのだった。

先に水野忠邦の名前を挙《あ》げたとおり、本書の時代背景は天保《てんぽう》年間である。家康が樹立した幕藩体制は、二百数十年もの間に基盤が揺《ゆ》らぎ、じつのところ崩壊《ほうかい》の一途《いっと》をたどっていた。そこへ降ってわいたのが、五家にまつわる今回の騒動である。影二郎に任された仕事は、尾張藩で何が起きているかを見届けてくることだった。具体的な指示はなく、そもそも父親の背後にいる水野忠邦の真意がわからない。ともあれ影二郎は、大目付監察方の菱沼喜十郎《ひしぬまきじゅうろう》とその娘おこま、および探索の達人の小才次《こさいじ》とともに出発した。

影二郎の一行が尾張へ近づくにつれて、次から次へと危難が襲いかかり、物語は一気に佳境になだれこんでゆく。その詳細については、じっさいに読んで楽しんでいただいたほうがいいので、この場ではあえて紹介しない。小才次が突如として消息を断ったり、何者かに拉《ら》致《ち》されたのではないかとの前提のもとに行方を探し求め、敵陣の真《ま》っ只中《ただなか》で決死の救出を試みるなど、とにかく局面が刻一刻と変化する。まさに波瀾万丈《はらんばんじょう》の展開で、誰しも読み始めたら途中でやめられなくなるにちがいない。

順序が前後してしまうけれども、本筋の部分に突入する前にも興味深いエピソードがちりばめられている。冒頭の鬼子母神の祭りのことは先にふれたとおりだが、他に悪質な辻斬りの正体をつきとめて決着をつけたり、妹の頼みに応じて許婚者《いいなずけ》が陥った苦境を打開してやるなど、数え上げてゆけば何とも盛りだくさんな内容といってよかろう。その意味で本書には、主人公の夏目影二郎の剣の腕前はもちろんのこと、個性的な人柄が存分に発揮されており、シリーズ中の白眉《はくび》と考えてもさしつかえあるまい。

ついでながら、シリーズの愛読者には説明の必要がないかもしれないが、影二郎の脇を固める面々の活躍ぶりも見すごせない。前述の菱沼喜十郎やおこま、小才次はもちろんのこと、影二郎と恋仲の若菜《わかな》や、長屋住まいの人々などがそれぞれ魅力的で味わいに富み、作品世界の奥行きを深めている。とくに本書にかぎっていえば、出向いた先の尾張で出会う連中も多《た》士済々《しせいせい》で、なかなか一筋縄ではいかない。またシリーズ全体を眺めるなら、本書ではいくぶん出番の少ない愛犬のあかも、立派に脇役の一翼を担っている。

小道具のたぐいに視線を移すと、影二郎が腰に落とし差しにしている法城《ほうじょう》寺《じ》佐常《すけつね》二尺五寸三分が、ちょっとした注目の的ではなかろうか。これは薙刀《なぎなた》を鍛《きた》え直した反《そ》りの強い豪刀だとのことで、もっかのところシリーズをとおして影二郎のパートナーを務めている。もうひとつ影二郎が駆使する武器を挙げると、裾《すそ》に銀玉を縫《ぬ》い込んだ南蛮外衣《なんばんがいい》が筆頭格であろう。さらには、おこまが得意の水芸で使う四竹《よつたけ》を飛び道具としても転用したり、ときに古留止(コルト)社製造の輪胴式短筒《りんどうしきたんづつ》の威力《いりょく》にものをいわせることもある。

少しだけ無駄話を開帳しておくと、以前に影二郎が通っていたという八丁堀のアサリ河岸の桃井道場は、現在の中央区新富町にあった。鏡新明智流は、手もとの綿谷雪・山田忠史編

『武芸流派大事典』の記すところによれば、安永年間（だいたい一七七〇年代）に桃井八郎左衛門直由によって創始され、当初は「鏡心明智流」の字を用いていたらしい。影二郎が師事したことになっているのは三代目の桃井春蔵直雄のはずで、おりしも本書の物語が始まる天保十二年のころに、後に四代目となる十七歳の若者を養子に迎えている。

また、本書で成瀬家が本拠を構えた犬山城は、明治維新の後に若干の紆余《う　よ》曲折《きょくせつ》があったものの、今もなお成瀬家の末裔《まつえい》によって保有されているとのことである。また江戸時代の城郭《じょうかく》のほとんどが、明治期に入って取り壊しを余儀なくされたのに対して犬山城の天守閣は残存し、その貴重さゆえに国宝に指定された。国宝といえば姫路城や彦根城などが有名で、それらにくらべて犬山城は規模が小さいけれども、歴史を雄弁に物語る第一級の文化財だという事実を念頭に置けば、わずかでも興趣が増すかもしれない。

面白い小説は、私たちに新鮮な刺激や豊かな情感を与えてくれるわけだが、それは必ずしも読んでいる最中だけにかぎらない。読み終えた後に、さらに多種多様な本に接してみたい気分に駆りたてるなど、いろいろな効果を及ぼすものである。むろん本書も例外ではなく、ひたすら楽しめる上に歴史への興味が深まり、ひいては現代社会の諸事象と対比させつつ、いくぶん視野が広がったように思える人が少なくなかろう。

末筆ながら本書『五家狩り』の著者である佐伯泰英は、かつては無類のスペイン通として当地を舞台に据《す》えたサスペンス小説を手がけ、近年では時代小説の分野に新境地を拓《ひら》くとともに多彩なシリーズを繰り広げている。本書によって著者の作品に接した読者の方々には、先に挙げた「夏目影二郎始末旅」の光文社文庫既刊分はいうまでもなく、ぜひとも他の作品にも手を伸ばしていただきたいと願ってやまない。

編集部・注

本文中、一部、今日の観点では差別的な表現がありますが、江戸時代を描いた作品であり、当時の状況を理解していただくために、あえてそのままにいたしました。

光文社文庫

文庫書下ろし／長編時代小説

五《ご》家《け》狩《が》り

著者　佐《さ》伯《えき》泰《やす》英《ひで》

2003年6月20日　初版1刷発行
2007年10月25日　13刷発行

発行者　駒井　稔
印刷　萩原印刷
製本　榎本製本

発行所　株式会社　光文社
〒112-8011　東京都文京区音羽1-16-6
電話 (03)5395-8149　編集部
8114　販売部
8125　業務部
振替　00160-3-115347

ISBN978-4-334-73506-7　Printed in Japan

お願い　光文社文庫をお読みになって、いかがでございましたか。「読後の感想」を編集部あてに、ぜひお送りください。

このほか光文社文庫では、どんな本をお読みになりましたか。これから、どういう本をご希望ですか。

どの本も、誤植がないようつとめていますが、もしお気づきの点がございましたら、お教えください。ご職業、ご年齢などもお書きそえいただければ幸いです。

光文社文庫編集部

光文社文庫　好評既刊

秋帆狩り　佐伯泰英
流離　佐伯泰英
足抜　佐伯泰英
見番　佐伯泰英
清掻　佐伯泰英
初花　佐伯泰英
遣手　佐伯泰英
枕絵　佐伯泰英
炎上　佐伯泰英
木枯し紋次郎（全十五巻）　笹沢左保
お不動さん絹蔵捕物帖　笹沢左保
浮草みれん　笹沢左保原案　小葉誠吾著
海賊船幽霊丸　笹沢左保
けものの谷　澤田ふじ子
夕鶴恋歌　澤田ふじ子
花篝　澤田ふじ子
闇の絵巻（上・下）　澤田ふじ子

修羅の器　澤田ふじ子
森蘭丸　澤田ふじ子
大盗の夜　澤田ふじ子
鴉婆　澤田ふじ子
千姫絵姿　澤田ふじ子
淀どの覚書　澤田ふじ子
真贋控帳　澤田ふじ子
霧の罠　澤田ふじ子
城をとる話　司馬遼太郎
侍はこわい　司馬遼太郎
戦国旋風記　柴田錬三郎
若さま侍捕物手帖（新装版）　城昌幸
白狐の呪い　庄司圭太
まぼろし鏡　庄司圭太
迷子石　庄司圭太
鬼火　庄司圭太
鷽　庄司圭太